24 Hour Telephone Renewals 0845 071 4343
HARINGEY LIBRARIES
THIS BOOK MUST BE RETURNED ON OR BEFORE
THE LAST DATE MARKED BELOW

To

0 3 MAR 2015

23 FEB 2016

3 0 JUN 2016

3 0 JUN 2016

2 0 FEB 2017

1 8 NOV 2017

Online renewals – visit libraries.haringey.gov.uk

published by Haringey Council's Communications Unit 973.16 • 08/12

LA ROPA QUE VESTIMOS

Linda Grant

La ropa que vestimos

Traducción de María Isabel Merino Sánchez

Plata

Argentina • Chile • Colombia • España
Estados Unidos • México • Uruguay • Venezuela

Título original: *The Clothes on Their Backs*
Editor original: Virago, Londres
Traducción: María Isabel Merino Sánchez

Copyright © 2008 *by* Linda Grant
    All Rights Reserved
© de la traducción, 2009 *by* María Isabel Merino Sánchez
© 2009 *by* Ediciones Urano, S.A.
    Aribau, 142, pral. – 08036 Barcelona
    www.edicionesplata.com

ISBN: 978-84-936180-8-7
Depósito legal: B. 5.742 - 2009

Fotocomposición: Ediciones Urano, S.A.
Impreso por Romanyà Valls, S.A. – Verdaguer, 1 – 08786 Capellades (Barcelona)

Impreso en España - *Printed in Spain*

Para George Szirtes y Clarissa Upchurch

Pero ésta es el alma
preparada para ti,
estas prendas que brillan en la oscuridad
y queman como carbones ardientes.

George Szirtes, *Dressing*

Esta mañana, por vez primera en muchos años, he pasado por delante de la tienda en la calle Seymour. He visto el melancólico letrero del escaparate anunciando que cerraban y, a través del cristal, los soportes donde colgaba la ropa, medio abandonados, como si los vestidos y las chaquetas, las blusas y los suéteres hubieran huido en mitad de la noche, desvaneciéndose calle abajo, agitando las mangas vacías.

Allí estaba Eunice, detrás del mostrador, atusándose el lacado pelo negro azulado con sus uñas plateadas. Qué vieja estaba y qué desamparada parecía, con la barbilla hundida por un momento en el pecho.

Luego la vi volver en sí y darse ánimos, levantándose la barbilla con la mano ahuecada. Musitó un par de palabras para sí: *¡Sé valiente!*

Un impulso me hizo cruzar la puerta, una fuerte punzada de compasión. Entré, y su perfume llenaba la estancia; era la inimitable Eunice: Aquamarine de Revlon, el perfume de Eau-de-Nil y oro.

—¡Tú! —dijo—. Vivien, ¿eres tú realmente, después de tanto tiempo?

—Sí, soy yo.

—Ya me lo parecía. ¿Cómo es que no te había visto hasta ahora?

—Londres es muy grande —dije.

—Una mujer se pierde fácilmente, pero yo no. He estado aquí todo el tiempo. Sabías dónde encontrarme.

—Pero no te buscaba, Eunice. Lo siento.

¿Nunca fuiste a ver cómo estaba Eunice? —clamaba la voz de mi tío, dentro de mi cabeza—. *¡Dejaste sola como un perro a mi Eunice! ¿Es que ni siquiera podías dejarte caer por allí para comprarle unos guantes?*

—Bueno —respondió ella—. Tienes razón. Tú y yo no teníamos nada que decirnos —y me lanzó una mirada altanera, levantando la nariz y echando atrás los hombros—. ¿Cómo está tu familia?

Los hombros hincharon su chaqueta; se alisó las tablas de la falda. En la manga de la chaqueta, por encima de una muñeca ligeramente pecosa, centelleaban tres botones dorados, con una flor de lis grabada. Reconocí el reloj de oro. Se lo había dado mi tío. Era un Omega, su marca favorita, que todavía marchaba quedamente, tic, tac.

—Mi padre murió la semana pasada. —Qué extraño era referirse a él en pasado, pensar que nunca volvería a ver a aquel viejo avinagrado. Todo lo que estaba sin resolver entre nosotros seguiría sin resolverse, a menos que nos volviéramos a encontrar en la *yane velt...*, aquella vida, la otra vida.

—Sólo lo vi un par de veces y estarás de acuerdo en que ninguna de las dos fue una ocasión agradable... Tu madre, sin embargo, era muy diferente. ¿Todavía vive?

—No, murió hace dieciséis años.

—Qué lástima. Era toda una señora. Siento que se fuera antes de tiempo. ¿Y qué pasó con aquel chico? No me mires con ese aire inocente, sabes a quién me refiero.

Sí. Lo recuerdo. Una risa súbita, unos dientecillos afilados, una boca lasciva, sus manos liando los cigarrillos, sus botas de lona roja, su pelo oscuro, en cresta. Su camiseta. Su gorra de revisor. Su acuario. Pero, en particular, recuerdo su olor y lo que había en él, y su imagen excitante, perturbadora, me inundó las venas, una oleada roja y ardiente de vergonzoso anhelo erótico.

La marea roja decreció.

—No sé qué ha sido de él, ya debe de tener casi cincuenta años. —Sentí un residuo de tristeza, al imaginar al chico sexy y voluptuoso convertido en un hombre de mediana edad, porque no tenía mayor valor que ser joven, con toda la agitación carnal propia de esa edad.

—Eres una persona descuidada, Vivien. Siempre lo has sido; no has cambiado.

—Oh, Eunice, no sabes nada de mí. Han pasado casi treinta años. Me puedes acusar de lo que quieras, pero descuidada... No, de ninguna manera.

—Vale, vale, lo retiro. Dime, ¿dónde has estado todo este tiempo?

—En el extranjero unos años, pero ahora he vuelto a Londres.

—¿A aquel piso a la vuelta de la esquina?

—No, claro que no. Vivo cerca de Regent's Park.

Me miró de arriba abajo y supe qué pensaba: que no vestía como una mujer de Regent's Park. ¿Dónde estaban los collares de perlas, el bolso de Chanel, los pendientes de diamantes, el abrigo de pieles? Eunice tenía una idea muy precisa de la ropa que los ricos se ponen cuando se levantan cada mañana; leía todas las revistas. Pero yo iba, más o menos, en andrajos. ¡Aquellos tejanos!

Y ella no había pasado la mayor parte de su vida en una tienda para no saber cómo aprovechar una ocasión. Una mujer rica mal vestida necesita una vendedora hábil.

—Bien, bien —dijo—, ¿quieres comprarte un conjunto? Tengo algo que te iría bien. No tenemos mucho en existencias porque vamos a cerrar, pero podría encontrarte una bonita ganga.

Sonreí. Que a *mí*, precisamente a mí, me ofrecieran un vestido. Porque ya no me molestaba en mirar mi reflejo en los escaparates el pasar, y mucho menos en humillarme delante del espejo de cuerpo entero de un probador, con las fuertes luces en lo alto, y si lo hiciera, no reconocería lo que veía. ¿Quién era aquella mujer lamentable que subía las escaleras del metro, con arrugas alrededor de los ojos, vaqueros, botas, chaqueta de cuero, manos agrietadas y el cuello hecho una ruina? ¿Esa persona de mediana edad que ves, vacilando ante el semáforo, tratando de cruzar en Oxford Circus, con el pelo teñido y las raíces descuidadas?

Desde hacía algún tiempo —varios meses, pero quizás fueran más— me había dejado ir, evitando incluso pensar en qué aspecto tenía; había dejado ir a la persona que, en un tiempo, se miraba al espejo, sosteniendo segura el maquillaje para los ojos, una persona a la que le importaba cómo la veían los demás.

Hay circunstancias atenuantes. Ésta no es mi verdadera personalidad. Hace un año murió mi marido, hace trece meses y medio, para ser precisa, y luego mi padre. Demasiadas muertes se te meten entre el pelo, en las grietas de la nariz, en la ropa; son un sabor metálico al fondo de la boca. Mi padre era muy anciano, un viejo sin dientes, con bata y pantalones manchados; mi marido tenía unos antebrazos musculosos, con vello rubio rojizo, y un cuello grueso para el que le costaba encontrar prendas de vestir cuyos cuellos le fueran bien. Estaba lleno de vida, energía y humor; probaba cosas nuevas tanto si era bueno haciéndolas como si no, y luego hacía chistes sobre sus propios fracasos; sólo Vic podía perderse en un campo de golf.

Esto me ha pasado dos veces. Aquí estaba, en mitad de la vida, igual que al principio. Había reaparecido el mismo horizonte gris perla, sin rasgos distintivos.

Y hoy, precisamente hoy, de camino al piso de mi padre para prepararlo en espera de la gente que iba a vaciarlo, una mujer a la que no había visto desde hacía casi treinta años me estaba mirando de arriba abajo, recordándome como una joven de poco más de veinte años, cuando sí que era descuidada, según la acusación. Y curiosa, llena de anhelos, deseos, pasión, esperanza, indignación, opiniones tajantes, desdén. Totalmente segura, por supuesto, de qué ropa no llevar. Pero ahora, ahí estaba, con un punto de blanco en las raíces del pelo, con vaqueros y tironeando del pañuelo de seda verde que llevaba alrededor del estropeado cuello, porque ya nadie me miraba como Vic me había mirado. Y pese a mis robustas piernas, al rollo de grasa alrededor de la cintura, me sentía como un fantasma, presente sólo a medias.

Pero Eunice era famosa por querer, siempre, que una mujer sacara el máximo de sí misma, sin importar cuáles fueran sus desventajas ni si se las imponía la naturaleza o se las infligía ella misma.

—No diré que eres la chica flacucha que eras cuando te vi la última vez, has engordado bastante —dijo—, pero mira, esto es para ti. Te puedo hacer un buen precio.

El vestido que me tendía era rojo, del color del vino tinto cuando levantas la botella a la luz. Lo cogí vacilante, frotando la tela entre los dedos y luego sosteniéndolo contra mí. No lo entendía. No veía cómo se suponía que me fuera a sentar bien.

—En la percha parece que no es nada —insistió—, pero pruébatelo y ya verás. Es perfecto para el color de tu tez y tus cabellos oscuros, y cuando lo anudas alrededor de la cintura, empuja los pechos hacia arriba. Es un vestido cruzado. ¿Has visto alguno antes? Son lo último. Y la tela es de punto de seda, es decir que hará maravillas con tu trasero; espera y verás. ¡Pruébatelo!

Por la mañana me visto rápidamente y casi nunca me molesto en maquillarme, aparte de ponerme un bálsamo para los labios para impedir que se me agrieten. Mis hijas me traen cremas cutáneas maravillosas, de las que se enteran por las revistas, y ahorraron para pagarme un fin de semana en un balneario, que aún no me he decidido a reservar. Han resultado ser unas chicas estupendas; más seguras, más francas y cariñosas de lo que yo era a su edad, algo que tienen que agradecerle a su padre, y a ser el producto de un buen matrimonio (aunque no perfecto). Ambas han heredado su pelo rojizo, las mejillas sonrosadas y la sonrisa con hoyuelos.

—¿Vais a cerrar la tienda? —dije, mirando alrededor y tratando de recordar el lugar en su apogeo, cuando vine la última vez, en la década de 1970, y no me pareció muy diferente. Puede que hubieran cambiado el color de las paredes y la moqueta, pero no nos engañemos, yo había cambiado más que la tienda.

—Sí, después de tantos años. La propietaria, la señora Post, murió y su hija Carolyn se hizo cargo, pero no es buena vendedora, no sabe cómo hacerlo, y además las señoras que solían venir a comprar, mis fieles clientas (la señora Cohen, la señora Frame, lady Parker, con el pecho postizo después de la operación; me acuerdo de todas), ya no vienen, se quedan dentro de sus pisos. No tienen excusa, digo yo. Mírame a mí, tengo su misma edad y sigo en pie. Ve a probarte el vestido, ahora mismo.

—Pero yo no quiero un vestido nuevo; tengo toda la ropa que necesito.

—¡Pero qué tonta eres! —Me miró con sus ojos oscuros, inquisitivos—. ¿Cuántos años tienes? —preguntó. Se lo dije—. No está tan mal. Es una lástima que tengas esa piel que se arruga tan fácilmente, aunque una buena crema podría mejorarla bastante.

—Tú sí que tienes un aspecto maravilloso, Eunice. —Lo dije en deferencia a aquella voluntad de hierro suya: no rendirse nunca ante lo que podía conquistar con su propia voluntad… y sus armas: un lápiz de ojos, un lápiz de labios y un par de medias sin carreras. Pero también es verdad que su hijo era una bala perdida y, a diferencia de mí, ella no tenía nada por lo que vivir, en ese sentido.

—Me esfuerzo por conseguirlo, Vivien —dijo—. Toda mi vida me he asegurado de no salir nunca con una uña rota ni llevar zapatos que necesitaran tapas nuevas. Muchas veces no he cenado al volver a casa por la noche, para poder recoger mi traje chaqueta de la tintorería. ¿Vas a probarte el vestido o no?

—Estoy demasiado gorda. Mírame, estoy tan enorme como una casa. —Era una exageración, había engordado unos doce kilos desde la última vez que ella me vio, pero también es verdad que me maravilla lo delgada que estaba en aquellos tiempos. Puedo rodear con las manos la parte de arriba de los vestidos que llevaba entonces...; no tenía pecho digno de ese nombre. Los hijos te redondean. No es tanto que tenga sobrepeso como que no me he cuidado, porque uno se maltrata y luego se abandona.

—No seas ridícula, una mujer no está nunca demasiado gorda para un vestido bonito. Éste te quitará kilos, ya lo verás.

Y Eunice, esa mujer vieja que se enfrentaba al vacío de su retiro forzoso, siguió allí, con el vestido en las manos. Sostenía el vestido e insistía en que me lo probara; me recordaba lo que una vez comprendía plenamente y que había olvidado: la oleada de entusiasmo, el cosquilleo, el profundo placer... porque un vestido nuevo lo cambia todo.

—Entra allí, pruébatelo. Es un vestido muy bonito.

Sola en el pequeño probador con el taburete tapizado de terciopelo, los colgadores para dejar mi ropa, el espejo favorecedor y las luces colocadas hábilmente, mientras me bajaba la cremallera de los pantalones y me los quitaba dejando al descubierto unas piernas cubiertas de un fino vello oscuro que durante meses había olvidado de afeitar o depilar, ni siquiera recordaba la última vez que había comprado algo nuevo. Pero sólo mirar el vestido rojo era suficiente para intimidarme. ¿Cómo se suponía que tenía que ponérmelo?

Llamé a Eunice.

—Mira —dijo. Había que insertar los brazos en las mangas y pasar un largo cinturón por una ranura en el costado; con dedos torpes, dar la vuelta a la cintura con la otra parte del cinturón y anudar las dos partes con un lazo. Cuando conseguí completar la difícil maniobra, el vestido adquirió vida propia, se hizo cargo de mi cuerpo y lo volvió a ordenar para que adoptara una forma completamente nueva. Pechos arriba, cintura adentro. Parecía por lo menos cinco kilos más delgada.

El vestido tenía un aspecto peligrosamente sedoso, como si pudiera adherirse a mí para siempre. Y en el espejo había una aparición sorprendente de alguien que apenas reconocía ni recordaba, alguien a quien había abandonado, aquella joven esbelta y excitante, aquella antigua yo, plateada en el espejo, devolviéndole la sonrisa a la mujer de cincuenta y tres años con las raíces del pelo canosas. ¡Vivien Kovaks!

El vestido rojo brillaba como un rubí sobre mi piel. Me puse de puntillas para imitar el efecto de unos tacones altos. Adelanté la pierna derecha y apoyé las manos en el sitio donde creía recordar haber visto mis caderas la última vez. Sin el camuflaje de mis chales de seda, el cuello arrugado quedaba al descubierto, pero la piel del esternón era lisa. Ah, las bromas que te gasta el cuerpo, lo que se divierte contigo, por fuerza tienes que reírte. Bueno, no, en realidad, no.

—¿Qué te parece? —pregunté.

Me miró de arriba abajo, evaluándome con su mirada de vendedora; se acercó rápidamente y arregló el escote con un par de movimientos rápidos de las manos.

—¿Lo ves? Ahora el pecho queda realzado. Por cierto, necesitas un buen sujetador. En Selfridge tienen una buena selección. Y no olvides que te midan antes de comprar nada; el que llevas no corresponde a tu talla.

El vestido se disolvía, se mezclaba con la carne. ¿Quién sabía dónde empezaba la piel y dónde acababa el punto de seda? Me estaba enamorando, absurdamente, de un trozo de tela.

—Me lo quedo.

—Oye, no vayas a comprarlo para hacerme un favor. La señora Post me da una buena pensión. No tengo necesidad de nada.

Observé una mancha beige en el escote. Otra clienta había dejado la huella de su maquillaje y Eunice no la había visto. Desaparecería en la tintorería, pero sentí una punzada de dolor porque, después de toda una vida examinándose atentamente, hubiera perdido su aguda visión. Sus iris tenían una opacidad lechosa. No dije nada sobre la mancha, pero pareció percibir alguna pequeña insatisfacción en mí, una crítica, quizás hacia ella. La balanza se inclinó de nuevo, y no en mi favor.

—¿Por qué has venido aquí hoy? —preguntó, con el viejo tono afilado que yo recordaba, como si te lanzara alfileres de hielo—. ¿Viste las rebajas por cierre del negocio y pensaste que podías conseguir una ganga una última vez?

—Sólo pasaba por aquí —dije—. Eso es todo. Sólo pasaba.

—¿Nunca habías pasado antes?

—Para ser sincera, Eunice —contesté—, siempre tomaba otra calle o cruzaba al otro lado. No quería verte.

—Ya. Ni siquiera podías mirarme a los ojos.

—Oh, venga. Dime qué hice mal. No…

—¡Tú! Eras una chica antipática y falsa. Le rompiste el corazón al pobre hombre. Después de lo mal que lo pasó.

—Sí, tuvo una vida dura, pero esto no…

—¿No, qué? ¿No le da el derecho a pensar en su bienestar, en proveer para la vejez, que por cierto nunca tuvo debido a tu intromisión?

Dejó el vestido, con rabia, en el mostrador, y lo metió dentro de una bolsa, sin doblar ni envolver en papel de seda.

—Ciento veinte libras. ¿Efectivo o tarjeta?

Saqué mi tarjeta de crédito.

—¡Oh! ¡Platino! Te ha ido bien. El dinero llama al dinero, como siempre digo. Un marido rico, supongo.

Ya estábamos de nuevo, de vuelta donde Eunice y yo habíamos empezado. No habría fianza ni libertad condicional. Yo seguía siendo la sobrina entrometida de su amante atormentado, mi tío…, y por toda la tristeza que sin querer le causé, era la chica a la que culpaba de su muerte prematura. Porque él fue el amor de su vida. Una pareja incongruente: la gerente negra de una tienda de ropa de Marble Arch y el propietario de viviendas en los barrios bajos, el refugiado de Budapest.

Me señaló con un dedo moreno y arrugado, con las plateadas

uñas cuarteadas y un ligero temblor en las puntas de los dedos. Empezó a hablar y, luego, sin ninguna razón, se le llenaron los ojos de lágrimas y rompió a llorar. Nunca la había visto así, ni siquiera en el funeral de mi tío, cuando llevaba la cara oculta por un sombrero con un pequeño velo negro, salpicado de rosas de malla negra. Pero ahora la abrumaba el peso de todo el pasado; el amor que había sentido por él, grabado en piedra, se había vuelto plomo líquido en su pecho.

—No sabes lo que era que un hombre me mirara de la manera que él lo hacía, después... de lo otro —dijo.

—¿Qué otro...? —empecé, pero igual que habían empezado, las lágrimas terminaron. Cubrió sus rasgos con un velo liso y marrón; una vieja tristeza se había grabado en ellos, como manchas que no es posible eliminar.

—Te envolveré bien el vestido —dijo—. Siento haberte hablado con brusquedad, Vivien.

—No tiene importancia. Lo entiendo. —Porque hacía casi treinta años de la muerte de él, y ella seguía sufriendo. ¿Era esto lo que yo podía esperar: treinta años de un terrible pesar?

Vacilante, alargué la mano para tocarle el brazo; sus huesos eran frágiles bajo la chaqueta, y tuve miedo de que se rompiera si la cogía. Nunca nos habíamos tocado antes, aparte del primer apretón de manos en la calle, frente a la casa de mi tío, con su mano enguantada de azul en la mía.

Me permitió que apoyara la mano en su chaqueta. La seda de la manga cedió ligeramente. Levantó la cara hacia la mía, intensa y radiante.

—Siento tantas cosas por aquel hombre; cada día pienso en él. ¿Has visitado alguna vez su tumba? Yo sí. Una vez al año. Llevo piedras para sujetarlo allí abajo, para que no emerja de nuevo y recorra la tierra atormentado. Y en mi piso pongo un jarrón con flores frescas y una tarjeta en la repisa de la chimenea, en su recuerdo. ¿Has visto? Todavía tengo el reloj que me dio, y la cadena de oro y el corazón con el pequeño diamante. Sólo me lo quito para lavarlo, y el encendedor también lo conservo, aunque ya no fumo. Podría haber conseguido mucho dinero por estas cosas, pero nunca las venderé. Nunca. Son lo único que me queda de él, de aquel hombre maravilloso.

Fui paseando hasta Marylebone High Street, balanceando la bolsa con el vestido, mi vestido de punto de seda de color rojo rubí.

Esta mañana me había visto obligada a tomar una ruta diferente porque había un cordón de la policía, debido a una amenaza terrorista: había un hombre en un balcón, con una toalla enrollada alrededor de la cintura, y los tiradores de la policía lo apuntaban con sus armas. Se suponía que había una fábrica de bombas en el piso, detrás de él. El año pasado hubo explosiones en lo más profundo de los túneles, tal como Claude había pronosticado casi treinta años atrás; el hedor a carne quemada y luego los cuerpos en putrefacción, allá abajo, en la línea de Piccadilly.

Desviada por el terrorismo, que me llevó a Eunice y a este vestido rojo.

Doblé en la conocida esquina. Mi territorio. Crecí aquí, éstas son mis calles. Soy londinense. Acepto esta ciudad con todo su caos incontrolable y sus indecentes deficiencias. Te deja en paz para que hagas lo que quieres; ¿en qué otro lugar puedes decir eso con una convicción tan absoluta?

Esto es Benson Court, donde nací. Los residentes de los pisos, siempre a la greña, nunca se pusieron de acuerdo en un plan de modernización y acondicionamiento. Las mismas lámparas suspendidas del techo y las mismas reproducciones de Canaletto en sus deslustrados marcos dorados colgando de las paredes. La caja del ascensor, con las ruidosas puertas de metal abriéndose y cerrándose, la cabina forrada de madera, con su asiento de cuero abatible; todo seguía igual. Una inquilina murió allí el año pasado. Mi padre apretó el botón para bajar y subió un cadáver, sentado muy erguido, con la compra; la bailarina retirada, muerta con la cabeza ladeada, con un gesto favorecedor. La buena señora siempre sabía adoptar una buena pose.

Abrí la puerta con mi llave. Silencio. Polvo. Recuerdos. Entré en la cocina, que era la peor habitación, para hacerme una taza de té. En el frigorífico había cosas que no deberían estar allí, libros y bolígrafos que mi padre utilizaba para escribir sus estrafalarias cartas a los periódicos, anuncios recortados de revistas desechadas, abandonadas junto a las papeleras…, una mano sin cuerpo exhibiendo un reloj de diamantes.

Me senté a la mesa y me tomé el té. La cocina donde mi madre había calentado incontables latas de sopa seguía allí, como si no supiera que, dentro de pocos días, vendrían unos hombres a llevárselo todo y la romperían para convertirla en chatarra. Nadie quería aquel instrumento requemado y ennegrecido por la grasa, con el gas resollando por las tuberías. Ni siquiera la aceptarían en un museo. En una ocasión, Vic, mi marido, intentó hacer una tortilla. Dijo que algo andaba muy mal en la distribución del calor en los quemadores; oscilaban como velas parpadeantes. Me moriría por una de sus tortillas salpicadas de cebollino o de gruesos dados de jamón rosado. Algún día tomaré una en aquel lugar, en aquel otro lugar.

El viernes todo habrá desaparecido. Cualquier traza de mis padres y de su residencia de casi sesenta años en estas cuatro habitaciones se desvanecerá bajo capas de pintura nueva, arrancarán el viejo linóleo, lo fumigarán todo. El piso estaba encostrado con nuestras vidas. Yo me había ido hacía mucho tiempo; mi madre llevaba muerta dieciséis años; mi padre soltó, resollando, su último aliento en su sillón delante de la tele, con un ejemplar de *Radio Times* todavía entre los dedos, cuando lo encontré al día siguiente.

Sesenta años de su interminable inquilinato. Qué extraño era que alguien pudiera adquirir una permanencia tan patente que nada, ni una bomba, pudiera moverlo (y habían caído bombas, no en este piso, pero sí cerca, durante los bombardeos alemanes, mis padres bajo tierra en el refugio antiaéreo y de nuevo hacia arriba, en el ascensor, a la mañana siguiente hasta la cocina, a tiempo para desayunar). Al final de la semana no quedaría nada. Dentro de un mes, extraños. Y durante el resto de mi vida pasaría junto a Benson Court sin la llave para abrir la puerta de la calle, sin autorización para subir en el ascensor. Sin duda, tirarían el viejo felpudo de arpillera. Una nuevo mensaje de bienvenida ocuparía su lugar.

Una ráfaga de viento contra la ventana. Enfrente, una persiana cerrada. El ascensor estaba en silencio; no se había movido de la misma planta. Toda el bloque de pisos estaba en calma, y yo estaba allí sola, sin nada más que un vestido nuevo por compañía. *Vísteme* —pensé—, *tengo frío.*

Sonó el timbre en el recibidor. La voz de mi tío resonó por todo el piso. Lo oí de repente, como una alucinación.

Mi tío, el que fue el amor de la vida de Eunice, la encargada de la tienda de ropa de Marble Arch, el tío al que era posible matar de muchas maneras, muerto pero reacio a seguir yaciendo, estaba hablando, gritando.

No he olvidado nuestro verano juntos, cuando averigüé la única verdad que importa: que el sufrimiento no ennoblece y que los supervivientes sobreviven debido a su fuerza o astucia o suerte, pero no a su bondad y, ciertamente, no a su inocencia.

Y entonces me eché a reír, porque sí que él estaba allí. Durante casi treinta años, mi tío había estado escondido en una caja de cartón. Yo misma lo había traído de vuelta al piso, unos meses después de su muerte, y lo había guardado en el armario de mi madre, al fondo.

Entré en el dormitorio y separé la ropa de mi madre para llegar a la caja, más allá de sus chalecos, de su bastón de madera que mi padre se negó a tirar. No había visto aquel bastón desde que ella murió, y alargué la mano para tocarlo, al principio con cautela, luego con ternura, pasando los dedos a contra veta. Noté el desgaste de la madera que sus manos habían agarrado tanto tiempo, la satisfactoria curva de la empuñadura…; las células de su cuerpo estaban por todas partes.

Aquí estaba: mi tío había acabado reposando en el armario de su cuñada, junto al bastón, que era el objeto que primero hizo que se fijara en ella y, como resultado, que ella se casara con mi padre, dejaran Budapest y vinieran a Londres, y que yo naciera, y luego mis hijas, y que todo siga.

No literalmente en el armario. Él seguía bajo su lápida de mármol en el cementerio, pero su voz estaba viva en la serie de grabaciones en cinta y en las hojas de papel en las que yo mecanografié, minuciosamente, las transcripciones y, por supuesto, su propio relato, que intentó escribir él mismo.

Cintas, bastón. Estos objetos, estos desechos corrientes que pertenecían a personas muertas, las habían sobrevivido. Y la chica a la que yo había dejado atrás también estaba allí, en algún sitio, esperando a que me pusiera un vestido rojo, de punto de seda, para hacer sentir su presencia. Yo la estaba buscando. La chica estaba en alguna parte de este piso…; no era un fantasma, porque yo todavía estoy viva, sigo muy en el mundo; mi paso no es ni leve ni silencioso. Después de todo, soy de la misma sangre que mi tío, y él nunca hizo nada que no dejara huella.

Éste es el lugar donde nací, este bloque de pisos, junto a Maryle-bone High Street. Mientras mi padre estaba en el trabajo, mi madre se puso de parto en el ascensor, retorciéndose y gritando, subiendo y bajando. Las puertas metálicas se desplegaron como un acordeón, y un cirujano del Hospital Middlesex la vio, en medio de un charco, después de romper aguas. Con gran esfuerzo, la llevó a su piso y la asistió en el parto, allí en el sofá. Llegué a este mundo mirando una lámpara de baquelita, de antes de la guerra, y un viejo cuadro al óleo, encima de la chimenea, que mostraba un ganado en las Tierras Altas. Era pleno verano, 19 de julio de 1953, y me llamaron Vivien, como la esposa del cirujano.

A las dos y media de la tarde, el cirujano telefoneó a mi padre al taller para comunicarle las noticias, pero él no salió hasta las cinco, su hora habitual, a pesar de que su jefe, el señor Axelrod, le dijo que podía irse a casa de inmediato. Comprendo su insistencia en que no alteraran su rutina. A mi padre le aterraban los cambios. Cuando había cambios en el aire, podía pasar cualquier cosa y él ya sufría de ansiedad, temía que cualquier pequeña alteración de sus circunstancias pudiera hacer que todo se viniera abajo: el piso, la esposa, el trabajo, su nueva hija, el propio Londres y luego Inglaterra, y que él resbalara por el mapa del mundo, de vuelta a Hungría, aferrándose inútilmente, absurdamente, agarrándose con los dedos a la superficie del globo, lisa y giratoria.

Benson Court. Construida a finales del siglo XIX, de ladrillo rojo excesivamente adornado. En la parte de atrás, un jardín con césped, arbustos fáciles de cuidar y un par de macizos de flores que no se veían desde nuestro piso. Desde la cocina teníamos una vista lateral del bloque de al lado; las otras habitaciones daban a la calle, un atajo tranquilo para los peatones, con una señal de sentido único que nos libraba de la mayor parte del tráfico. No se podía ir en coche desde nuestra puerta hasta cualquier sitio útil, como Marylebone High Street o Euston Road. Pero ¿y qué? Ni mi padre ni mi madre sabían conducir, y mucho menos podían permitirse tener coche.

Soy hija de padres mayores, un par de europeos raros, maniáticos, con opiniones extrañas. Ideas opresivas formadas en la rancia penumbra. Mi padre se volvió bastante loco en sus últimos años, sin la influencia moderadora de mi madre. Sin ella se llenaba del aire de sus propios pensamientos y flotaba hasta otra dimensión. Al final se convirtió en ferviente admirador del presidente de Estados Unidos, George W. Bush: «No es un hombre inteligente, pero eso es lo que se necesita; lo último que necesitamos es que los intelectuales conquisten el poder; te lo digo yo, algunas ideas son tan ridículas que sólo un profesor se las puede tragar». Desde el momento en que se retiró, le dio por escribir a los periódicos cartas llenas de borrones de tinta, que me daba para que las echara al correo, y que yo nunca envié. ¿Qué sentido tenía? Eran ilegibles, mi padre apenas podía ver el papel.

Nuestro piso era alquilado por una miseria. Las señoras del Women's Royal Voluntary Service, tocadas con sus bombines, lo encontraron para mis padres cuando llegaron a Inglaterra en 1938 como jóvenes refugiados de Budapest. Hay una fotografía suya dando la vuelta a la llave en la puerta de la calle, con unas sonrisas como buzones de madera. A salvo al otro lado, pasaban el cerrojo y procuraban salir lo menos posible. Como único mobiliario habían traído con ellos un chino de marfil, con una caña de pescar de ébano, que era un regalo de boda de la tía de mi madre. Para la coronación de la reina, compraron un televisor que mimaban con su

SİZİN İÇİN NE YAPABİLİRİZ

KİLONUZU YÖNETİN

12 haftalık kursumuz uzmanlar tarafından tasarlandı ve güvenli ve sürdürülebilir bir şekilde kilo vermenize yardımcı olur.

SİGARADAN KURTULUN

12 haftalık kursumuz sigarayı bırakmanıza yardımcı olmak için tasarlanmıştır.

Gerçekten bırakmanıza yardımcı olmak için e-sigara, banlar, spor salonu ve inhalatörlerin kombinasyonunu kullanarak haftalık 1:1 danışmanlık hizmeti veriyoruz.

KENDİNİZİ KONTROL EDİN

Haringey'de 40-74 yaşları arasındakilere ücretsiz NHS Sağlık Kontrolü sunuyoruz. Kendinizi kontrol ettirin ve sağlığınızı korumak veya iyileştirmek için uzman tavsiyesi alın.

DAHA ÇOK HAREKET EDİN

Yeterli egzersiz yapmak, daha güçlü ve daha zinde olmanız anlamına gelir.

Nasıl kolayca aktif olabileceğiniz konusunda uzman tavsiyelerde bulunabiliriz.

DAHA AZ İÇİN

İçkiyi azaltmanız sağlığınız için iyidir.

Alkolü azaltmanın yollarını ve faydalarını keşfetmenize yardımcı olacak kişisel destek sunuyoruz.

ACTIVE 10

Adım saymanıza ve bu yıl sizi aktif tutmaya yardımcı olması için ücretsiz Active 10 uygulamasını indirin!

Daha fazla bilgi için **020 8885 9095**'i arayın veya **oneyouharingey.org** adresini ziyaret edin

BIRAKMAK
İÇİN ASLA ÇOK
GEÇ DEĞİL

Sigarayı bırakmak için pek çok neden var. Ve desteğimizle bırakma ihtimaliniz dört kat daha fazla.

2020 sigarayı **BIRAKTIĞINIZ** yıl olsun.

020 8885 9095'i arayın veya **OneYouHaringey.org** adresini ziyaret edin

e-sigara dostu bir hizmetiz.

constante y ansiosa atención, preocupados porque, si lo dejaban apagado demasiado tiempo, se negara a volver a encenderse, porque en aquellos tiempos los aparatos necesitaban «calentarse». ¿Y si se enfriaba demasiado? ¿Se moriría por completo, resentido por su abandono?

El dueño era un filántropo que tenía propiedades por todo Londres. Cada semana enviaba un hombre con un sobretodo Harris de *tweed* y un sombrero de fieltro a cobrar el alquiler, que mis padres tenían preparado dentro de un sobre. Nunca se retrasaron en el pago. El filántropo probó a subirlo, para conseguir que se fueran, pero mis padres pagaron sin una queja. Nunca hicieron nada en el interior; aunque los muebles y accesorios cada vez quedaban más anticuados, a ellos no les preocupaba. Nunca se les ocurrió que un piso junto a Marylebone High Street, a poca distancia de Oxford Circus, las estaciones del ferrocarril y la BBC, pudiera valer mucho dinero. Creían sinceramente que, cuando ellos murieran, el filántropo o, cuando éste murió en 1962, sus herederos alquilarían el piso a algún grupo de refugiados recién llegados. No tenían *ni idea*.

La razón de esta ignorancia era que mi padre pasaba todo el día con un ojo fijo en un pequeño punto, a pocas pulgadas de la nariz. Era maestro artesano en el cuarto trasero de un joyero en Hatton Garden, la calle de Farringdon donde se va a comprar oro y diamantes pesados en balanzas diminutas. El oro y los diamantes los traen desde Amberes unos hombres con abrigos negros, barbas negras, sombreros negros, maletines negros, sujetos con esposas a la muñeca, hablando por sus móviles en diversas lenguas, y una cabeza muy rápida para los números, pero mi padre no tenía absolutamente nada que ver con ellos. Siempre estaba en su polvoriento taller, atestado de cajas y papeles, bajo una lámpara con un intenso brillo, restaurando collares rotos y poniendo viejas piedras en engarces nuevos. Éste fue su trabajo desde la edad de dieciséis años hasta que le falló, finalmente, la vista a los ochenta y uno, cuando descendió sobre él una nube negra, como si Dios le hubiera enviado una de sus plagas.

Mucha gente pasó por Benson Court a lo largo de los años. El cirujano y su esposa se trasladaron a Finchley cuando yo tenía cinco años y, aunque siempre llegaba una tarjeta por mi cumpleaños, acabaron marchándose a Canadá, y perdimos el contacto. En la ventana de la cocina, al otro lado del pasaje entre los dos bloques de pisos, aparecieron cortinas nuevas, persianas nuevas y personas nuevas; nunca conocimos a ninguna de ellas. Una vez vi a una mujer, allí de pie, sola, llorando en mitad de la noche, con la máscara de ojos corrida y la luz del fluorescente del techo tiñéndole de verde el pelo rubio platino. En 1968, un niño pequeño, vestido con pantalones rojos hasta la rodilla, se subió al alféizar de la ventana, se balanceó por unos momentos, tambaleándose de lado, hasta que apareció un brazo grande, que lo pescó y lo devolvió al interior, a la seguridad. Un político vivió allí durante poco tiempo; lo vi una vez, en la salita, en las noticias de la televisión, y luego, un minuto después, cuando entré en la cocina para hacerme una taza de café, allí estaba de nuevo, poniendo a calentar una tetera, en mangas de camisa.

Los años pasan, la gente viene y va. Se instaló la locutora de radio, de voz exquisita, y el novio, héroe de guerra, con la medalla especial; la bailarina envejecida y su marido, el comerciante de alfombras persas, que comerciaba en otras muchas cosas, supongo, porque ella se refería habitualmente a él no como «mi marido», sino como «el plutócrata»; Gilbert, el caricaturista de prensa, que dibujaba caricaturas de políticos con narices largas y malévolas, tanto si las tenían como si no. Los veías corriendo escaleras arriba, oías el ruido de sus fiestas, veías caras famosas. Y muchos otros que se ocultaban detrás de sus puertas, y bebían, o lloraban, o dirigían empresas cuyos negocios eran poco claros. A veces, oías lenguas extranjeras en el ascensor. Un agregado de la embajada india mantenía a su querida rubia en un piso.

Pero en todo aquel tiempo, fui siempre la única criatura de nuestro edificio, no sé por qué. Puede que hubiera algo en las tuberías de plomo que frustraba la fertilidad, aunque mis padres se las habían arreglado para hacerme a mí. O tal vez fuera sólo que Benson Court era la clase de sitio al que la gente iba porque se sentía sola y necesitaba el estímulo de la ciudad. O estaban de paso. O tal vez había unas normas de no admisión de niños, que habían sido anuladas para mis padres, los refugiados. Sé que no había animales de compañía grandes, o si los había, eran ocultados cuidadosamente.

Crecí solitaria. Vivía sobre todo en mi pequeña habitación, que daba a la calle, con una estrecha cama individual, de niño, y un cobertor de felpilla. En la pared de enfrente había un cuadro enmarcado, una escena de *El lago de los cisnes*, con el *corps de ballet* como cisnes jóvenes, nieve, agua moteada de rosa, y en la cómoda, mis libros, sujetos por un par de sujetalibros, unos caballos de yeso desportillados, y un adorno, un perro de porcelana brillante; un perro de aguas, creo. Mi único amigo era el chino de la sala, que mis padres habían traído de Hungría. Yo lo llamaba Simon, y con frecuencia me hablaba. Esto no se lo dije a mis padres.

La ropa del armario era extraña. La mayoría era de segunda mano, del Women's Royal Voluntary Service: faldas de *tweed* y blusas de rayón de color marfil, con cuellos Peter Pan, abrochadas hasta arriba con botones de perla, y bordeadas con encaje descolorido como nieve sucia. No hay retratos míos vestida con esa ropa. Mi padre nunca tuvo una cámara ni sabía cómo utilizarla. Por lo que yo sabía, no había pruebas de que yo hubiera sido niña alguna vez.

Lo que recuerdo, cuando pienso en aquellos tiempos, no es una infancia, sino el propio Benson Court, y yo en los pasillos y en el jardín comunitario, o en mi habitación con mi diccionario, que mis padres me habían dado envuelto en papel grabado, como si fuera las llaves del reino (y para ellos, cuya lengua nativa no era el inglés, lo era), y así nació para mí el gusto por las palabras, un rasgo de inmigrante. Trataba de descifrar los muchos misterios de mi simple existencia, tumbada allí, pensando. No en los deberes de la escuela, sino jugando con las ideas, igual que otro niño más atlético puede pasarse horas lanzando, con una raqueta, una pelota contra la pared o tirándola para que pase por un aro. Pensaba en la distancia entre nosotros y el sol, y luego la luna, y luego Australia, y así sucesivamente hasta que dirigía el dedo a la punta de la nariz y practicaba cuánto podía acercarme a él sin que las dos superficies se unieran del todo, y si había una medida para eso. Todo parecía demasiado cercano y, sin embargo, de una manera inquietante, distante al mismo tiempo. El mundo exterior parecía como visto a través de la ventanilla de un tren que va a toda velocidad, o por lo menos como se describe esa experiencia en un libro, porque yo nunca había subido a un tren. No salí del perímetro de Londres hasta cumplidos los dieciocho años.

Flotaba a través del tiempo y el espacio. Tenía sueños complicados, y de vez en cuando, pesadillas. Creía que veía fantasmas en el ascensor. Era neurótica, tímida, propensa a los catarros, la gripe, las anginas. Prefería la inmovilidad de la cama —el cobertor, el edredón en invierno—, el espacio cerrado de mi habitación, y entornos cada vez más pequeños.

Llena de anhelos insatisfechos por lo que no sabía describir ni comprender, mordía cosas, por frustración. Me mordía las uñas y, durante un periodo de varias semanas, cuando tenía once años, tragaba cristales, que me ensangrentaban la boca. «¿De dónde saca la fuerza de la mandíbula?», preguntaba mi padre, desconcertado.

Hubo un corto espacio de tiempo, durante la pubertad, en que tuve lo que ahora se llama un problema alimentario. Sólo aceptaba comer alimentos amarillos o blancos, pero como esto sólo me permitía el pan, la mantequilla, las patatas, el pollo y los pasteles, me engordé, en lugar de adelgazarme. Luego, de repente, se me antojó lo rojo: buey, tomates, manzanas, alubias rojas. Mis padres hablaban de mí, después de que me fuera a la cama, y me los cruzaba en el pasillo, de camino al cuarto de baño para hacer pipí, en mitad de la noche. No estaban de acuerdo en si debía ver a un médico o no. Mi madre estaba a favor, mi padre en contra.

—No te preocupes —decía él—, cuando crezca todo esto se le pasará.

—No tienes que pagar, sabes —decía mi madre—, si eso es lo que te preocupa.

—No tiene nada que ver con pagar; la niña está bien. En cualquier caso, todas las mujeres son histéricas. Tú no, claro, Berta.

Con el tiempo me calmé y empecé a ver la vida con más filosofía y a comprender que el dolor de vivir es normal, y hay que darlo por sentado.

En la adolescencia adquirí conciencia de mí misma y, al volver a casa de la escuela, me miraba en los escaparates de las tiendas. Empecé a observar a los demás, en grupo y como individuos, y me las amañé para ser parte de la raza humana. Hice intentos por acercarme a otras chicas de la escuela, las marginadas silenciosas, y entré a formar parte de un grupo de estudiosas que iban al cine los fines de semana, al Academy, en Oxford Street, donde veíamos películas en las lenguas extranjeras que aprendíamos. Después íbamos al Soho a tomar un café con espuma. Luego yo volvía a casa, a Benson Court, donde mis padres, con una bandeja de comida en las rodillas, estaban viendo la televisión: un entretenimiento ligero, concursos, telenovelas y comedias de media hora. Las ideas no eran, categóricamente, lo suyo.

Mi madre nació con una pierna más corta que la otra. Nunca la conocí sin su bastón marrón ni sin los chalecos de fieltro marrón que se hacía ella misma para «tener caliente la espalda». Un día, al volver a casa de la escuela, la vi tratando de cruzar Marylebone

High Street, junto al *pub*, donde el tráfico era constante. Ella no me vio. Mientras esperaba, nerviosa, a que los coches y camionetas frenaran, haciendo avanzar el bastón fuera del bordillo, preparándose para el pequeño descenso, un pájaro, un gorrión, se le posó en la cabeza. Debió de notar sus garras clavándosele en el cuero cabelludo, pero no chilló; levantó la mano y palpó el ala, fría y seca, con los dedos, y el pájaro no escapó asustado ni trató de sacarle los ojos a picotazos. Se cernió un momento, a un par de pulgadas por encima de su pelo de color castaño caoba, antes de marcharse volando, dejándole un pequeño depósito blanco en la cabeza.

Como me daba vergüenza volver caminando a casa cogida del brazo de una mujer con caca de pájaro en el pelo; una mujer no sólo con caca de pájaro, sino también con un bastón de madera con contera de goma; una mujer que, automáticamente, cogía el brazo de su hija y lo enlazaba en el suyo, porque pensaba que así era como una madre y una hija deben pasearse por las calles, para demostrar su afecto…, como no quería que me vieran con mi propia madre, retrocedí, doblando hacia Moxon Street, giré varias veces a la derecha para regresar al mismo punto, y llegué a casa unos minutos más tarde.

La encontré en el baño, lavándose el pelo, sonriendo y cantando una cancioncita de la radio. «¿Sabes? —me dijo—, hace un momento que acabo de tener una visita de un pajarito y, aunque no es muy agradable al principio, cuando sucede, he oído decir que trae buena suerte. Sí, mañana tendré buena suerte.»

Y la tuvo. Llegó una carta con el correo de la mañana: había ganado diez libras en el sorteo mensual de los Bonos del Estado. «Fue el pájaro —dijo—. ¡Gracias, pájaro!»

Así era ella.

Hasta los diez años, ignoré por completo que tenía un pariente. Entonces, un día, sonó el timbre de la puerta. Mi padre la abrió como siempre le abría la puerta a cualquiera, con la cadena puesta, tratando de ver por la rendija.

—¿Quién es? —preguntó con su voz de inmigrante, aflautada y destrozando las vocales—. Sé quién no es, porque no es el día del alquiler, así que no finja que ha venido a buscar su dinero.

Un par de dedos gruesos aparecieron por la abertura y agarraron los nudillos afilados de mi padre.

—Ervin, déjame entrar; soy yo, tu hermano.

En cuanto oyó la voz, mi padre cerró la puerta de golpe, con tanta fuerza que el piso tembló y mi madre vino corriendo al recibidor para ver qué pasaba.

—¡No somos familia! —gritó mi padre, mientras la nariz le empezaba a sudar—. Vete o llamo a la policía.

—Ervin, he traído una estupenda tableta de chocolate. ¡Espera a ver lo grande que es! Déjame entrar, nos sentaremos y hablaremos.

—*Khasene hobn solst du mit dem malekh hamovesis tokhter!* —chilló mi padre.

—¡Ja, ja! Quiere que me case con la hija del Ángel de la Muerte —le dijo mi tío a la chica que había traído con él, y le dio un beso en la mejilla con sus labios temblorosos.

—*Fransn zol esn dein layb!* —aulló mi padre, y abrió la puerta para que su hermano pudiera apreciar toda la fuerza de su voz, que sabía era muy poca y necesitaba que no hubiera interrupciones en el aire para que se amplificara, con una rociada de saliva añadida.

Yo estaba con las manos apoyadas en el marco de la puerta, mirando fijamente al recién llegado con unos ojos como platos. Nunca en mi vida había visto a nadie vestido como él, y mucho menos como la chica. Un hombre con un traje de moer azul eléctrico, zapatos de ante negros, cosidos a mano, la muñeca destellando con un reloj a la moda, sujeto a un brazalete de diamantes. Y la chica negra que llevaba cogida del brazo, con su abrigo de nailon, estampado imitando la piel de leopardo, un casquete a juego y sosteniendo un bolso de cocodrilo, de plástico, con un cierre dorado.

¡Un tío!

El hombre me miró. Yo era toda ojos negros en una cara cetrina. Una niñita morena, parecida a mi madre; él y mi padre tenían la tez clara y el pelo rojizo. Esta erupción volcánica me había provocado un estado de choque catatónico; no podía hablar, no podía moverme. *Nunca* teníamos visitas, aparte del hombre del alquiler. No veía a nadie, excepto los refinados residentes de Benson Court, algunos de los cuales me hablaban y me daban caramelos, después de haber sido cuidadosamente investigados por mis padres, así que allí estaba yo, rígida de sorpresa, como si la luna, la bola plateada, se hubiera bajado a sí misma desde el cielo mediante cuerdas y poleas y el hombre de la luna hubiera abierto una trampilla y hubiera bajado de un salto en medio de nuestro recibidor.

—¿Qué ha dicho? —preguntó la chica, con voz ronca.

—Desea que me contagie de una enfermedad venérea —tradujo mi tío, poniendo los ojos en blanco. Ella soltó una risita y tosió.

—¡Delante de la niña! —exclamó mi padre—. Vivien, vete a tu habitación. —Pero yo no me moví. No sabía qué era una enfermedad venérea. Paladeé las palabras y las guardé en mi memoria, para más tarde, cuando iría a consultar el diccionario que me habían regalado por mi cumpleaños.

—Eh, Vivien, ven con tu tío Sandy; tengo chocolate para ti. —Abrió el cierre dorado del bolso de cocodrilo de la chica y sacó una barra de Toblerone del tamaño y el peso de un martillo—. Apuesto a que nunca antes has visto una así fuera de la tienda. Es de Suiza, ¿sabes?; hacen las tabletas de chocolate del tamaño de las montañas.

—*Migigul zolst in henglayhter, by tog zolst du hengen, un bay nacht zolst du brenen.*

—Ahora quiere que sea una araña de luces y que cuelgue de día y arda de noche. Mi propio hermano. —Mi tío se agarró la entrepierna de moer de sus pantalones y le dio una sacudida al pene. La chica se echó a reír: abrió la boca y soltó una serie de gemidos agudos, tragando aire entre uno y otro. Le vi el interior de la boca rosa, la enorme lengua rosa y los empastes metálicos de los dientes.

—¡No eres ningún hermano, tú, mujeriego! —Mi padre estaba furioso, nunca lo había visto tan colérico. Las pestañas, magnificadas, empujaban contra los cristales de sus gafas polvorientas, con montura negra. Me apreté más contra la puerta, pero no tenía ninguna intención de salir corriendo. Nunca había ido al teatro. Así es como pensaba que sería: gritos y grandes gestos. La gente transformada.

—¿De qué estás hablando? —preguntó mi tío, riendo, con el labio inferior, bulboso, agitándose arriba y abajo—. ¡La misma mamá nos dio a luz, sangre de nuestra sangre!

—Descanse en paz. No profanes su nombre con tu sucia boca.

—Ervin, déjame entrar.

—Nunca pondrás un pie en esta casa. No mientras me quede un soplo de vida. —Y mi padre cerró de un portazo, se fue a la salita y puso en marcha la tele, al máximo volumen, un punto más alto de lo que se había atrevido nunca.

Al otro lado de la puerta mi tío soltó un suspiro teatral, se encogió de hombros y bajó las escaleras, con sus zapatos de ante, cosidos a mano, y oí cómo la chica le preguntaba qué iba a hacer con el chocolate.

—Puedes quedártelo —respondió él. Corrí a la ventana y miré a la calle, vi a la chica antillana, con la cara manchada de chocolate, y a mi tío, con su coche fabuloso, el Jaguar plateado, abriendo la puerta del conductor y gritándole que subiera, no abriéndole la puerta del pasajero como un caballero, porque él no era un caballero y ella sólo era una puta adolescente. Pero esta visión ha seguido conmigo hasta hoy, aquella mañana de sábado, bañada por el sol, a la puerta de Benson Court, en 1963.

Ocho meses después, mi tío estaba en la cárcel. Fue una *agonía* para mis padres verse obligados, noche tras noche, durante cinco semanas y en contra de su voluntad, a ver los informes del caso por televisión, incapaces de apagar el aparato, porque entonces la sala se convertiría en una tumba de silencio imposible de romper. Y tratar, sin conseguirlo, de proteger a su hija del hombre que estaba en el banquillo, con casi el mismo apellido, que procedía del mismo lugar, que hablaba inglés con el mismo acento que mis padres, a quien yo había visto con mis propios ojos en la puerta de nuestra casa, discutiendo con mi padre y llamándolo hermano.

Un hermano es, para la hija de alguien, un tío. No había manera de evitarlo. Tenía un pariente.

—Pero ¿qué ha hecho ese hombre, papá? —pregunté enseguida.

—No hagas preguntas. Nadie ha tenido una vida tranquila haciendo preguntas, y una vida que no es tranquila, no es vida en absoluto.

Pero a mí la vida de mis padres no me parecía tranquila, sino inerte. Una hibernación de un cuarto de siglo.

Durante el resto de mi infancia, mis padres y yo rodamos lenta y silenciosamente, como tres canicas letárgicas, por el suelo de linóleo, mientras abajo, debajo del rosetón del techo y las cornisas ornamentales, la residente más antigua del bloque se movía, silenciosa, en una semioscuridad perpetua, con las lámparas dotadas de bombillas de pocos vatios y envueltas en chales con flecos para atenuarlas hasta convertirlas en una aureola brumosa de luz ámbar, como los faros de un coche en una mañana de niebla. De vez en cuando ponía un disco irreconocible en el gramófono. Cada noche, alrededor de las ocho, se ponía elegante, con un abrigo de piel de zorro y unos zapatos de ante gastados, con lazos de satén gris deshilachados, para recorrer las calles del Londres nocturno; una vagabunda que volvía a casa justo después del amanecer, cuando el ruido metálico del ascensor, el portazo de la puerta de entrada y el vibrar del cristal de colores en su marco de madera te despertaban de unos sueños vertiginosos.

Quién sabe por qué tenía ese horario nocturno tan raro ni por qué se maquillaba con sus manos temblorosas: los ojos de aquella cara arrugada con un cerco de afeite corrido, las mejillas con su redondel de colorete, igual que las de una muñeca, los labios como un arco de Cupido pintados de color rojo sangre, igual que si hubiera mordido a alguien y hubiera chupado su alimento. Tal vez encerraba a una mujer lobo en su interior. Todos tenemos estos impulsos internos, como perros que nos muerden los intestinos. Sé que yo los tengo.

Dormía hasta media tarde, a menos que estuviera echada, con los ojos muy abiertos, memorizando lo que había presenciado en su recorrido por la ciudad. La habían visto muy lejos, en Kilburn, subiendo las calles, dirigiéndose cada vez más hacia el norte, antes de volver a bajar, exhausta, cuando se hacía de día. ¿Por qué caminaba, con qué propósito? ¿Qué buscaba o de qué huía? No tengo ni idea, ni siquiera ahora, cuarenta años después.

Una noche, cuando tenía diecisiete años, volvía tarde a casa después del ensayo final para la obra de teatro de la escuela, que era la historia de Anastasia, la princesa Romanov (o mejor dicho la chica que afirmaba ser ella, la campesina polaca Franziska Schanz-kowska). Yo no actuaba en ella, era la apuntadora, una voz invisible. Era el 5 de noviembre. Los fuegos artificiales habían empezado a explotar en los jardines de atrás. En Primrose Hill estaban encendiendo una gran hoguera. La señora Prescott estaba en los escalones de Benson Court, abrochándose los botones del abrigo cuando una explosión tremenda sacudió la calle desde detrás del bloque de enfrente. Se quedó quieta, muda, temblando.

—¿Está bien? —pregunté.

—No me gustan las explosiones —dijo con un hilo de voz.

—Supongo que le recuerdan la guerra —respondí, compasiva, porque esto es lo que mi madre decía siempre, cada año («¡Las horribles bombas»).

Negó con la cabeza.

—Nunca me han gustado las explosiones.

—Tal vez no tendría que salir esta noche —dije—. Las habrá por todas partes.

—Me gustan las luces de colores. Ojalá fueran silenciosas. Me gusta mirar, no oír.

Una lluvia plateada se derramaba por encima de las chimeneas. Silbó un cohete. Se estremeció. Me afectaba la vulnerabilidad de esa señora, me recordaba mis años de soledad dentro de la habitación. Ella olía a rosas, polvos para la cara y tristeza. Estos olores me atraparon y me inmovilizaron, allí en la escalera. Sólo mido un metro sesenta y dos, pero así y todo era mucho más alta que ella.

—Me parece que tienes razón, no saldré hasta que haya acabado todo —dijo.

Dio media vuelta. Observé que su arco de Cupido se derramaba sangriento por dentro de las arrugas de encima de la boca. Nunca antes había visto este fenómeno de cerca, porque mi madre, que también tenía arrugas, nunca llevaba maquillaje. Pensé que debía de pasarse horas delante del espejo, pintando las grietas de carmín con un pincel diminuto. Se necesitaría tener buena vista y una mano firme, y ella no parecía poseer ninguna de las dos cosas, porque continuaba temblando y sus ojos me escudriñaban como si yo fuera alguien que conoció una vez.

—Usted vive en el piso que está debajo del nuestro —dije—. A veces oímos sus discos.

—No pongo ningún disco.

—Sí que lo hace.

—No soy yo, es alguien que viene a visitarme.

Nunca había visto a nadie, pero también es verdad que no todo el mundo había visto al tío Sándor.

Subimos en el ascensor.

—¿Tu padre es el que tiene acento? —preguntó.

—Sí.

Las puertas del ascensor se abrieron, metálicas, en el segundo piso.

—Tal vez querrías acompañarme y tomar un jerez —dijo, volviéndose hacia mí al salir.

La seguí al interior de su piso, entrando en la penumbra. Sirvió el jerez en una copa, y una araña muerta flotó hasta la superficie; la saqué con los dedos y la dejé caer al suelo, junto a la silla. Lamí la superficie interior de la copa, con cuidado, probando el sabor del licor, que era dulce y mareante. Después de mirarme en silencio unos minutos, lo cual no me molestó en absoluto porque era lo que hacía mi padre, practicó abriendo la boca unas cuantas veces; empezó a formar una palabra, vaciló, se detuvo, empezó de nuevo y, al final, dijo:

—¿Por qué te vistes así?

—Es el uniforme de la escuela.

—Me refiero a cuando no estás en la escuela.

—No lo sé. Me pongo lo que hay en el armario.

—¿Sabes qué me gustaría hacer? Lavarte el pelo.

—¿Por qué? Está limpio.

—Me gustaría peinarte.

Me apoyó la mano, delicadamente, en el brazo. Sus ojos eran amables, no dementes, de un azul acuoso, desleído, la dickensiana Miss Havisham de las calles ventosas, caóticas, peligrosas. Si creces en Benson Court, das por sentado que todos somos diferentes, que no somos todos iguales. Ella era extraña, pero también lo eran mis padres; y era frágil y fuerte, a la vez; frágil de cuerpo, pero dura para sobrevivir a la noche.

Me levanté y la seguí al cuarto de baño. Abrió los grifos y me empujó suavemente la cabeza, bajándola sobre el lavabo. El agua me corrió por la cabeza y sentí el frío gotear del champú en el cuero cabelludo. Sus dedos, de repente fuertes, empezaron a masajear, convirtiendo el líquido en espuma. Una deliciosa sensación de hormigueo me invadió el cuerpo.

Durante varios minutos, me frotó la cabeza con una toalla y luego empezó a enrollarme el pelo en unos tubos grandes. Sus dedos sabían exactamente lo que estaban haciendo. Me miré al espejo. Mi cabeza se había ampliado en una serie de grandes rulos metálicos, sujetos con pinzas.

—Ahora siéntate junto al fuego —dijo— para que se seque del todo.

Pasó mucho tiempo. Fuera, las explosiones eran cada vez peores, los gatos chillaban de terror y los perros ladraban como si se hubieran vuelto locos. Se tapó las orejas con las manos y se hizo un ovillo detrás de los cojines. Fogonazos, chispas y una lluvia de luz atravesaban las cortinas.

—Está durando siglos —dije.

—Cada año hacen más ruido.

Al cabo de un rato me quitó los rulos y empezó a cepillarme el pelo.

—Mírate —dijo, señalando al espejo.

Había entrado en el piso con una mata de pelo negro, con rizos encrespados y enredados, aplastados y sujetos con pasadores marrones y dos peinetas de carey. Ahora tenía un casco de ondas oscuras y lisas. Me sentía partida en dos mitades, la interior y la exterior de mi propia cabeza. Era una alienación tan profunda, al principio, una crisis mental tan fuerte, que empecé a balancearme hacia delante y hacia atrás sobre las suelas de goma de mis zapatos escolares.

—Lo ves, cuando empezamos eras una chica cetrina y fea, pero ahora pareces Elizabeth Taylor. Te enseñaré una foto.

—¿De verdad soy yo?

—Pues claro que sí. Es quien tú eres realmente.

—Gracias.

—De nada.

Las explosiones se iban apagando. Sólo interrumpía la noche algún estallido aislado.

Se puso el abrigo.

—Ahora ya puedo salir —dijo. Y dejamos el piso juntas. Ella bajó en el ascensor y yo subí el tramo de escaleras que me faltaba. La oí volver mucho más tarde que de costumbre, alrededor de las siete y media de la mañana, porque había salido con retraso.

Mi madre puso el grito en el cielo en cuanto me vio, y mi padre se puso blanco.

—¿Qué has hecho? —preguntó ella—. ¿Quién te ha hecho esto?

—¿Es que ahora eres una mujerzuela? —dijo mi padre—. ¿Vas por ahí con hombres?

—Me lo ha hecho una chica de la escuela —dije—, y no me digáis que me lo lave, porque no voy a hacerlo. Tengo diecisiete años y haré lo que me dé la gana.

Mis padres estaban estupefactos. No habían criado a una hija para que les replicara. Me veían descendiendo al mundo, que a ellos les parecía el oscuro bosque de los cuentos de hadas, donde merodeaban los lobos, los elfos malos y otras criaturas de la noche de la Europa central. A poca distancia de Hyde Park, el año antes, los Rolling Stones habían dado un concierto, y el ruido de las guitarras y la batería había resonado hasta en Marylebone, entrando incluso por las ventanas de Benson Court, donde estaban mis padres, cogidos de la mano, como si la música fuera el sonido de las bandas al desfilar, precediendo a un ejército que venía a matarlos a tiros.

Al día siguiente, después de la escuela fui a Boots, la perfumería, y compré un lápiz de labios rojo, dentro de un estuche dorado, y por la noche me pintaba los labios, y los llevaba pintados mientras hacía los deberes. Unos días más tarde, me aventuré en el territorio de la máscara de ojos, después de una lección sobre cómo aplicarla, impartida por la vendedora. Nunca llevaba nada de esto fuera del piso, pero empecé a pararme delante de las tiendas de ropa y a mirar dentro. Intenté peinarme como había hecho la señora Prescott, pero sin mucho éxito y, al final, le pedí consejo a la peluquera que me cortaba el pelo cada tres meses. Me vendió una loción que tenía que ponerme después del champú y me dijo dónde podía conseguir un secador barato de segunda mano. A partir de ese momento dediqué mucho tiempo a alisarme el pelo.

Igual que Louis Jourdan en la película *Gigi*, fue Gilbert, el caricaturista, quien primero se dio cuenta de que había crecido y me invitó a un 4G y luego lió un canuto. Recorrí Marylebone High

Street flotando y, alrededor de una hora más tarde, perdía mi virginidad con él; una tarde de fuertes lluvias que hicieron desbordar las alcantarillas y de rayos que alcanzaron a una paloma en los jardines comunitarios. Después me hizo brindar con Gentleman's Relish y me dibujó para su colección privada de bocetos. Lo hice sólo porque había leído muchas cosas sobre el amor en los libros. No fue satisfactorio, fue húmedo e incómodo, pero atrajo mi atención sobre el siguiente conjunto de posibilidades. Yo era precoz en ese campo, lo que llaman *una entusiasta*.

Dicen que resplandeces cuando has tenido relaciones sexuales. Debía de ser así, porque todos los viejos verdes del edificio empezaron a irme detrás. La bailarina retirada solía ir a almorzar dos veces a la semana a la Fountain Room, en Fortnum & Mason, para reunirse con sus viejas amigas y recordar los días lejanos en que eran Odette y Giselle. El potentado merodeaba por los pasillos buscándome. «Quiero enseñarte mis primeras ediciones», decía. Era un tipo rechoncho con un fular rosa, y era dueño de uno de los primeros contestadores automáticos, que su esposa no sabía cómo hacer funcionar. A él le permitía organizar su complicada vida amorosa.

Yo pensaba solicitar el ingreso en la universidad para estudiar filosofía, debido a todo lo que había pensado a solas en mi habitación, pero luego empecé a probar a ser personajes de las novelas, un día o dos, para ver cómo me sentaban. Me vestía como ellas, pensaba como ellas, andaba por ahí siendo Emma Bovary, sin entender nada de la vida provinciana ni de la agricultura, aunque el aburrimiento sí que lo conocía muy bien.

La última vez que vi a la señora Prescott estaba en la escalera con aspecto agotado. Sólo por la hora que era pude saber si iba o venía.

—Lo conseguí —dijo con una voz quebradiza como un papel—. Mucho mejor.

—Gracias.

—Creo que tendrías que comer algo de carne roja, necesitas hierro y proteínas. Vas a ser una chica muy fuerte. Es tu estructura, tus huesos. Tienes origen campesino.

—Creo que no.

—Oh, sí. No hay ninguna duda.

—¿Puedo ir con usted?

—¿Adónde?

—A cualquier sitio que vaya.

—No, querida. No me gustaría.

Y se marchó, ágilmente, por la calle, caminando más rápido de lo que yo había esperado. La seguí un tramo corto, hasta llegar a Edgware Road, antes de dar media vuelta. La vi esperando en los semáforos de Hyde Park Corner, con el pelo brillando bajo la ligera lluvia.

Todo estaba iluminado con un resplandor ámbar: las luces de tráfico parecían quedarse interminablemente en ámbar. Me sentía llena de una súbita exultación, como una persona que acaba de despertar del coma. Era un gozo estar viva, un placer.

—Señora Prescott —grité—, dígame… —Pero ella atravesó la calzada corriendo, y aunque fui rápidamente tras ella, no conseguí alcanzarla, ni aquella noche ni ninguna otra.

Era una misionera, una expedicionaria. Era una exploradora, una cazadora; bendita sea ella y la bendición que me dejó. Expiró como un billete de ferrocarril, diez días después, en Edgware Road, en la esquina con Frampton Street, sin ninguna explicación.

Un hombre con una chaqueta sin mangas, manchada, y botas tachonadas se lo llevó todo. Al levantar un baúl, el fondo podrido cedió, inundando el pasillo de sedas, satenes, terciopelos, bordados ingleses, encajes y plumas en tonos melocotón, albaricoque, uva y ciruela: fue un momento deslumbrante de riqueza, que mi madre se apresuró a recoger en los brazos, para luego echar a correr escaleras arriba y cerrar la puerta del piso de golpe, jadeando.

—Una ladrona, en eso me ha convertido —susurró—, he robado la ropa de una muerta. Pero mira esto, Vivien, mira qué belleza. Nunca había visto cosas así, salvo en las estrellas de Hollywood. Ven y ayúdame. ¿Qué tenemos aquí? Botones de oro... No, dorados, si rascas, salta. —Emergió un perfume a muguete, viejas flores de antes de la guerra, que dominó el olor a moho que impregnaba el baúl.

Sostuvo un vestido contra ella, encima de la ropa, pero su figura sobresalía con mucho de las costuras.

—Es demasiado pequeño, lo sabía. Bueno, son demasiado buenos para tirarlos a la basura, pero me temo que a mí no me van bien. Vivien, tienes que probártelos. Para las fiestas.

Después de haber agotado todas las posibilidades de los vestidos de la señora Prescott y empezado a adquirir el gusto por lo entallado, el corte al bies, la falda hasta media pantorrilla, la chaqueta bolero, los anchos pantalones de talle alto, a lo Katherine Hepburn, y las hombreras de la Dietrich, empecé a frecuentar las tiendas de ropa de segunda mano, donde en aquellos tiempos todavía podías encontrar, con bastante facilidad, trajes de épocas muy anteriores. Las moradoras de los muchos bloques de pisos caros de Londres morían y los parientes apesadumbrados vaciaban su guardarropa —vestidos con flecos de los años 1920, sombreros *cloche*; de vez en cuando una bata de seda plisada de Fortune— y se lo llevaba todo la misma firma de vaciado de pisos que había intentado llevarse la ropa de la señora Prescott, antes de que mi madre la pescara.

Nosotras, las aficionadas a lo que ahora se llama *vintage*, las que nos negábamos a llevar los espantosos estilos del momento, las solapas anchas y las pálidas blusas de tirantes, los enormes cuellos, todo aquel marrón y naranja, nos pasábamos ciertas direcciones, discretamente, como si fueran las guaridas de traficantes de drogas.

Los más buscados eran los sitios donde llamabas al timbre en una puerta lateral y te hacían entrar rápidamente en una estancia sombría, situada encima de una tienda, donde había apiñados, de cualquier manera, colgadores y más colgadores llenos de tesoros, pieles apolilladas al lado de una chaqueta de Schiaparelli. Los dueños sabían exactamente qué tenían. Eran ropavejeros. Comerciantes de trapos. No comprendían por qué una procesión de chicas jóvenes subían las escaleras y les daban billetes de libra doblados a cambio de basura sin valor, cuando podían conseguir fácilmente ropa nueva de trinca en las tiendas; debíamos de estar un poco mal de la azotea o ser horriblemente pobres. Pero ellos, los vendedores, eran lo bastante listos para comprender que ciertas marcas se vendían a buen precio, y no importaba si la etiqueta iba pegada en una blusita de nada o en un práctico abrigo de invierno. La etiqueta era lo importante.

Pocas veces había algo parecido a un probador. Un trozo de cortina colgado en un rincón de la tienda; no tardabas mucho en darte cuenta de que la inclinación del espejo del techo estaba en línea con un segundo espejo que había fuera y comprendías que, si eras ducha, ibas a tener que cambiarte de una ropa a otra sin llegar a quedarte en sujetador y bragas.

La tienda a la que iba con más frecuencia estaba en Endell Street, en Covent Garden, encima de una carnicería, y el tufillo a cerdo, cordero, buey, hígados y riñones se pegaba a la ropa, de forma que tenías que llevarla varias veces a la tintorería antes de poder ponértela. El dueño era un viejo polaco, barbudo y embutido en botas y abrigos de piel de cordero durante la mayor parte del año, excepto en pleno verano, cuando llevaba una chaqueta de *tweed* y un gorro. Si ibas de forma regular, te ofrecía una asquerosa bebida de una botella de jerez de Chipre y sonreía con gratitud cuando la rechazabas. Su inglés era atroz, nadie entendía ni una palabra de lo que decía, y no había precios marcados en la ropa. Le preguntabas y él la miraba, te miraba y luego anotaba algo en un trozo de papel, y tú decías sí o decías no. Lo envolvía todo en papel de estraza, y ataba el paquete con cordel. Parecía un secreto eso de bajar las escaleras con aquel paquete anticuado y luego llegar a casa y ver lo que habías comprado realmente, lejos de la iluminación del fluorescente de la habitación atestada, llena de humo, que olía a carne. Con frecuencia había manchas que no habías visto, y a veces no era posible eliminarlas. Pero también podías conseguir una bonita chaqueta con la etiqueta CHANEL PARIS cosida dentro.

Llegué a la universidad vestida con un traje de cóctel de *crêpe de Chine* y produje una impresión instantánea y sensacional. La vida empieza ahora, pensé, y sí, lo hizo.

En el discreto campus de cemento, a las afueras de la medieval «ciudad» de York (que no era más grande que una población mediana), yo daba la impresión de ser londinense, sofisticada y con mucho mundo, criada en el corazón de la ciudad, con aplomo, llena de originalidad y seguridad en mí misma. Por dentro, miedo, inseguridad, torpeza social. Me dijeron que tenía un carisma distante, mientras deambulaba alrededor del lago artificial, poblado por patos y otras aves acuáticas, contemplando campos vacíos que se extendían hasta el horizonte. Pero lo único que sentía era la dolorosa soledad de los cielos perpetuamente grises y más allá de ellos, en dirección a los Montes Peninos, de las colinas peladas, marrones y desgastadas, y, hacia el este, del mar del Norte.

En cierta manera, fue una elección desastrosa, influida únicamente por un profesor que se había limitado a recomendar la excelencia de su departamento de inglés y que no sabía nada más. Yo me había criado en la ciudad. La máxima distancia que había recorrido desde Londres fue el viaje de una hora hasta Brighton, y sólo había visto vacas, ovejas, caballos, cerdos y gallinas en fotos. Un campo era generalmente verde, a veces amarillo en tiempo de cosecha. El gran espacio al aire libre era la distancia que había entre el autobús y la puerta de casa, y los parques que se extendían, llanos, como para tomarte un descanso y no volverte a levantar.

No sabía cómo explicar los padres refugiados, los chalecos de fieltro de mi madre, el ambiente claustrofóbico de Benson Court, la señora Prescott, Gilbert, sus porros y su cuaderno de dibujo, y mi ansiedad nerviosa en los espacios abiertos y el aire libre. Mi ropa servía como una especie de caparazón, una armadura con la cual protegía mi blando cuerpo interior. Pero mi manera de vestir hizo que alguien me parara en la pasarela cubierta junto al lago un día ventoso de finales de otoño y me preguntara si me interesaría unirme al grupo de arte dramático. No como actriz, sino para hacer los trajes. Sorprendida, dije que no sabía coser. Pero no se trataba de coser, sino de rebuscar en las tiendas de ropa vieja, así que fui yo quien ideó los trajes de una famosa producción de *Cuento de invierno*, que viviría durante muchos años en el recuerdo de los que tomaron parte en ella por la enorme tensión sexual que liberaba, junto con los brazaletes, los chales flotantes y otros afeminamientos.

Fue a través del grupo de teatro como aprendí a manejar las peliagudas maniobras de un yo dividido, los anhelos internos en lucha contra el pánico interno. Los homosexuales me dieron el valor de ser Vivien, o mejor dicho de crearla desde cero, con los materiales de que disponía. Me convertí, supongo, en un icono gay. Joder en la fantasía de un hombre gay. Y si iban a hacer un último experimento con el sexo opuesto, sólo para estar absolutamente seguros antes de comprometerse con los chicos, sería conmigo. Acabé harta de los chales flotantes y los brazaletes de plata, pero también me sentía cómoda quitándome la ropa y siendo examinada con la curiosidad ligeramente teñida de repulsión de alguien que mira un ejemplo físico de otra especie.

Un día de verano, al final de mi segundo año, estaba tumbada en la bañera, fumando un cigarrillo, cuando un chico rubio, alto y delgado, del departamento de bioquímica entró sin llamar, desesperado por orinar, cuando había venido a devolver un libro de texto a una de mis compañeras de piso.

La decisión fue suya, no mía, instantánea y decisiva:

Así que allí estabas, tumbada junto a un jarrón con amapolas en el lavabo, y un trazo rojo, que provenía del vidrio de color de la ventana, te cruzaba los pechos. Todo estaba lleno de vapor y tú fumabas un cigarrillo con los dedos húmedos, dejando una marca de carmín en el extremo y chapoteando en el agua con la otra mano. Eras clavada a un cuadro de Modigliani que vi una vez. Toda la estancia olía a rojo, y lo que me pasaba por la cabeza era: ¿quién es y qué está pensando?

Una pareja inverosímil, pero muchas lo son.

Alexander Amory. Parecía la persona más extraordinaria para elegirme a mí: cerebral, terco, seguro de sí mismo. Ahora me parece que era bastante superficial, pero de una manera muy complicada. A veces podía ser como un poste rígido, inflexible en la certidumbre de sus ideas, perorando sin fin sobre la ciencia y el progreso, sobre su investigación de las proteínas; pero otras veces podía tumbarse en el sofá, leyendo, con los pies colgando por encima del apoyabrazos, iluminado por la lámpara, riéndose tontamente por un artículo del periódico, leyendo trozos en voz alta, burlándose de las insensateces de nuestros políticos.

En una ocasión señaló que la mía no era lo que él consideraba una inteligencia objetiva, y la literatura no era, según consideraba, una materia real. Se podía hablar de literatura con una gran precisión si extraías de ella ideas sobre filosofía política, por ejemplo. Siempre que él leía un libro, me daba la impresión de un hombre que metía los dedos en un cuenco y sacaba una ciruela, que ponía delante de la luz para examinarla antes de llevársela a la boca. Pero como guía para el misterio de la naturaleza humana, la consideraba inexacta, más o menos inútil. En su opinión, mi propio planteamiento era hilarante. De alguna manera, yo conseguía meterme dentro de los libros que leía, palpándolos y saboreándolos; me convertía en los personajes mismos. Era una manera de comprender el arte demasiado intuitiva para que él la comprendiera.

Mientras que yo era una orquídea de invernadero, que florece en el interior, ovillada junto al fuego, leyendo, en invierno Alexander se quedaba sentado fuera, en medio de la niebla helada, mirando los gansos canadienses que alzaban el vuelo desde el agua del lago del campus, escuchando el batir de sus alas a través del hielo semiderretido. Luego volvía a casa, soplándose los dedos y trataba de escribir poesía, «que es tu campo, no el mío, así que ¿qué te parece, Vivien? La experta eres tú».

Afirmaba que la poesía era diferente de la sensiblería, y sus poemas eran una ardua labor. Inteligentes, metafísicos, con algo enterrado en ellos, como una raya de luz que sale por debajo de una puerta. Los admiraba, pero no me gustaban. Lo que sí me gustaba era cuando intentaba describir sus proteínas. La poesía y las proteínas, decía, eran casi lo mismo. Explicaba cómo se parecían a los densos grabados del hielo en una ventana, en invierno. «Ahora, ¿lo ves?» Algo así.

Lo que adoraba de verdad en él era lo inmensamente interesado que estaba en mí. Decía que nunca había conocido a nadie como Vivien Kovaks; era lo que percibía como falta de lógica lo que le atraía, como si yo fuera una suma inmensamente difícil que trataba de calcular, una ecuación matemática que resolver. Siempre me estaba haciendo preguntas sobre mí misma, intentando proyectar su luz iluminadora, fría y clara, sobre cada aspecto de mi personalidad.

Por ejemplo:

—Cada par de guantes Fair Isle que compras acaban con los dedos agujereados —decía, cogiéndome las manos—, y luego tienes que comprarte otros nuevos, y todo porque nunca te cortas las uñas. ¿Por qué, Vivien? ¿Por qué no te cortas las uñas? No me mires así, no te estoy criticando, es sólo que me fascina.

—No me doy cuenta de lo largas que están hasta que es demasiado tarde.

—¿No hay alguna razón más profunda? ¿No es que tus dedos no soportan verse encerrados ahí dentro?

—No, es que soy perezosa y olvidadiza.

—Sí, de eso ya me doy cuenta, pero ¿por qué?

—No lo sé.

—Todo el tiempo estás lejos, en un sueño, y yo necesito saber qué piensas.

Pero yo pensaba en la suerte que tenía de haber escapado de Benson Court, de pasear por la calle cogida de la mano de este inglés alto y rubio, con sus patillas de hoja de hacha, que hacían furor a principios de los setenta, sus pies largos y estrechos, en sus botas bajas de ante, su pelo fino y ya raleando, y sus ojos azules. Porque había algo desmesuradamente sexy en la *idea* de Alexander, sin que él fuera claramente sexy en sí mismo. Me había salvado de las pálidas manos de mis parejas gays, sobre las cuales él no tenía ninguna objeción por principio, pero pensaba que era tonto permitirles que me utilizaran como una estación experimental en la ciencia del descubrimiento de la orientación sexual.

Su padre era vicario en la ciudad de Hereford; su familia era de una clase que yo sólo conocía por los libros y las revistas. Emergieron desde sus dos dimensiones para convertirse en una realidad inquietante, de carne y hueso. Por ejemplo, su madre criaba, como pasatiempo, un tipo de perros de pelo largo, y los exhibía en Crufts, la exposición canina. La casa olía a perro, a comida de perro y a moho, y ellos tomaban comidas pálidas: lonjas de jamón rosado, con anchos bordes de grasa blanca, patatas hervidas, calabacines hervidos, budín de arroz. Después de cenar, una de las hermanas tocaba el violonchelo y la otra la viola, y todos cabeceaban, como asintiendo, o leían la partitura. Yo dormía en una habitación helada, debajo de un edredón, y Cristo, con los brazos extendidos, sangraba sangre de madera en la pared, encima de mi cama. Para desayunar, el padre de Alexander comía un huevo pasado por agua, con una yema casi líquida, de un intenso color amarillo, que le salpicaba la barba, y su madre tenía un perro en la falda y lo besaba en la boca. Nadie prestaba ninguna atención. El perro ponía la lengua sobre la de ella; ambos las sacaban para lamerse el uno al otro.

Sin embargo, no lograba imaginarme de qué modo el hijo de la vicaría podría llegar a conocer al hombre de gafas polvorientas y los ejemplares de *Radio Times* con los programas de la noche señalados y rodeados con un círculo.

Cogimos el tren a Londres y entramos por la puerta de Benson Court. Nunca antes me había dado cuenta de los olores, los líquidos de limpieza, el sudor de las mujeres de la limpieza y, dentro del piso, el aroma a cerezas de mi madre.

—Puede decirse que nací en este ascensor —le dije, mientras subíamos. La caja de caoba parecía un ataúd puesto de pie. Alexander extendió los brazos para tocar los lados.

—Este útero —dijo—, esta incubadora tuya. Tremendo. Bien hecho.

Mis padres se quedaron sin habla al ver al joven caballero inglés, con las arrugas verticales a los lados de la boca, que se ahondaban cuando sonreía, las piernas embutidas en pana cruzadas sobre sus muebles baratos, mientras les explicaba pacientemente sus proteínas y lo que hacía con ellas.

—¿Lo sabe? —susurró mi padre, entrando en la cocina donde yo ayudaba a mi madre a poner en un plato un brazo de gitano comprado, y le quitaba el polvo a una copa de vino que venía incluida en el piso, por si él pedía algo de beber y uno de nosotros tenía que salir corriendo a la tienda a comprar una botella de algo.

—Lo básico —dije. Me había preguntado por mi apellido, Kovaks, y por si era pariente de aquel propietario, tristemente famoso, de viviendas de los barrios bajos. Conocía la historia de Sándor Kovacs, ya que había aparecido en los periódicos, pero me aseguró que no había establecido la relación entre él y yo. Dijo que una cosa no tenía nada que ver con la otra. Esta idea de que «se lleva en la sangre» era una tontería medieval, y hablaba de lo que sabía, él miraba la sangre por el microscopio.

Cuando ya estaba al final de la cincuentena, mi padre acometió, con gran esfuerzo y gasto, la empresa de cambiar oficialmente el apellido de la familia de Kovacs a Kovaks.

—Sólo una letra —le dijo a mi madre—, y ya no somos parientes.

¿A quién creía que engañaba? A él mismo, sin duda. Mi madre nunca se lo tragó y siguió firmando con su nombre al viejo estilo. Mi padre era más quisquilloso. Me dijo que ella no sabía ortografía. Que se había casado con ella y que ella todavía no sabía cómo se llamaba. Se reía y le hacía un guiño a mi madre, que no le hacía ningún caso.

Le señalé a Alexander la diferencia en la forma de escribirlo, pero cuando solicité mi primer pasaporte, para mi primer viaje al extranjero (un fin de semana en París, ¿cómo no?), vio mi partida de nacimiento.

—¿Cómo es, con ka o con ce? —preguntó—. No te lo devolveré hasta que me lo digas. —Así que tuve que explicarle lo de mi tío, el hombre con el traje de moer y la fulana de la piel de leopardo.

—¿Cómo se lo tomó? —preguntó mi padre, nervioso, echando una ojeada hacia la puerta de la cocina, incómodo por la presencia de un extraño en el piso—. ¿Todavía quiere seguir contigo?

—Sí, no pareció importarle lo más mínimo.

—¿Y sabe lo de la cárcel y todo?

—Sí, sí.

—¿Estás segura de que lo entiende?

—¡Sí!

—Bien, pues será mejor que no lo dejes. Nunca se sabe cómo puede reaccionar el siguiente. Dile que siempre será bienvenido en nuestra casa.

Los dos empezamos nuestras tesinas, la mía sobre los personajes secundarios de Dickens, lo que se llamaba los «grotescos», y que me resultaban familiares por mi propia infancia en Benson

Court. Yo era soñadora y perezosa, y avanzaba lentamente, mientras que Alexander iba a toda máquina en su trabajo; era muy disciplinado y trabajaba mucho, con días de doce horas entre el laboratorio y la biblioteca.

Le ofrecieron un trabajo, formando parte de un equipo de investigación, en la Universidad Johns Hopkins, de Baltimore, Maryland. Me pidió que me casara con él, una propuesta oficial, mientras cenábamos en un restaurante italiano, con una botella de vino y la entrega de un anillo con un pedacito diminuto de diamante. Dijo que no quería ir a Estados Unidos sin mí, que era la luz de su vida, una monita negra y exótica, cuyos dedos se curvaban de placer cuando era feliz y que discutía con una pasión furiosa que le trababa la lengua sobre lo que le importaba: literatura, ropa, el color de un lápiz de labios. Seria y frívola, excitante y sensual, sexy, increíblemente sexy... y yo exclamé:

—¿De verdad es así como me ves?

—¡Sí! —dijo él, sorprendido de que no comprendiera que así era yo; ¿de verdad lo necesitaba yo como un espejo?

Mi padre estaba tan preocupado por la tarea de entregarme en matrimonio, por recorrer el pasillo con un chaqué alquilado y todo el mundo mirándole, que se puso enfermo. De tanto preocuparse, empezó a producírsele una úlcera.

—¿Sabes?, no me gusta. No tengo partida de bautismo, como la que sacamos para Vivien cuando nació. Ella tiene los papeles, pero yo no. No es algo que debas hacer si no tienes los papeles. Pueden pedirte cuentas.

Se equivocó al poner la piedra en un collar, un zafiro azul en lugar de un diamante; era la primera vez, en casi cuarenta años de servicio leal en la misma firma, que mi padre cometía un error. Su jefe, el señor Axelrod, dijo que la boda lo estaba afectando. Estaba enfermo de ansiedad.

—Personalmente —dijo Axelrod—, creo que es psicológico. Además, ¿dónde está Hereford? Sé qué es Herfordshire, pero de

Hereford no había oído hablar nunca. ¿Por qué tiene que casarse? Es demasiado joven.

—Ya se lo dije, el chico tiene un trabajo en Estados Unidos, en un laboratorio.

—¿Va a buscar una cura para el cáncer?

—¿Sabe qué? Es eso exactamente. Le digo que está en un equipo. Un equipo para curar el cáncer.

—Un equipo es lo que tienes para jugar al fútbol o para lo otro, el críquet.

—Sí, bueno, éste es un equipo de otra clase, un equipo científico. Y cuando hayan terminado, habrán acabado con todas las enfermedades, así, sin más.

—¿Y de qué morirá la gente?

—¿Cómo voy a saberlo? A lo mejor vivimos para siempre.

—¿Quiere decir que tendré que aguantarlo, trabajando aquí, por toda la eternidad?

—¿Cómo, es que me va a poner en la calle sólo porque he conseguido una vida eterna?

Tuve que recorrer el pasillo sola; si le hacía pasar por aquel trago, mi padre iba a vomitarme encima del vestido. Así que yo sola, con un traje de satén gris, caminé hacia mi novio, que me esperaba con su traje nuevo, el pelo cortado a la altura de la nuca, las mejillas afeitadas, allí de pie, como un cuchillo de oro pálido.

Ya estaba hecho, y mi padre se desplomó y se abanicó con la hoja de himnos.

—Berta —le susurró a mi madre—, se han acabado todos nuestros problemas. Ya no nos pueden tocar.

—Por favor, Ervin —respondió ella—, no vayas a vanagloriarte de esto ante tu hermano.

Como regalo de bodas, mis padres nos pagaron el viaje de luna de miel, lo cual fue conmovedor porque ellos nunca habían tenido vacaciones, apenas habían salido de Londres en casi cuarenta años, y mucho menos habían estado en el extranjero, aparte del sitio de donde procedían. Pero ¿cómo podrían encontrar un hotel y dónde? ¿Y qué había de los arreglos para el viaje? Su idea de cómo era una luna de miel la habían sacado de la televisión; sabían que debía haber cócteles, copas de champán, puestas de sol, casi con toda certeza algún tipo de playa o, por lo menos, vistas al mar. Aparte del Támesis, pensaron en un crucero, pero era demasiado caro; consideraron la posibilidad de Roma, pero no tenía vistas al mar. Eran inflexibles sobre lo de las vistas al mar. Sólo habían visto agua corriente fuera de su bañera cuando hicieron el tumultuoso cruce del Canal de la Mancha, por la noche, antes de la guerra, y pasaron cada minuto bajo cubierta, mirando muy de vez en cuando al exterior, echando una ojeada breve y aterrada por el ojo de buey, al negro y alborotado mar. Pero sabían que el mar no tenía por qué ser así. Podías tener una palmera, por ejemplo, aunque no acababan de decidir qué crecía en ella: ¿dátiles, cocos, plátanos?

Después de muchas noches de discusión, mi padre decidió dar lo que para él era un paso enorme; recurrió a las únicas personas que conocía que podían ayudarlo: los vecinos, que estuvieron encantados, en especial los residentes que llevaban allí más tiempo, los que me habían visto crecer, jugar ruidosamente sola en los pasillos enmoquetados, apretar el botón del ascensor, por travesura, correr por el jardín comunitario en mi mundo imaginario.

Gilbert, que me había despojado de mi virginidad y estaba encantado de pasarme a un marido, convocó una reunión en su piso para decidir nuestro destino. La bailarina estaba allí, el marido plutócrata, la presentadora de televisión, un cirujano ortopédico que acababa de mudarse allí, y otras partes interesadas y de opiniones tenaces. Diez en total, sin incluir a mis padres, que nunca habían pisado otro piso en el edificio que no fuera el suyo. No tenían ni idea de que, bajo el mismo techo, vivieran otras personas así, con mesitas de centro, servicios de mesa, cuadros, alfombras, adornos, cortinas de brocado, sofás con fundas de cretona, librerías, aparadores, borlas de adorno.

Después de un intenso debate —y dos cafeteras y una botella de vino que mis padres no tocaron, aunque sí que comieron los bombones de licor, envueltos en papel de plata— eligieron la Riviera Francesa; más específicamente, Niza, el Hotel Negresco, y se pidió un folleto y se tomó nota de los precios, mis padres con la mano en el pecho, como si estuvieran a punto de tener un ataque al corazón, soltando exclamaciones escandalizadas ante las tarifas. Y luego, cartas, telegramas, giros postales: tres noches reservadas, en una habitación con vistas al mar y balcón, desayuno y una comida incluidos.

—Oh, sí —dijo Gilbert—, a ella le gustará.

—El sitio adonde vas es de renombre —dijo mi padre—. Es lo único que necesitas saber. Tiene renombre.

—¿Por qué? —preguntó Alexander, cuando bajamos del taxi y entramos en el vestíbulo—. ¿Por la vulgaridad?

—Pues a mí me gusta —dije, mirando alrededor.

—Pero ¿qué? ¿Qué es lo que te gusta?

Me gustaba todo: el bar con las paredes forradas de madera, las pesadas arañas del techo, las tapicerías, el surtidor de whisky de cristal, el ambiente de decadencia, lujo e inercia. Me gustaba el repulsivo niño con una diminuta chaqueta de armiño, tumbado delante de los arreglos florales esculpidos; las severas mujeres rubias con trajes de *tweed* y perlas tomando cócteles en los sillones de terciopelo del salón; los nombres de los platos en el menú colocado en un atril dorado en la parte de fuera del comedor.

Y sobre todo me gustaba nuestro reflejo en los espejos delante de los que pasábamos: el joven lord inglés, con la camisa blanca de cuello abierto y una chaqueta de lino azul petróleo, y su morena esposa, con la persistente sombra sobre el labio superior, los ojos de pasa y la tez cetrina resaltada por un trazo de carmín escarlata.

Su chaqueta de lana *bouclé* de color crema, la corta falda de *crêpe* azul marino, los zapatos de dos tonos.

—Aquí tú estás en tu elemento —dijo Alexander—. Vas vestida a la perfección para encajar en este escenario.

Fuimos a pasear por la Baie des Anges. Estoy casada, pensaba. Soy Vivien Amory. Soy libre. Pero, a pesar de todo, no acababa de entender que él se sintiera atraído por mí, por muy cerca que me pusiera el espejo.

—¿Por qué estuviste tan absolutamente seguro cuando entraste y me encontraste en el baño aquella vez? ¿Cómo lo supiste desde el mismo principio?

—Nos estábamos volviendo demasiado filiformes, nosotros los Armory —dijo, rodeándome con el brazo y besándome en la coronilla, mientras los que pasaban nos sonreían porque todavía nos rodeaba, muy obviamente, el brillo fosforescente de la boda—. Cada generación, un Armory se casaba con una rubia alta, y nos volvíamos más largos y blancos, hasta que empezamos a tener aspecto de lombrices. Cuando estaba a punto de irme a la universidad, mi padre me dijo que redujera la estatura, por favor, y que metiera algo de sangre roja en nuestras venas. Así que fuiste tú; estabas allí, en el baño. Por supuesto, no eras en absoluto lo que él tenía en mente, pero qué le vamos a hacer.

—¿Qué tenía él en mente?

Se limitó a soltar una carcajada.

Media tarde. Benson Court está en silencio. La bailarina se despierta de la siesta; no es el día que le toca almorzar en el Fountain Room, y el plutócrata está en el estudio, escribiendo cartas a su querida. Gilbert está trabajando, garabateando con la pluma en un papel, dibujando trazos malintencionados; le gustaría arrancarle los ojos al primer ministro con sus propias manos; los odia, gordos o flacos, todos son unos mentirosos y unos sinvergüenzas. Mi padre está todavía en Hatton Garden, mirando diamantes a través de la lupa, y ¿quién sabe qué ideas le pasan por la cabeza durante las largas horas que pasa en su banco con aquellos fríos pedazos de carbón?

Estoy intentando leer un libro. Un libro que ya he leído antes. A veces me pongo a llorar, de repente, y me seco los ojos con la manga. Los recuerdos de Niza se han ido desgastando, hasta convertirse en delgados paneles de oro batido. Sus ojos azules mirándome por debajo de las pestañas rubias, mientras se moría, unos ojos que ahora están encerrados en una caja. Y la caja está en un agujero, en el suelo, y se está produciendo alguna metamorfosis en Alexander, se está recomponiendo, de vuelta a las proteínas, y las proteínas alimentan la tierra, los tejos del cementerio, los dientes de león y las rosas ornamentales de la verja. El túmulo de tierra por encima de su cuerpo se va hundiendo lentamente. Pronto sus costillas quedarán aplastadas bajo el mármol.

Murió. Murió en la segunda noche de nuestra luna de miel, un accidente espantoso. Das un paso en falso, vuelves la cabeza hacia el lado equivocado cuando cruzas la calle, haces enguajes con lejía en lugar de elixir bucal; es ridícula la cantidad de puertas que hay ligeramente entreabiertas entre la vida y la muerte. La extrema fragilidad de la vida nos rodea por todas partes, como si siempre camináramos sobre un suelo de vidrio cuarteado.

Aquel hombre hermoso estaba muerto y no volvería a la vida. No lo podía creer, allí de pie, mirando a Alexander, precisamente a él, inerte, silencioso, perpetuamente incomunicativo. Yo todavía estaba húmeda por dentro, por su último acto, arriba, en nuestra cama de luna de miel, con la ropa esparcida por todo el suelo y los zapatos de piel de lagarto, rojos, de tacón alto, dando vueltas y más vueltas entre las sábanas desordenadas.

Me alegro de conservar una fotografía, porque la huella que dejó en el mundo fue tan corta y superficial. Sin embargo, al cabo de muchos años, después de todo lo que sucedió desde su muerte, y mucho después de eso, a veces, antes de quedarme dormida, sigo viendo su cara, los pequeños ojos azules, el pelo escaso, la leve sonrisa. No me queda nada en la manga.

Volví a casa sola, al piso claustrofóbico y a sus olores a col hervida; mis padres más conmocionados que yo, si eso era posible, más asustados, como si, de repente, pudiera aparecer un policía y arrestarme por estar, de alguna manera, implicada en el asesinato de un auténtico inglés.

—¿Sabes? —dice mi madre—, durante la guerra nunca sabías si llegarías al final de la semana viva, con aquellos terribles bombardeos.

El chino de marfil con la caña de pescar de ébano, amarillo con la edad, roto y reparado de forma invisible por los ágiles y expertos dedos de mi padre, me mira con dos diminutos ojos de ébano. Simon solía decir todo tipo de cosas dentro de mi cabeza, y luego se quedó callado durante muchos años. Justo ahora, ha vuelto a encontrar la voz y dice: *Ella está tramando algo, ten cuidado.*

—¿De verdad? Pensaba que eso fue sobre todo en el East End.

Encendí un cigarrillo. Fumaba mucho después de volver de Niza y tenía las articulaciones de los dedos manchadas de nicotina, y las uñas mordidas hasta dejarlas en carne viva. Mi madre apartó el humo con la mano; tanto ella como mi padre pensaban que era una «costumbre asquerosa», pero yo seguía llenando platitos con mi ceniza y mis colillas enrojecidas, manchadas de carmín.

—No, no, no —dijo ella—, era en todas partes. Ahora pienso mucho en ello debido a las bombas irlandesas.

—Ya me lo imagino. —Aguantaba el humo en los pulmones todo lo que podía. La quemazón de los tejidos me daba un placer masoquista.

—Sí, fue un tiempo horrible, ¿sabes?, horrible. Tenías que cuidar del número uno.

—¿Mmm…?

—Una mujer que pensara traer a un niño al mundo se lo pensaba dos veces en aquellos momentos.

—Supongo que sí.

Sus palabras eran un murmullo, como los sonidos del propio Benson Court: las tuberías que tosían, el crujir de las tablas del suelo, las puertas a lo largo del pasillo, abriéndose y cerrándose, la jadeante ascensión del ascensor y los pliegues de acordeón de la caja metálica abriéndose y cerrándose, la vida y el alma del edificio. Y esta habitación, con el sofá de piel marrón; el descolorido papel de las paredes, en el cual era casi imposible distinguir el dibujo de cañas de bambú; las tablas de roble del suelo, cubiertas con alfombras baratas; el aparador de nogal vacío, sin botellas ni licoreras ni servicios de mesa; las cortinas de terciopelo, todavía más gastadas que el papel de las paredes… Nada indicaba que el piso era un hogar y no un albergue barato, excepto mi fotografía enmarcada, en color, vestida con la toga académica, de color gris, y el birrete; aferrando el diploma enrollado que era mi título, tomada con la cámara de Alexander, y a mi derecha, un ganso de Canadá, tratando de montar a una hembra de su especie, en la hierba junto al lago artificial.

El chino cerró los ojos y se durmió una vez que me había alertado de que allí había trasfondo.

—Si descubrías que estabas embarazada, por ejemplo, quizá necesitaras considerar la situación con mucho cuidado.

Levanté la cara. Ella seguía con la cabeza inclinada sobre el calcetín marrón.

—Sí, quizá te preguntaras si podrías llegar a superar todo aquello, si el bebé se moriría de terror dentro de ti, debido a los continuos bombardeos. No querría salir de ninguna manera.

—¿A quién le pasó? —pregunté.

—¿A quién?

—Sí.

—¿Pasó qué?

—Lo que estabas diciendo.

—No estoy diciendo nada, es sólo una observación, eso es todo. Qué horrible era lo que comíamos durante la guerra; nada de fruta fresca. Un poquito de carne. A tu padre le costaba mucho pasarse sin mantequilla, y sin limón para el té…; me parece que eso fue lo peor de todo para él. El café también era espantoso. Sólo achicoria, creo.

—Hablábamos de bebés.

—Ah, sí, es verdad. Si una persona espera un hijo y no está en una buena situación, tiene que considerar qué hacer.

—¿Te refieres a abortar? ¿No era ilegal durante la guerra?

—Sí, claro que sí. Era un delito muy grave. Una persona podía ir a la cárcel por eso.

—¿Y qué hacían?

Se encogió de hombros.

—Hacían lo que hacían.

—¿Por qué me estás hablando ahora de esto?

—¡Oh! Sólo para recordarte que algunas cosas es preciso mirarlas desde todos los ángulos.

—¿Por qué recordármelo a mí?

Levantó, finalmente, la cabeza, apartando la mirada del calcetín marrón.

—¿Eres estúpida, Vivien? Yo no lo soy.

—Pero yo no...

—¿Es a mí a quien mientes, o también te mientes a ti misma?

Me levanté y salí de la sala. Me quedé un momento inmóvil en el pasillo, apoyada contra el marco de la puerta, y experimenté aquella extraña sensación que sentía de niña, de repentino alargamiento, de que mis pies estaban demasiado lejos de la cabeza o, quizás, al revés. Una no es una misma, en absoluto. Al rato, conseguí llegar a mi habitación y echarme encima de la colcha blanca de felpilla, frente al cuadro de *El lago de los cisnes*. Los polluelos de cisne se sostenían de puntillas, con sus talles diminutos y sus pantorrillas esbeltas. Me puse las manos en los pechos y apreté, pero estaban sensibles y tenía el vientre dilatado.

Poseída por otro ser vivo, que se aferraba con fuerza a mis entrañas, miré alrededor, a las paredes entre las que, una vez, me había encerrado de tan buen grado, y sentí que la puerta de la jaula se cerraba de golpe, con un ruido metálico. En mi interior palpitaba un sensibilidad dolorosa. Los pensamientos habían vuelto, como martillos dentro de mi cabeza. Me toqué los pechos, vacilante, con un dedo, y pensé en una boca húmeda y cálida chupando. Miedo, pánico, desesperación. Y no tenía ningún sitio adónde ir, salvo donde ya estaba.

Mi madre entró más tarde, cuando ya era oscuro y mi padre había vuelto a casa y se había instalado para ver un concurso, anotando las respuestas y tildando las correctas.

—¿Quieres comer algo? ¿Sopa?

—No.

—Hay un sitio en Tottenham Court Road. A veces paso por delante. Veo entrar a chicas y las veo salir de nuevo. Tiene un aspecto agradable, limpio, higiénico, sano. Pero mírate, estás más blanca que el papel. ¿Tienes miedo? No lo tengas, no dejaré que nadie te haga daño. Estaré allí todo el tiempo, te lo prometo. Yo lo hice sola, no tenía una madre que me ayudara. Pero no te preocupes, tú me tendrás a mí.

Su cara estaba muy cerca de la mía, con su piel agrietada y su pelo color caoba, con unas cuantas canas. Yo era su tercer intento de tener un hijo; había cancelado los experimentos anteriores.

—¿Papá lo sabía?

—¿Él? ¿Crees que habría podido vivir sabiendo una cosa así? Cada noche habría esperado que se presentara la policía. Ve a tomar un baño, cariño. Te sentirás mejor. Mañana telefonearemos y lo organizaremos todo.

Me enjaboné todo el cuerpo con Camay. La cortina de la ducha tenía un estampado de patos amarillos; me daba la sensación de que si me quedaba el tiempo suficiente, me sacarían los ojos a picotazos.

Mi madre entró y se sentó en el borde de la bañera.

—No es nada —me dijo—. Realmente, es un procedimiento breve y sencillo. No te preocupes.

—Mi vida es horrible.

—No seas tonta —dijo—. Nadie intenta matarte.

Me fui a la cama y me metí debajo del cobertor. Oí girar la manija de la puerta; mi madre entró, se sentó a mi lado en la cama y me cantó una vieja nana de mi infancia.

Nana, nanita, nana, mi niña, ¿quieres la luna para jugar? ¿O las estrellas para escaparte con ellas? Nana, nanita, nana, mi niña, duérmete ya.

—Después —continuó— empezarás de nuevo. Ya lo verás. Por supuesto, es muy triste lo de Alexander, pero déjame que te diga algo: la vida es muy dura para la gente como nosotros. Nadie debería hacerte creer que es fácil. No lo es, no lo es en absoluto.

—¿A qué te refieres con la gente como nosotros?

—Los forasteros.

—Yo no soy forastera.

—¿Eso crees?

Durante toda su interminable vida, hasta su muerte a la edad de ochenta y seis años, sentí que era una extraña para mi padre; no quiero decir que no me quisiera; sé que me quería, pero los limitados medios con que contaba para expresar cualquier forma de afecto tenían que abrirse paso a través de tantos obstáculos de su personalidad que le resultaba mucho más fácil quedarse quieto y mirarme por encima de sus gafas negras y polvorientas, cuando pensaba que estaba tan absorta en la pantalla de la televisión como solía estarlo él.

Cada noche volvía a casa del trabajo, con los ojos doloridos, encendía la televisión y comía lo que mi madre le ponía delante, y al cabo de un rato parecía darse cuenta de mi presencia.

—¡Vivien! ¿Qué haces todavía aquí?

—¡Papá! Vivo aquí.

—Pues claro que un padre le da a su hija un techo sobre la cabeza. Quiero decir, ¿por qué todavía no tienes un trabajo? ¿Crees que trabajar es una vergüenza?

—No.

—La gente a la que no le gusta trabajar acaba mal, ésa es mi experiencia.

—Sé de quién hablas.

—¿De quién? ¿De quién hablo?

—Del tí…

—No menciones ese nombre en mi casa. En cualquier caso, no me refería a él; hablaba de los haraganes que veo por televisión;

por no hablar de los que tienen un trabajo, pero no quieren hacerlo, los mineros, para empezar.

—Nada de política —intervino mi madre—. Me niego absolutamente, aquí y ahora.

Mis padres me habían criado para ser un ratón. Por gratitud hacia Inglaterra, que les había ofrecido refugio, decidieron ser ratones, y esta condición ratonil, de no decir mucho (a los extraños o incluso el uno al otro), de vivir callada y modestamente, de ser laboriosos y obedientes, era lo que esperaban también de mí. Y el tío Sándor podía ser muchas cosas, pero no era un ratón. En todo caso era un rinoceronte, recubierto del barro del río, embistiendo y apoderándose de todo. Incluso mientras dormía, si se daba media vuelta y se ponía sobre aquella espalda enorme, la tierra temblaba.

—¿Quién era ese hombre, papá? —pregunté, después de que mi padre cerrara la puerta de golpe, finalmente, después de la visita sorpresa en 1963.

—Nadie. Olvídalo.

Pero yo insistí.

—¡Papá! ¿Quién era? Dímelo, papá, por favor. —Y me subí a sus rodillas, un acto al que raramente me atrevía, porque o lo hacía enfadar («¡No veo la pantalla! ¡Me lo estoy perdiendo todo, sal de aquí!»), o enterraba la cara en mi pelo, lo olía y le decía a mi madre: «¿No está como para comérsela?». «Sí —respondía ella, haciendo su pequeña broma sobre mí por enésima vez—, con chocolate deshecho y helado.» Durante años pensé que quizá sí que tenían intención de comerme. Con ellos, no podías estar segura; tal vez era una costumbre húngara cocinar a las hijas y servirlas de postre, igual que la vieja bruja de mi libro, la que capturó a Hansel y Gretel y los encerró en su casita de pan de jengibre y azúcar.

Aun sabiendo lo que Sándor había hecho, enterándome no mucho después, de hecho, por las noticias de la televisión, de las cuales no podían protegerme, seguí fascinada por la reacción de mi padre. Sabía que tenía un genio muy vivo y que guardaba rencor durante largo tiempo a personas que yo no conocía, que habían muerto antes de que yo naciera, pero nada antes lo había llevado a este nivel de furia volcánica. Y nunca antes le había oído pronunciar frases enteras en una lengua extranjera, que, al principio, pensé que era húngaro, y no lo era.

—¿Qué voy a decir cuando quieran saber si soy familia de él, papá? —pregunté cuando estaba a punto de irme a la universidad—. ¿No crees que tendrías que decirme algo más? Dices que mintió cuando dijo que era tu hermano…

—Lo que tienes que hacer es no decir ni una palabra sobre ese hombre —dijo mi madre—. Ni una palabra.

—No pensaba contarle nuestra historia a los extraños, claro que no, pero ¿no crees que tengo derecho a saber? También es mi familia.

—¿Familia? Él dejó de ser familia nuestra hace muchos años, antes incluso de que tú nacieras —respondió mi padre.

—¡Ajá!

—Ay, mira lo que me has hecho decir.

Me eché a reír. No era fácil meterle un gol al viejo; normalmente, construía un muro impenetrable de palabras.

—¿Es un primo, entonces?

—A un primo puedes olvidarlo, ¿quién conoce a un primo?

—Más cercano que eso… Entonces, ¡sí que es tu hermano!

No dijo nada y supe que, por primera vez, lo había vencido.

—Piensa en lo que tu pobre padre ha tenido que soportar todos estos años —dijo mi madre—, sabiendo que ese hombre podía hacer que todo se nos cayera encima. Lo mantuvimos lejos también por tu bien, ¿sabes, Vivien?

—Es veneno —afirmó mi padre—. Siempre lo ha sido. Nunca ha sido bueno para nada.

—¿Huisteis a Inglaterra juntos?

—No, no; él no vio lo que se avecinaba, como nosotros. Nosotros fuimos listos, leíamos los periódicos, ¿no es verdad, Berta?

Prestábamos atención y no éramos tan engreídos como para pensar que podíamos salir librados, como por arte de magia, de las cosas horribles que sucedían. Sabíamos que una vez que a alguien se le mete una idea política en la cabeza, entonces tienes que apartarte de su camino, porque un hombre con una idea política en la cabeza pronto será un hombre que no sólo tiene una idea, sino también un arma. Y un hombre con un arma y una idea... Bueno, echas a correr hasta que te quedas sin aliento y él ya no puede verte. ¡Pero él no! Incluso después de la guerra, siguió allí. Aguantó hasta 1956. Idiota.

—Pero ¿qué le pasó durante la guerra?

—Bueno, lo pasó mal, lo reconozco. Pero esto no es ninguna excusa.

—Vale, pero, ¿qué...?

Y mis padres, que creían en Dios de una manera templada, mientras fuera un Dios que los dejara en paz y no se metiera en sus asuntos ni insistiera en que no vieran la televisión, un Dios no exigente y sin denominación concreta, recibieron, en aquel momento, el regalo de un milagro. Porque sonó el teléfono, lo cual sólo sucedía raras veces en todo un año. Era el agente del propietario para decir que vendrían unos obreros a sustituir un cable del ascensor roto y que no se preocuparan ni les pidieran la documentación, ni llamaran a la policía como la última vez.

Después de pasarse media hora prodigando alabanzas a la familia propietaria del piso, a esos grandes benefactores que no esperaban ninguna gratitud; es más, que preferían permanecer lo más lejos posible de sus propiedades, en su propia villa del sur de Francia, era evidente que el tema del hermano de mi padre, el propietario de mala fama de viviendas en los barrios bajos, no podía plantearse ahora. Había pasado el momento.

Me fui a la cama pensando en él y tramando reuniones imaginarias entre los dos, en las cuales acababa, por fin, averiguando exactamente quiénes habían sido mis padres allá en Budapest, y si estaban hechos de esta manera o la fortuna los había cambiado. Estas ensoñaciones eran levemente agradables y conducían a un sueño tranquilo, con sombras pintorescas bailándome en la cabeza. Pero luego me fui a la universidad, me casé y me olvidé de mi tío hasta que volví a la cama de mi infancia, y regresaron muchos de los viejos pensamientos.

Si estás desempleada, si, cada mañana, te enfrentas a la desolación de los días, quizá descubras que ni siquiera la lectura puede alargarse lo suficiente como para ocupar todas las horas, porque estar sin trabajo y, en gran medida, sin amigos, dependiendo de tus propios y estrafalarios padres y teniéndoles como única compañía, tiene un efecto extraño en tu estado mental. Eres muy consciente de lo largo que es el día, de tu responsabilidad para llenarlo con tus propios recursos y de lo tremendamente limitados que resultan ser; de que eres una farsa, una imitación, de cómo engañaste a tu marido, que creía en ti, que creía que pensar te importaba tanto como a él.

Entonces encuentras un compañero constante en una baraja de cartas, y las extiendes en la mesa y haces solitarios hasta que estás harta de los ases, los doses, los palos, los reyes, las reinas y las malditas sotas, de todo ese negro y rojo, rojo y negro, que se apiña delante de tus ojos y se levanta para lanzarse contra ti, con sus petulantes caras reales, mirando de lado hacia sus propios bordes.

Compré un ejemplar de segunda mano del *I Ching*, un antiguo juego de adivinación que estaba de moda por aquel tiempo, y lanzaba monedas dentro del nido cerrado de mis manos, pero nunca salió nada bueno. El *I Ching* no consiguió predecir correctamente lo que el futuro me tenía preparado…, que sólo alrededor de un año más tarde me estaría dando de bofetadas por no haber utilizado el tiempo provechosamente, por no haber acabado mi tesis, para empezar, o por lo menos haber leído todo Proust y Tolstói, en lugar de jugar con monedas y jeroglíficos chinos. Pero en presencia de aquellos grandes intelectos, me sentía todavía más insignificante y carente de valor; cerraba el libro y me arrastraba debajo del cobertor y no me levantaba hasta que mi madre llamaba a la puerta y decía:

—¿Qué? ¿Es que vas a pasarte todo el día apestando en la cama?

Así que caminaba.

Pateaba la calle hacia el sur, hasta Oxford Street, para deambular por los pasillos de Selfridges, sin dinero en el bolsillo. Hacia abajo, hasta el paso subterráneo, saliendo en Marble Arch y volviendo a bajar hasta Hyde Park para ver los cisnes en el Serpentine y escuchar a los chiflados y chalados de pie en sus cajas de jabón en el Speaker's Corner, y a veces hacia el este y el oeste, a lo largo de Marylebone Road, entre las estaciones de ferrocarril. Dentro de mi cabeza no había nada, nada de nada. A veces buscaba un banco, me sentaba y me quedaba dormida. Cuando empiezas a quedarte dormida en los bancos, sabes que tienes problemas.

—Igual que la señora Prescott —decía mi madre—. En eso te has convertido, ¿lo entiendes? Puede que también ella tuviera un pesar. Pero vigila, porque tanto caminar te volverá loca, como a ella.

¿Qué sabes tú del dolor?, pensaba yo. No has vivido. Nunca has vivido. No tienes ni idea. No sabes lo que es despertarte cada mañana y ver la luz a través de las cortinas, notar el sol que dibuja, tímidamente, manchas en las paredes, alegrarte ante la maravilla de que haya un nuevo día, y luego recordar lo que sabes: que no hay ningún nuevo día, sólo una repetición exacta del anterior. Porque a él nunca más volverás a oírlo mientras habla de sus proteínas, aunque sea sin prestar mucha atención, ni lo sondearás, con delicadeza, sobre su infancia en la vicaría. No pasearéis juntos por Hyde Park, ni os subiréis a un avión para volar juntos muy alto en el cielo y luego descender en el Nuevo Mundo. No lo haréis, no lo haréis, no lo haréis. No te besará. No insistirá en que te pongas aquellos zapatos rojos, de piel de lagarto, con el arco alto del tacón, el dolor, como lo llamaba él.

No te preparará el té por la mañana ni te lo traerá a la cama. Nunca encontrarás el disco de Glenn Gould tocando las *Variaciones Goldberg*, que él quería, ni verás el placer en su cara al desenvolverlo. No le cortarás las uñas de los pies, porque tiene la espalda demasiado mal para doblarse, después de haber permanecido sentado delante de un microscopio tantas horas. Nunca más te leerá un nuevo poema sobre los gansos, porque ya nunca más habrá un nuevo poema. Nunca verá la cara de su hijo ni, claro, tampoco la verás tú.

(¿Era un dolor profundo, o sólo la devastación que siente alguien que vuelve a casa y se encuentra que han entrado ladrones, que ha desaparecido la tele, que han revuelto todo el piso?)

«Ve y busca trabajo», decía mi madre. Una chica con un título universitario podía conseguir cualquier profesión que quisiera, si quería tener una profesión, porque un título era como un billete especial, que le enseñas a la gente de arriba y, de inmediato, en cuanto lo ven, saben que tienen que dejarte entrar. Ésta era la opinión de mi madre. Una persona con un título (en especial de la Universidad de York), una persona que sabía mucho de Charles Dickens, estaba en la cúspide. Mi madre no sabía exactamente qué oportunidades había, pero estaba segura de que, cualesquiera que fueran, estaban allí, a mi disposición, y que era mi propia terquedad y obstinación lo que me impedía conseguir un empleo.

Iba dos veces a la semana a la biblioteca de Marylebone Road para leer las páginas de anuncios de empleo de *The Times*, y anotaba en mi cuaderno la dirección de los puestos a los que podía optar, y enviaba mi brevísimo currículum vítae, con su historial de empleo vacío; nunca había tenido un empleo, de ningún tipo. Envié solicitudes para ser investigadora de la BBC, para ser ayudante de redacción de una revista literaria, para promocionar libros en Faber and Faber. No conseguí ni siquiera una entrevista.

Un día me tragué el orgullo y solicité un puesto de vendedora de postales en la tienda de la National Portrait Gallery. La carta me vino devuelta.

Me enfurecí tanto que los llamé.

—¿Por qué ni siquiera quieren verme para ese puesto? —pregunté—. Conozco las postales. Sé el nombre de todos los escritores que tienen un retrato en la galería. Me sé de memoria el retrato de Shakespeare que hizo Chandos. Podría describirlo con los ojos cerrados.

—¿De verdad? —replicó una voz aguda, al otro extremo del teléfono—. Se han presentado ciento sesenta y nueve solicitudes para este empleo, y cincuenta y dos de los candidatos tenían un título en Historia del Arte.

Todo en mí anhelaba y ansiaba sacarme del barro, pero seguía metida en él. Tenía celos de mí misma. Temía que si perdía la habilidad de ser la persona que era sólo un mes antes, la que estaba prometida a Alexander, entonces quedaría atrapada en Vivien Kovaks para el resto de mi vida y tendría que casarme con alguien de Benson Court y pasar una hora cada tarde visitando a mis padres, yendo arriba y abajo en aquel ascensor, ascendiendo eternamente, sin llegar a ningún sitio. Peor todavía, tendría mi propio piso y sería la señora Prescott. Puede que sus vestidos me hubieran corroído el alma.

La biblioteca estaba llena de gente con resfriados y hombres que no tenían ningún otro sitio adónde ir. Los letreros de las paredes prohibían escupir. No veo gente que escupa en estos días, y mucho menos letreros que lo prohíban, pero entonces sí que la gente escupía, escupía dentro del pañuelo, y una cortina de color marrón azulado colgaba en el aire, por debajo de las luces fluorescentes, congestionando los pulmones de los no fumadores. Un empleado de la biblioteca advirtió a un hombre con pantalones de *tweed* manchados, de tez lozana, que llegó a mediodía, con una botella de leche y una lata de comida para gatos, dentro de una bolsa de malla, que mantuviera las manos sobre la mesa, en todo momento, sin importar cuál fuese el tema de los libros que estudiaba.

Pero las bibliotecas tienen la virtud de atraer la buena suerte, como los Tres Príncipes de Serendip. Te guían. De pie, con los dedos en el índice de fichas, en la sección K, vi un nombre conocido, el mío. Me arrodillé en el suelo de linóleo, junto a los estantes de metal, y empecé a leer una obra bastante sensacionalista, que, pese a su fascinante título —*Kovacs, el Rey del Crimen*—, era una investigación de los viviendas degradadas del oeste de Londres. Un pequeño encarte de fotos, en el medio, revelaba a mi tío, captado a través de la ventanilla de su Jaguar plateado, con la cara bulbosa, envuelta en sombras, mirando más allá del cristal. Junto a la foto había una reproducción de un artículo del *Evening Standard*, con la misma fotografía, esta vez con la leyenda:

¿ES ÉSTE EL ROSTRO DE LA MALDAD?

Examiné los rasgos: un hombre corpulento, con un perfil parecido al de Alfred Hitchcock, el labio inferior colgante y el cuello grueso, por encima de una corbata con un nudo exuberante, me devolvía la mirada. Lo reconocía apenas como el mismo tío que se había presentado en casa con la tableta dorada de Toblerone y la chica antillana, pero allí, en el felpudo, muchos años atrás, estaba lleno de vida y color, con su traje azul brillante y su muñeca centelleante. En el libro, el tío tenía una mancha de tinta negra que le tapaba parte de un lado de la cara. Los puntos de la reproducción fotográfica no lo favorecían tampoco en nada; hacían que pareciera haber tenido viruela, mientras que yo recordaba su piel pálida y lisa, con un penetrante olor a una cara loción para después del afeitado.

Era un fotografía poco afortunada. El cristal de la ventanilla del coche lo bañaba en sombras, pero además, reproducido en el papel, barato y brillante, de lo que tenía aspecto de ser una impresión pagada por el autor, me hizo pensar en viejos asesinos y en casas donde se encontraban cadáveres debajo del entarimado.

Según el autor, mi tío era un completo cabrón, un matón barato, un chupasangre codicioso y avaro. No era sólo un propietario de viviendas sórdidas, sino un racista, que dejaba que sus inquilinos negros vivieran en unas condiciones atroces. Y no sólo un propietario de viviendas sórdidas y un racista, sino un gánster, un hombre que empleaba a gorilas locales para que dieran palizas a los inquilinos que no podían pagar el alquiler el día de cobro. Y no sólo un propietario de viviendas sórdidas, racista, matón y gánster, sino además un chulo que tenía prostitutas menores de edad en casas distribuidas por todo el oeste de Londres. Una chica dijo que había dado a luz a tres niños y que dos habían muerto de bronquitis debido a la humedad y la condensación constantes. Otro niño se cayó por una escalera podrida y se rompió la espalda. Un padre de siete hijos se había retrasado en el pago del alquiler; los matones de mi tío lo habían golpeado con cadenas. Y mi tío se levantaba por la mañana, se afeitaba, se ponía agua de colonia de Jermyn Street en su cara de Hitchcock, metía los pies en unos zapatos Lobb, de piel de becerro, y pasaba junto a los relojes de similor y los muebles dorados de su mansión de Bishops Avenue, hasta llegar a su escritorio Chippendale, que estaba rodeado de cajones de embalaje sin abrir, que contenían todas las mercancías de lujo que había comprado irreflexivamente a crédito y ni siquiera había llegado a mirar.

El relato de los repugnantes delitos de mi tío me heló hasta la médula, mi corazón dejó de latir. No había comprendido el alcance de todo aquello. Las entrevistas con sus víctimas eran desgarradoras. Las fotografías de los sórdidos interiores de sus casas eran repugnantes. Alguien testificó que los campos de prisioneros de guerra de Birmania eran mejores. Sí, así de horrible era, y el libro recogía que mi tío había soltado una carcajada al oírlo, lo cual demostraba el carácter cruel de un psicópata. Pasé a la última página:

Y con el arresto y posterior condena de Sándor Kovacs, en 1964, uno de los períodos más negros de la historia de la parte oeste de Londres tocó a su fin. La política de renovación urbana del Gobierno promete viviendas nuevas e higiénicas, con unos alquileres asequibles para todos. Una Inglaterra moderna está en gestación, en la cual las sombras del pasado, de unos extranjeros sin escrúpulos que sacan beneficios de los más pobres y vulnerables, están siendo eliminadas para siempre. Un nuevo amanecer, una nueva igualdad. El reino de Sándor Kovacs, de sus secuaces y parientes, se ha acabado definitivamente.

Había algo en este informe que no acababa de gustarme, aunque no sabía qué era exactamente. Sabiendo lo que estamos haciendo ahora respecto a los barrios pobres que la vivienda social de los sesenta levantó sobre los barrios pobres que se destruyeron para hacerles sitio, parece dolorosamente evidente que los planes de los visionarios políticos siempre están condenados a ser decepcionantes, pero también me causaron inquietud dos palabras: «extranjeros» y «parientes».

Seguía teniendo en la cabeza a aquella chica negra, con el abrigo de nailon estampado como la piel de leopardo y el bolso de cocodrilo falso, con los cierres dorados, y la tableta de Toblerone, su gran peso en la mano de mi tío, cuando trataba de dármela, como si fuera un lingote de oro. Y veía sus zapatos de ante, cosidos a mano, y la manera en que me miraba, con entusiasmo, pero también con tristeza y nerviosismo, y recordaba a mi padre gritando y a mi tío riendo. Y estas cosas eran más reales para mí que el Sándor Kovacs de ese libro.

En una ocasión, ya prometidos, estábamos en una boda, aquí, en Londres; era una ocasión social, alguien con quien Alexander había ido a la escuela. Mientras él estaba en la pista, bailando con la hermana del novio, una mujer se inclinó hacia mí, apoyándose en los codos, ya borracha como una cuba, miró la tarjeta con mi nombre, que señalaba mi sitio en la mesa, y dijo:

—Sólo quiero mencionar que conocí a tu padre. Y debo decir que, de verdad, creo que fue espantoso lo que le pasó.

—¿Mi padre? ¿Cómo ha podido conocer a mi padre?

—Bueno, cariño, él conocía absolutamente a todo el mundo. Lo que dijeron de él en los periódicos era pura basura. En aquel tiempo, la gente se alegraba de estrecharle la mano, quiero decir, todo valía, podías codearte con quien te diera la gana y ¿a quién le importaba? Conocí a algunas personas muy agradables que estaban completamente fascinadas por él y lo habrían tratado a lo grande si él hubiera seguido las reglas del juego. De todos modos, conmigo fue perfectamente encantador.

—Usted no ha podido conocer a mi padre; no sale nunca.

—Bueno, ahora no, quizás, pero al principio de los sesenta, te tropezabas con él en todas partes.

—¿Y dónde estaba mi madre? ¿También la conoció?

—Vaya, ¿sabe? nunca oí hablar de ella, él no decía mucho. Tuve la impresión de que había muerto. Pero puede que me equivoque. Para ser sincera, no creo que llegara a preguntárselo. Suponíamos que estaba libre, sexualmente, quiero decir. Y pese a ser un hombre bastante feo (por favor, perdóname, siempre era muy divertido cuando hablaba de su físico), una lo encontraba bastante atractivo, aunque de una manera tosca. Bueno, yo lo adoraba, podía haber pasado horas con él. Nunca nos acostamos, pero una amiga mía sí que lo hizo. Por favor, dime, ¿en qué anda metido ahora?

—Lo siento, pero ¿podría decirme quién cree que es mi padre?

—Vaya, pues Sándor Kovacs, claro. ¿De quién, si no, estábamos hablando?

Esta mujer, brillante, locuaz, iluminada por las arañas de cristal, al otro lado de una mesa atestada de tacitas y cucharillas de café de plata, era una rubia frágil y quebradiza, del tipo que fumaba demasiado y pasaba demasiado tiempo al sol en Cannes, en los años cincuenta y los sesenta, con la piel hundida en feroces surcos, y espirales en la cara y el cuello. Señora Simone Chase, se llamaba.

—Mi hermana mayor fue presentada en sociedad junto con la madre del novio. Parece que hemos estado mezclados con ellos de una u otra manera, desde antes de la guerra. Excepto que tienen más suerte que nosotras para conseguir que les duren sus matrimonios. Soy una alegre divorciada.

Apagó el cigarrillo en el charco de café de su platillo, y miró a su alrededor para ver si había algo más para beber.

—Malditos *petit fours*, ¿no estás harta de verlos? A cualquier sitio que vayas hay esos *petit fours* de las narices y siempre son idénticos. Y no es que nadie los toque nunca.

—Sándor Kovacs no es mi padre —dije—. Mi padre se llama Ervin. Trabaja en Hatton Garden, reparando joyas y montando piedras antiguas en engarces nuevos. Vive con mi madre en un piso junto a Marylebone High Street.

—¡Cielo santo! ¿Estás completamente segura? —Alzó los ojos para mirarme. Su pelo, un bello casco de malla dorada, endurecido con laca, se sostenía apartado del cuero cabelludo y, debajo, la cara desfallecía bajo aquella carga, porque después de contemplarme fijamente unos momentos, sus ojos volvieron a mirar alrededor de la mesa, buscando más vino.

—¡Sí! —dije, con una vehemencia indecorosa, porque era demasiado joven, estaba demasiado verde para dominar una expresión indiferente y, ciertamente, para hacer alarde de sangre fría.

—Pero, querida, él me lo contó todo sobre una niñita, dijo que era una cosita de pelo oscuro, muy oscuro. Incluso mencionó su nombre. Empezaba con una uve. ¿Qué podía ser sino Vivien? Seguro que Vera no. ¿Podía ser Veronica? No, porque recuerdo claramente que dijo que te habían puesto el nombre por Vivien Leigh, así que, ya ves, tiene que ser Vivien. No puedo haberme confundido.

—Kovacs es un nombre húngaro muy corriente. Sándor Kovacs no es mi padre y yo no me llamo así por Vivien Leigh.

—Me parece muy extraño —dijo—. ¿Y nunca has oído hablar de él?

—Pues claro que he oído hablar de él. Pero sólo en las noticias. —Miré alrededor. Alexander se movía sin esfuerzo por la pista de baile, con aquella elegancia suya de clase alta.

—¿Cómo era? —pregunté rápidamente.

—Bueno, como ya he dicho, terriblemente tosco, y llevaba la ropa más extraordinaria, relojes relumbrantes, terriblemente *nouveau riche*, pero todos ellos eran iguales, tenían dinero a montones y presumían hasta más no poder, aquella pandilla. Ya sabes, la *starlet* rubia y gorda y su marido *cockney*, ¿cómo se llamaban? Ahora no me acuerdo. Reyes del bingo en Bethnal Green, ese tipo de gente. De lo que no hablaban mucho en la prensa, debido al escándalo, era de lo mucho que le gustaban las chicas de color…

—¿Por qué eso era un escándalo?

—Debido a los otros con los que se acostaban, querida. Algunos de ellos están en esta misma habitación, pero no diré nombres. No después de tanto tiempo. En cuanto a Sándor, no creo haberlo visto nunca en público con una mujer blanca, aunque sí que se acostaba con ellas cuando tenía la ocasión, y eran chicas distinguidas, además; era un cazatrofeos. Tenías la impresión de que había muescas en el cabezal de la cama… y coronadas, pero siempre echaba a las chicas de la manera más educada posible a la mañana siguiente. Una amiga mía dijo que tenía las cicatrices más espantosas en la espalda, horribles de verdad; de la guerra. Horrendas. Las chicas de color que llevaba con él lo hacían más inaceptable todavía, por lo menos en mi círculo, pero, ¿sabes? cuando lo conocías, no podías menos que observar que tenía unos ojos terriblemente bondadosos. O por lo menos a mí me lo parecían. De un hermoso color castaño, como un chocolate bueno de verdad. Personalmente, yo creo que era un benefactor público.

Alexander volvió a la mesa.

—¿De quién hablabais? —preguntó.

—De Sándor Kovacs —dijo la señora Chase.

—Ah, sí —dijo Alexander—. Un tema fascinante.

—La gente dice que era malvado, ¿sabes? —continuó la señora Chase—, pero yo no. Nunca. La gente dice muchas paparruchadas, ¿no creéis?

—Sí —dijo Alexander fríamente.

En el estado en que me encontraba aquel principio de verano de 1977, con aquel pesar y aburrimiento, aquel fracaso y falta de valor espantosos, decidí que buscaría a mi tío. ¿Por qué no? No tenía nada más que hacer. Cuanto más pensaba en él, cuanto más visualizaba la fotografía y aquellas palabras de la página —«¿Es éste el rostro de la maldad?»—, con más frecuencia cavilaba sobre unas cuestiones que estaban lejos de mi limitado alcance filosófico. Nunca me había tropezado con la maldad, sólo había leído sobre ella en los libros, en las obras de William Shakespeare, pero incluso Macbeth era una persona de carne y hueso, aterrado por una daga que flotaba en el aire.

Así que busqué a mi tío en el listín de teléfonos y allí estaba, con gran sorpresa por mi parte.

Las mañanas se hicieron más luminosas, empezó el verano, y me despertaba cada vez más temprano. El silencio de la ciudad puntuado por algún que otro coche aislado. Luego el creciente gemido del tráfico por las principales carreteras arteriales, trenes que llegaban y partían de las estaciones. Repiqueteo de tacones en las aceras, al otro lado de mi ventana, chicas que iban a trabajar a las oficinas. La carreta del barrendero, haciendo chirriar los frenos, el motor eléctrico de la camioneta del lechero. Londres por la mañana.

Mi padre ya se había marchado, no volvería hasta la noche. Mi madre estaba sentada en la cocina con su bata marrón, tomando un café lechoso. Tenía el pelo hecho un desbarajuste. Parecía gorda y vieja, y vi la primera crispación de sus manos, que se convertiría en la artritis reumatoide que estaba a punto de añadir un tormento adicional a su cuerpo.

—¿Sabes?, me parece que voy a pintar este taburete —dijo—. Lo compramos cuando vinimos aquí, pero está muy desconchado. Lo haré mientras todavía pueda.

—¿De qué color?

—No lo sé. Quizá verde.

—Entonces que sea verde esmeralda o verde hierba.

—Suena muy vivo.

—No nos iría mal un poco de vida aquí.

—¿Crees que somos un poco apagados?

—Sí.

—Puede que tengas razón. Siempre parece ya suficiente trabajo tenerlo todo limpio, no te preocupas de qué aspecto tiene.

En ocasiones consiguió pequeños trabajos en alguna tienda, atendiendo detrás del mostrador, pero mi padre siempre encontraba alguna excusa para convencerla de que los dejara. Una vez, un español muy apuesto, con un tupé negro oleoso, se interesó por ella; la animó a comprar un pañuelo de seda auténtica. Después de esto, mi padre se volvió muy quisquilloso con la limpieza doméstica, y pasaba el dedo por la superficie de los muebles:

—Berta, mira esto; contigo en el trabajo, la casa está cada vez peor.

Así que ella dejó el trabajo y se pasaba las mañanas de rodillas, frotando el linóleo, y por las tardes tejía cosas que nadie se pondría nunca.

El periodo verde de mi madre duró diez semanas, todo el verano. En una ocasión tocó la nariz de mi padre con el pincel y se rió de él.

—Berta, ¿es que has perdido la cabeza? ¿Tengo que llamar al médico para que te vea?

—No armes tanto jaleo, aquí tienes un trapo con aguarrás, límpiate, si eres tan quisquilloso.

—¿Qué vas a hacer hoy? —me preguntó, mientras ponía en marcha la tetera, mirando por la ventana a aquel otro piso cuyas persianas seguían bajadas y a cuyos ocupantes no se los veía casi nunca.

—Voy a salir —dije.

—Ah, me alegro de saberlo. ¿Adónde vas tan temprano por la mañana?

—A dar un paseo.

—Más paseos. Estás muy delgada, caminas y no comes. ¿Te sigue doliendo ahí abajo?

—No, nada.

—Así que sólo es el corazón. Yo todavía siento ese dolor por lo que hice, y para mí fueron dos veces.

Salí corriendo de la cocina y del piso, doblé por High Street, crucé Marylebone Road y entré en Regent's Park.

El parque estaba rodeado de palacios blancos, los leones rugían en el lejano zoo. Crucé la carretera y llegué, casi enseguida, a un lago con barcas, pájaros..., gansos, como los que Alexander había estudiado y sobre los que había escrito poemas. Se podía ir de norte a sur a través de los parques de Londres; podías atravesar Hampstead Heath, Parliament Hill Fields, Primrose Hill hasta Regent's Park, luego hasta Hyde Park, St. James's Park, Green Park... Los parques llegaban casi al río y, hacia el oeste, a los grandes espacios abiertos de Richmond Clapham, Wandsworth. Un parque tenía ciervos y otro una galería de arte; había parques con teatros, conciertos al aire libre, zoos. Ésta era mi naturaleza, estos céspedes bien segados, quioscos de música, lagos con barcas, furgonetas con helados, cafés que cerraban en invierno.

Las aves hacían un ruido enorme en la temprana mañana de verano y exigían mi atención. Me senté en un banco para mirarlas y pensar en qué veía Alexander. Sus ojillos me vigilaban, sus patas palmeadas avanzaban sin hacer ruido por la hierba, se aglomeraban en torno a unos mendrugos de pan. Él decía que no podías imaginar qué pensaban, porque su cerebro estaba en sus alas, tenían brújulas allí, y mapas. Sabían exactamente qué estaban haciendo.

—Jovencita, excúseme, éste es mi banco, cada día me siento aquí. —Y allí estaba, de pie, con impermeable, una carpeta de piel debajo del brazo, el pelo gris y ralo, la cara blanca, el labio inferior tembloroso, todo el peso en el fornido pecho y en los hombros, que henchían la camisa de algodón; las piernas y los pies como los de las aves acuáticas, una subestructura superflua. Mi tío.

Nunca antes había visto la palidez de la prisión. Nada que él hiciera le devolvería nunca su anterior color de piel. La cárcel lo había convertido en monocromo; su voz se entrecortaba al mirarme, y sus manos sujetaban la carpeta con fuerza, apretándola contra la barriga. Ahora vi una nariz igual que la mía, las mismas aletas carnosas, que compartía con mi padre y que eran su legado a la siguiente generación; no una nariz grande, sino chata y rechoncha. El resto de mi cuerpo venía de mi madre. Pero él tenía una complexión totalmente diferente de la de mi padre, con pies pequeños, lo cual era extraño porque tenía las manos hinchadas, como guantes de goma llenos de agua.

—Está bien —dije con un nudo en la garganta—. Me apartaré para dejarle sitio.

Se sentó, se desabrochó el impermeable y abrió la cremallera de la carpeta de piel, que dentro tenía un bloc de papel rayado y un soporte que contenía una pluma de oro. Me era imposible apartar los ojos de ella. Éste era el Sándor Kovacs del que yo lo sabía todo, con sus baratijas de relumbrón, la vida de platino y diamantes.

—Bonita, ¿eh? —dijo sosteniéndola en alto para que la viera—. Es lo que llaman Cartier, lo mejor de lo mejor. —Hacía vibrar las erres igual que mis padres—. Hacen relojes, todo tipo de cosas, pero sólo con materiales de primera calidad. ¿Qué te parece?

—Tiene aspecto de ser muy fácil de sostener.

—Exacto. Un trabajo de calidad. Así es como sabes que algo es caro, no por lo que cuesta ni por el material de qué está hecho.

Podía olerlo, de tan cerca como estaba. El mismo perfume de una cara loción para después del afeitado, enmascarando un olor dulzón y mareante. Mi pariente consanguíneo en tercer grado.

Empezó a escribir, lentamente, con la carnosa mano construyendo una frase. Era doloroso verlo.

—Sí, sí —dijo mirándome—. Escribo muy despacio. La lentitud no está en mi cerebro, sino en los dedos. Se me congelaron durante la guerra y parte de la carne no está bien del todo; por eso una buena pluma es indispensable, si no, se me cae.

—Entiendo.

Escribió durante otro minuto o algo así, luego se detuvo y se frotó los dedos.

—¿Vienes con frecuencia a este parque? ¿Eres una habitual?

—No, sólo acortaba camino por aquí.

—Yo vengo cada mañana. Me pongo nervioso y no duermo muy bien, así que me levanto al amanecer y vengo aquí a dar un paseo, me siento junto al lago, yo y los pájaros. Vemos cómo sale el sol sobre Londres. Bueno, yo lo veo, ellos tienen que ocuparse de sus propios asuntos. Muy bello el... ¿cómo se llama la humedad que cae sobre la hierba?

—El rocío.

—Sí, el rocío.

Inclinó de nuevo la cabeza sobre lo que escribía. *Amito que no era un hijo tan bueno...*

—Perdone, pero ahí va una de —dije, incapaz de contenerme, la pequeña sabelotodo.

—¿Dices que va una de?

—Eso es.

—¿Dónde?

—Después de la a.

—Enséñamelo.

Me tendió la pluma de oro y yo lo escribí. Cuando acabé, lo deletreó en voz alta. A D M I T O.

—Sin embargo, cuando lo pronuncio, no se oye esa de.

—Bueno, la letra de a veces es engañosa.

—Gracias por tu ayuda. Mi ortografía no es nada buena y, en cuanto a mi escritura, bueno, mira, ¿ves cómo me tuerzo?

—¿Qué está escribiendo?

—Mis memorias.

—¿Escribe sus memorias porque es famoso? —pregunté, demorando el momento en que le revelaría que era su sobrina, que sabía exactamente quién era, porque primero quería oír qué me decía, qué tenía él que decir de sí mismo. Si se mostraba contrito, si se presentaba como un pecador arrepentido, o si había fabricado excusas para sus delitos.

—Lo fui en otro tiempo.

Le di una excusa para mentir.

—¿Actor?

—No, tenía negocios.

—¿Retirado?

—Dejé mi profesión hace un tiempo, pero tuve unos cuantos años dorados; todos tenemos derecho a unos años así, si podemos conseguirlos, y a atesorar el recuerdo, a mantenerlo vivo.

Pensé en el Toblerone en la caja dorada, las baratijas doradas, la muela de oro que vi en la parte de atrás de su dentadura, y comprendí, con la sorpresa de la compasión, que esto era todo lo dorado que aquel tiempo llegó a ser para él, y lo cortos que habían sido aquellos años, siete en total, entre su huida de Hungría y, finalmente, el arresto, el juicio, la cárcel.

—¿A qué se dedicaba?

—Propiedades y entretenimiento.

No se acuerda de mí, pensé. ¿Por qué debería acordarse? Yo era sólo una niña pequeña, y ahora era una mujer adulta, o así es como yo pensaba en mí misma.

Hubo varios momentos en la conversación en que podría haberle dicho a mi tío quién era, y también hubo veces, como comprendí más tarde, en que él podría haberme revelado quién era él, porque resultó que me había reconocido de inmediato, no porque tuviera buena memoria, sino porque mi padre había ido a verlo a la prisión, a regodearse; tres visitas, en las cuales le enseñó fotografías mías: a mi llegada a la universidad, el día de la graduación y cuando me prometí a Alexander, para que pudiera regalarse la vista con el éxito que mi padre había conseguido, a través de mí. Pero eso yo no lo sabía en aquel momento.

Tampoco dije: «Soy Vivien Kovaks, tu sobrina, la niña que viniste a ver una vez». No encontré las palabras, aunque eran palabras sencillas. Él era tan… no sé. Cuando hojeé el periódico en la biblioteca y cuando leí el libro sobre él, mi tío era una idea, no una persona, sólo era un conjunto de opiniones sobre las viviendas de los barrios pobres. Cuando imaginaba este encuentro, había un discurso en el cual yo me anunciaba; también había preparado su respuesta, pero resultó que, en la vida real, él no era un conjunto de opiniones, era de carne y hueso, y uñas, y pelos en la nariz.

Y ahora comprendo que él creía que podía preparar una buena impresión, quería defenderse en el tribunal de la opinión pública, de mi opinión, quería demostrar que tenía argumentos en su favor. No deseaba pedir una clemencia especial por ser mi tío, el hermano de su hermano. Deseaba desesperadamente que yo supiera que no era el rostro de la maldad, sino algo mucho más complicado.

—Tengo muchos recuerdos —dijo—. Eso es lo que escribo. Quiero anotarlo todo, para que conste, para que lo sepan.

—¿Quiénes?

—El mundo, claro, y cualquier otra parte interesada.

—¿Quién podría ser?

Vaciló. Pero luego se volvió hacia mí, con aquellos ojos acuosos que una vez tuvieron el color del chocolate amargo y que se habían apagado hasta el beis, con el labio húmedo, la barbilla temblorosa.

—Mi hermano.

Cuando se presentó ante nuestra puerta y se gritaron el uno al otro, me quedé muda sólo porque existiera, porque apareciera de la nada (y una vez había estado en el vacío, como iba a descubrir, un vacío aterrador, tan cerca de la muerte como la propia muerte, igual que la muerte, más oscuro que ella e impregnado de miedo). Que mi padre lo odiaba era evidente, aquel gnomo con gafas, que se esforzó durante veinticinco años para no hacerse ver en nada de lo que hacía, y va este gánster ordinario, este facineroso, y surge del pasado, de un tiempo que se parecía cada vez más a una alucinación y no a un pasado real. Pero como hija única me resultaba extraño oír las palabras «mi hermano», y sentí una punzada de envidia porque hubiera algo entre ellos, una intimidad entre hermanos que yo nunca había experimentado.

—¿Y qué piensa hacer con las memorias cuando las haya acabado? —dije, sin atreverme todavía a acercarme a aquella palabra: «hermano».

—Las publicaré, claro. Quiero que sean un libro, con mi nombre en la cubierta.

—¿Cuánto tiene escrito?

—Once páginas. ¿Cuántas se necesitan para hacer un libro?

—No lo sé. Muchas, creo.

—Ése es el problema. Aunque tengo mucho que decir.

—Entonces, debe acabar sus memorias.

—Es lento, muy, muy lento.

—¿Escribe todo el día?

—No, sólo por la mañana, aquí en el parque. No soporto estar solo en una habitación. Una habitación es algo que no me gusta, especialmente si es pequeña.

Sus ojos empezaron a lagrimear de nuevo.

—No estoy llorando; tengo un problema en los ojos. Hace dos días pisé mis gafas; no veo demasiado bien para escribir, hasta que el óptico me haga otras. Estoy esperando. Pero no quiero perder un día, no. ¿Cómo sé cuánto me queda en la vida para decir todo lo que necesito decir? No se puede desperdiciar, desperdiciar es terrible. ¿Lo entiendes? ¿Lo entiendes, querida? —Se volvió hacia mí con la expresión de un hombre que ha perdido la facultad del habla y está tratando de comunicar algo urgente con los ojos.

—Sí, lo sé, es terrible. —Mi propia vida no era más que un desperdicio.

Le cambió la cara, pareció intrigado.

—¿Casada? ¿Novio?

—Soy viuda, mi marido murió.

—¿Cómo? —Se hundió de nuevo en el banco, atónito—. ¿Cómo puede ser? ¿Una mujer tan joven como tú? Qué pena, qué pena tan terrible. ¿Qué te hizo viuda?

Se lo conté.

—¡Vaya historia!

—Sí.

—¿Muerto por un trozo de bistec? ¿Muerto atragantado en un restaurante en su luna de miel?

—Exacto.

—¿Nadie pudo hacer nada?

—Le daban palmadas en la espalda, pero no dio resultado.

—Pobrecita.

Movió el brazo, como si fuera a cogerme la mano, pero yo apreté los codos contra los costados. No quería que me tocara.

Recuerdo que volvía del baño, donde me había peinado y retocado el carmín. Él odiaba la comida fría; su padre tardaba una hora en bendecir la mesa, las verduras estaban tibias y la salsa congelada, así que no quiso esperarme. Lo vi despatarrado, echado hacia atrás en la silla, agitando las piernas, dando patadas y golpeando con el puño en la mesa, como si tratara de llamar la atención. Tenía los ojos en blanco y la boca abierta, como una enorme «O».

—¿Qué tienes?, ¿qué te pasa? —exclamé.

Pero sólo se volvió para mirarme con una terrible mirada de acusación.

Un camarero empezó a pegarle en la espalda, dándole una inútil paliza, mientras Alexander negaba furiosamente con la cabeza y se golpeaba con los puños en el abdomen, justo debajo de las costillas. El plato salió disparado hacia la sal; el *entrecôte*, con una esquina cortada, y las *pommes frites* se esparcieron por el mantel. Arremetió contra el borde de la mesa, luego apoyó la cabeza, con los ojos anegados de lágrimas. El camarero siguió dándole palmadas y golpes en la espalda.

Vi el vello de sus brazos, plateado bajo las muchas luces, el puño blanco, con sus gemelos regalo de su veintiún cumpleaños, la alianza todavía extraña y un poco floja en el dedo de su mano izquierda. Lo miré cómo se hundía, lo miré mientras él veía la superficie de la vida, cerrándose sobre su cabeza, sumergiéndose en la negrura. Y mientras lo seguía mirando, se le cerraron los ojos, el cerebro murió por falta de oxígeno, el corazón se paró.

Fue tan fortuito. Entras en un cuarto de baño, mientras una chica desconocida está en la bañera, junto a un jarrón con amapolas, y ella te recuerda un cuadro que viste una vez, y tres años después, debido a eso, debido a ella, a la edad de veinticuatro años, estás muerto. No muerto para un par de años, sino muerto del todo. Mueres por atragantamiento, con un trozo de bistec de dos centímetros, incapaz de comunicar las instrucciones para practicar la maniobra de Heimlich, todavía desconocida.

—Es algo terrible —decía mi tío—. He visto morir a gente sin poder hacer nada por ellos. Pero no te deja en paz pensar en lo que podrías haber hecho. ¿Y qué haces ahora?

—No podía ir a Baltimore. Ni siquiera tenía trabajo allí, y aunque lo hubiera tenido, no me podía permitir el piso que habíamos alquilado. Volví a Londres, para quedarme con mis padres un tiempo.

—¿Tienes trabajo?

—No.

—¿Tienes una profesión?

—Tengo una licenciatura en literatura inglesa y estaba haciendo mi tesis.

—Todo este tiempo he estado hablando con una joven con educación. Has leído montones de libros y yo ni lo he preguntado. Lo sabes todo de ese tinglado.

—¿Qué tinglado?

—Los libros, cómo se escriben y cómo se hace para que los publiquen.

—No, sólo conozco a Dickens, Shakespeare, gente así. No sé mucho de autores contemporáneos.

—Vi una película de este último, hace años. *Enrique V*, con Laurence Olivier. No entendí demasiado, el inglés que hablaban en aquellos tiempos es demasiado difícil para mí, pero era todo un rey, ¿eh? Muy buena. Eso sí, no se parecía en nada a la vida real.

—No sé mucho de la vida real —dije.

—¿Y qué? Yo no sé nada de Shakespeare. Cada uno tiene sus propias limitaciones, ¿no es así? ¿Tengo razón? —Sonrió, vacilante.

Hubo un enorme revuelo en el lago, un tremendo golpear de alas y muchos pájaros que armaban un gran jaleo. Tal vez habían oído lo que nosotros no podíamos oír, una bomba que estallaba en las cavernas subterráneas de la ciudad. Había habido bombas el año anterior.

—Aquellos de allí son gansos —dijo, señalando a los que tenían la cabeza negra—. Lo sé porque hay un tablero con imágenes de todo y una descripción debajo.

—Mi marido escribía poemas sobre los gansos —dije.

—¿Sobre los gansos? ¿Se puede escribir un poema sobre algo así? No lo sabía. Pensaba que la poesía era sobre el amor.

—Se puede escribir un poema sobre lo que uno quiera.

—Pero ¿por qué sobre un ganso?

—Trataba de llegar al fondo de ellos, entrar, como si dijéramos, en el alma de un ganso.

—¿Un pájaro tiene alma?

—Bueno, Alexander creía que sí. Pensaba mucho en ellos.

—¿Qué hay que pensar?

—Todo tipo de cosas. Tenía montones de notas. Sobre la velocidad del aire contra las alas, la ligereza de su esqueleto, el peso del pico, lo que necesitaban hacer con los ojos. El vuelo, la migración, el agua, la navegación…, la ciencia de ser un ganso expresada en metáforas.

Echó otra mirada a los gansos. Se quedó contemplándolos unos momentos y luego hizo un gesto negativo con la cabeza.

—Pues, fíjate, yo miro a un pájaro y veo sólo un pájaro; tú ves otra cosa. Por eso es tan importante escuchar a los intelectuales; un hombre como yo puede recoger información muy útil, aunque no sé cómo puedo sacar alguna utilidad de estos pájaros, excepto asados, con patatas, o convertidos en sopa. ¿Tú también escribes poesía?

—No, sólo la analizo sintácticamente.

—¿Qué es sintácticamente?

—La haces pedazos para ver cómo funciona.

Pero mi tío había perdido su interés en la poesía. Estaba elaborando su plan. Los planes se le ocurrían muy rápidamente, así es como funciona la cabeza de un hombre de negocios... Las ideas golpean como el rayo, destellan, deslumbran e iluminan. Ves lo que era oscuridad un segundo antes y el genio de un hombre de negocios es aferrarse a eso, conservarlo como una imagen dentro del cerebro y ampliarlo, seguir imaginando lo que viste.

—Mira, se me acaba de ocurrir. Si no tienes un empleo, ¿te gustaría trabajar para mí?

—¿Haciendo qué? —pregunté asustada. ¡Qué baja había caído mi suerte para que me pidieran que fuera la recaudadora de alquileres de mi tío!

—Pensaba que, quizá, podrías ayudarme a escribir mi libro.

—¿Cómo podría hacerlo?

—Compro un magnetófono, una máquina de escribir. Te lo cuento todo, y tú lo pones bien. Todas las palabras escritas con las letras en el orden que deben estar. Sin errores. Pones la cinta, escuchas, lo escribes todo bien.

—¿Me pagará?

—¿Pagar? Pues claro que sí. ¿Por quién me tomas?

—¿Cuándo empezaría?

—Cuando quieras. Ven el lunes.

—¿Aquí?

—No, será mejor que vengas a mi casa. Necesitamos electricidad para el magnetófono.

—De acuerdo.

—Soy Sándor Kovacs —me dijo, y vi en sus ojos que el corazón se le desbordaba, lo cual, en aquel momento, me sorprendió.

—Encantada de conocerlo —dije, estrujándome la cabeza para dar con un nombre y ocurriéndoseme el de una chica de la escuela, que tenía una cascada de pelo rubio y liso—. Soy Miranda Collins.

—Meiranda —dijo—. Meiranda. No conozco este nombre. ¿De qué lengua viene?

Si lo intentas, si estás dispuesta a dejarte ir por completo, puedes entrar en la mente de otra persona. Requiere una cierta forma de pensar, afinada por muchos años de leer de la manera en que yo leía, aquella inmersión mía en los libros (de la que Alexander se burlaba), que hace que no estén tanto dentro de tu cabeza, sino que es como si fueran un sueño y tú estuvieras dentro de ellos.

Hay un juego que practico con frecuencia cuando me aburro, o cuando estoy esperando el autobús o el tren, o en la sala de espera de un aeropuerto: es la habilidad de predecir cuándo alguien se va a levantar para ir a comprar un periódico o un café o va a sacar unos papeles del maletín. También tengo la extraña capacidad de saber siempre qué hora es sin mirar el reloj. Alexander me dijo una vez que era una lógica que pasaba a la velocidad de la luz, demasiado rápido para analizarla; y me alegró saberlo, porque me preocupaba que fuera una forma de trastorno mental. Hubo un tiempo, antes de alcanzar la costa más segura de mis treinta años, el matrimonio y mis hijas, en que me preocupaba de verdad estar loca, que mis padres me hubieran llevado a la demencia, que hubiera nacido así o que mi locura fuera debida al ambiente cerrado de Benson Court.

Ahora no creo que nunca haya estado loca, sólo poseía la imaginación excesivamente activa de una hija única. El que siempre aciertes con la gente cuando tratas de imaginar que eres ellos, bueno, ésta es otra cuestión, pero cuanto más practicas, más interesante se vuelve la vida, aunque también es más difícil de soportar, porque comprendes lo rápidamente que la mayoría de personas alcanzan sus propias limitaciones, lo imposible que les resulta satisfacer las ardientes expectativas que tienes de ellas.

Así pienso ahora, treinta años más tarde, sobre mi tío, mientras hacía sus preparativos para mi llegada. Lo que debía significar para él saber que, por fin, yo iba a su casa, la niña que había visto, en una ocasión, agarrada al marco de una puerta abierta, la niña ahora crecida y con sus propios pesares y sufrimientos. Cada vez que voy a Harrods lo veo subiendo en el ascensor hasta el tercer piso. Su espíritu debe de habitar en ese lugar; espero que así sea.

Le encantaba entrar temprano por la mañana, justo después de que los hombres uniformados con sobretodos y sombreros de copa abrieran las puertas a los primeros compradores. Sabía que aquí estaba a salvo, en el que decía que era *el mejor almacén del mundo*, donde podías comprar cualquier cosa que quisieras, incluso un gato o un perro, peces, pájaros en jaulas… A veces se pasaba el día entero mirando todas las cosas bellas que una vez habían sido suyas antes de ir a la cárcel, las cosas que había tratado con tanta indiferencia, sintiendo que eran como agua que se le escapaba por entre los dedos; pero el placer estaba en tenerlas un momento, hasta que otra cosa le llamaba la atención.

Mientras pasea por los pasillos, huele los perfumes, mira a las mujeres hermosas con sus vestidos de primavera y sus tacones altos. Ve a una joven pelirroja, con un hoyuelo en la barbilla y zapatos negros de charol, con los pies muy arqueados, captando y reteniendo la mirada del hombre que la observa. Por un momento piensa que va a gritar y llamar a un guardia de seguridad, pero no lo hace; sonríe para sí misma, porque comprende que han reconocido su presencia, aunque sea una criatura como él: un viejo con el labio inferior colgante. Y, además, es una mujer respetable, mi tío lo sabe de inmediato. Piensa que si los presentaran le besaría la mano, como se la había besado una vez a Shirley Bassey. Y ahí está, de pie en la sección de maquillaje, todo él ansiando, anhelando, posar los labios sobre su piel, aunque sólo sea levemente, como si ella fuera una reina.

El domingo descansaba y pensaba. Pensaba en por qué yo le había dado un nombre falso. ¿Por qué Collins? Puede que Collins fuera mi nombre de casada, pero ¿Miranda? Muchas de las personas que conocía utilizaban alias por todo tipo de razones, pero no lo esperaba de una chica joven, a menos que hubiera huido a Londres para dejar atrás madres, padres y maridos, personas que no quería que la encontraran.

Varios «quizás» más le daban vueltas por la cabeza, hasta que dio, por fin, con la explicación más probable: que lo estaba espiando por cuenta de alguien.

Lo imagino en la cama aquella noche con Eunice.

—¿Espiarte? ¿Para quién? —le pregunta ella. Él está apoyado en el cabezal de mimbre de la cama, con los ojos llorosos a la luz de la lámpara que ella le ha comprado para la mesita de noche, un soporte de porcelana con la forma de un niño negro reluciente que sostiene en alto un parasol de seda, que es la pantalla.

—Los periódicos, tal vez.

—Sándor —dice ella, poniéndose crema en las manos, masajeando hasta los codos—, los periódicos no han mostrado ningún interés por ti desde hace años.

—Bueno, eso es verdad —admite, sabiendo que sólo Eunice se lo diría a la cara, una mujer decidida y sensata que no se ocupaba de fantasías, sólo de la realidad. Y eso era lo que admiraba en ella.

Sin embargo, estaba impaciente por que llegara el lunes, para volver a verme. Esto lo sé seguro, y yo también estaba nerviosa.

Mis padres querían saber adónde iba. Les dije que había encontrado un empleo a tiempo parcial, que cobraría en negro y que trabajaría para un hombre que tenía una biblioteca privada catalogando su colección, y me creyeron, aliviados de tenerme fuera de casa, en lugar de estar allí deprimida, llorando y durmiendo. Mi humor había cambiado por completo: volvía a tener algo por lo que vivir, mi propia e intensa curiosidad por el hombre que se suponía era el rostro de la maldad, pero que tenía pelos en la nariz y ojos desvaídos. Había mil preguntas que quería hacerle sobre mi madre y mi padre, sobre su pasado en Budapest, cuando eran jóvenes y no tenían ni una preocupación en el mundo, antes de convertirse en los refugiados recluidos que se escondían detrás de la puerta y agradecían tímidamente cualquier muestra de bondad. Después de todos aquellos vacíos y silencios que, mientras crecía, había tenido que dar por supuesto, iban a servirme las respuestas en bandeja de plata.

Sabía que iba a conocer a un monstruo, una auténtica bestia. Los delitos hablaban por sí mismos, pero la bestia se alojaba en el cuerpo de un hombre a punto de entrar en la vejez. Un hombre cuyos dedos sentían dolor cuando cogía una pluma, un hombre con un error de ortografía.

Iba a contarme sus confesiones, o lo que resultara ser la exculpación de sus pecados, y yo necesitaría utilizar mis cinco sentidos, más que la lamentablemente escasa experiencia de la vida que te da vivir en Benson Court e ir a una universidad de hormigón, azotada por el viento y construida hace menos de ocho años. Deseaba que Alexander estuviera vivo, porque él entrelazaba los dedos y explicaba (esto le venía de su padre, el vicario) que había unas distinciones absolutas entre el bien y el mal, y que se podía llegar a ellas mediante la reflexión clara y lógica. Había una vasta literatura sobre el tema, en el cual había buceado en la adolescencia, cuando huía del control de la teología hacia el mar sin límites del ateísmo y necesitaba un nuevo código moral, uno que no hubiera sido transmitido en tablas de piedra.

Lógica. Nadie de mi familia había considerado nunca que fuera un rasgo que valiera la pena cultivar ni una metodología con un propósito discernible en ella. Actuabas obedeciendo al instinto y a las emociones, sobre todo el miedo y la cobardía. Los principios eran para otros, para esa clase que tenía aparadores y licoreras de cristal tallado y documentos con su nombre, a los que nadie de uniforme podía poner objeciones. Eran un lujo, como las flores frescas en jarrones y las comidas en restaurantes; podías aspirar a ser un día la clase de persona con el estatus y la renta disponible para permitirte un principio, pero los fundamentos de tu existencia eran la desconfianza y, si tenías el don de la inteligencia, la astucia.

Esta herencia era lo único que tenía a mi disposición en la próxima reunión con mi tío, el malvado. Y libros. Lo imaginaba como Fagin, que se alimentaba de la sangre de su pandilla de niños de la calle, salvo que yo siempre había sentido una cierta simpatía por aquel hombre condenado, que parecía menos cruel que el que encerraba a Oliver Twist en un ataúd para que durmiera por la noche. Por lo menos sus chicos tenían libertad, risas, una habilidad comercializable; eran carteristas.

El edificio formaba parte de una hilera de casas, y era alto y estrecho, de principios de la época victoriana; estaba junto a Parkwat, cerca de la estación del metro, una zona de Londres desaliñada, sucia, batida por el viento; uno de los barrios donde la primavera llega más tarde y el invierno más temprano. Ahora las casas valen mucho, pero entonces se podían comprar baratas. En ellas había animales de compañía poco convencionales, y los gatos y perros parecían hambrientos y desorientados. Sándor tardó un poco en bajar las escaleras. Abrió la puerta pálido y jadeante, vestido con una chaqueta de punto de color rojo oscuro, con cremallera, y zapatillas de estar por casa, de terciopelo con una corona bordada con hilo dorado y azul, de la clase que robas de un hotel.

Me miró como si yo fuera la policía, observándome atentamente para ver si llevaba una orden de registro.

—Soy yo —le dije—, Miranda; me dijo que viniera.

—Sí —respondió—. Lo sé, no te preocupes, no me había olvidado. Tengo todos los artículos. Entra.

En el vestíbulo había una serie de puertas, cada una con un número. Mi tío había vuelto a la propiedad en pequeña escala; era el dueño de tres casas en Camden, las alquilaba por habitaciones y vivía de las rentas. Yo no tenía ni idea de cómo se podían encajar tantos pisos en una casa así y abrí la boca para preguntárselo, pero él me empujó hacia delante, haciéndome subir por un tramo de escaleras, a lo largo de una pared cubierta con un papel de vinilo verde bronce, con grabados de escenas de caza enmarcados y olor a pintura reciente. No era, en absoluto, lo que había esperado. No era una casa de barrio pobre, era una buena casa, bien decorada, y con esto quiero decir que no era repulsiva; era insulsa, pero con frecuencia lo insulso está bien. Insulso es mejor que la condensación, tejados con goteras, podredumbre seca de la madera, barandillas de las escaleras rotas, retretes atascados, calderas defectuosas que explotan y matan a la gente.

—Ya estamos —dijo, abriendo la puerta con la llave—. Espero que te gusten los muebles; una amiga los escogió para mí.

—Mimbre —dije con prudencia—. Es agradable.

—Un toque tropical, me dice. Y mira, vuélvete…, mira qué tenemos aquí.

Ese magnífico regalo, para un hombre que ha estado mirando las paredes de una prisión muchos años, era un mural, un cuadro de una isla caribeña, la clase de cosa que ves en los restaurantes jamaicanos de Brixton y Notting Hill, donde sirven pollo marinado y platos de cabrito.

—¿Qué te parece?

—¡Maravilloso!

—Ves lo hábil que ha sido; parece que puedas meterte en la pared y encontrarte sentado en la playa, bebiendo ponche de ron en un coco. ¿Te gusta? Veo que sonríes.

—Es muy bonito. ¿Dónde quiere que me siente?

—Donde quieras. No cobro por sentarse.

Me senté en una de las sillas de mimbre: no la que estaba claro que era la suya, el trono de mimbre, un sillón con un respaldo como la cola de un pavo real.

—¿Quieres café?

—Sí, gracias.

—Gracias es una palabra que no se oye muy a menudo estos días. Deben de haberte educado bien. ¿A qué se dedica tu familia?

Yo había practicado todo esto la noche antes, había elaborado una biografía sencilla, basada, en realidad, en la Miranda real de pelo rubio con quien a veces había hablado en el autobús cuando volvíamos a casa de la escuela.

—Enmarcado de cuadros.

—Es un oficio bastante bueno. Especializado. El de una persona que trabaja con sus manos, ¿cierto? ¿Es que tu padre tiene los dedos ágiles?

—Sí, los tiene.

—Y también buenos ojos, debe de tenerlos. —Sonrió burlón, y pensé que estaba a punto de guiñarme un ojo, pero se lo pensó mejor—. Vamos a por el café. ¿Ves cómo lo hago a la antigua, en un cazo con los granos molidos? No soporto esa clase nueva, que viene dentro de un tarro. Repugnante. ¿Quieres comer algo? Toma.

Había comprado un pastel.

—Quería algo especial, pero me pasé tanto rato eligiendo el magnetófono y la máquina de escribir que me olvidé de bajar a la planta de comida. Éste lo compré en la tienda del barrio, no sé si es bueno. Battenberg, se llama; adelante, toma un trozo.

—Me gusta el pastel, pero éste no.

—Sé lo que quieres decir. Además, a mí me suena a alemán, pero dicen que no lo es, que es sólo un nombre.

—¿No le gusta Alemania?

—Nunca he estado allí. Sobre el sitio no tengo opinión. Una calle es una calle, una casa es una casa, un campo es un campo y un árbol es un árbol. Los que andan por allí es otro asunto. La próxima vez que compre un pastel de verdad verás lo que es un pastel. Sobre los pasteles lo sé absolutamente todo. Son mi especialidad, podría decirse, los valoro, igual que algunas personas valoran el arte y la música... pero para mí es la pastelería.

Cortó un trozo de pastel y lo masticó nerviosamente; el bizcocho esponjoso se le pegaba a las encías y él se ayudaba a tragarlo con el fuerte café.

—Bien, empecemos. ¿Quieres un cigarrillo? —Me tendió un paquete de Benson and Hedges, dentro de su cara caja dorada. Los míos eran los más baratos que había, Players nº 6—. En los viejos tiempos fumaba cigarrillos negros rusos Balkan Sobranie, un sabor muy bueno, pero durante mucho tiempo no se encontraban, así que empecé a fumar éstos. Un tabaco que está bien, pero nada especial.

Cogí uno y lo encendí. Era muy suave; echaba de menos la aspereza que te constreñía la garganta de mis Players.

Lo había dispuesto todo en una mesa junto a la ventana. El magnetófono, la máquina de escribir, un montón de papel para mecanografiar.

—¿Has visto algo así antes? —me preguntó, mientras mirábamos el magnetófono.

—Sí, pero, de hecho, nunca he llegado a usar uno.

—«De hecho.» Es una expresión inglesa de verdad. Yo nunca la uso, pero se la he oído a otras personas; tal vez empiece a utilizarla, hace que suene menos como un maldito extranjero, ¿no crees?

Me di cuenta de lo mucho que parecía necesitar impresionarme. Nunca había conocido a un monstruo antes; tal vez así es como eran, pero lo encontré patético. El mural, los muebles baratos de mimbre, el absurdo trono de pavo real de mimbre, la casa alta, con sus vistas a la calle, las otras casas, sucias y pobres, el pastel rosado y el mazapán pegado a sus encías creaban la impresión de mediocridad. Y el hombre con el reloj de pulsera relumbrante, en el cual centelleaban los diamantes, con los zapatos de ante y la amiga caribeña con el sombrero de casquete de nailon imitando la piel de leopardo, parecía un cuento viejo que le cuentan a un niño por la noche y lo olvida por la mañana.

—¿Estamos listos? —pregunté.

—Sí, sí, claro, pero ¿quién va a hacer funcionar el aparato?

—¿Quiere hacerlo usted?

—No sé cómo hacerlo. Miré el libro que viene con el magnetófono. Pero no saco nada en limpio. Mira.

Las instrucciones también resultaron desalentadoras para mí. Un diagrama mostraba varias maniobras que era preciso hacer para poner en marcha el artilugio.

—Es un poco desconcertante —dije.

—Te lo dejaré a ti. Tienes cabeza de intelectual.

—No creo que eso vaya a ayudar en nada. Probemos a apretar este botón.

—Bien.

Así que apreté *play* y mi tío empezó a hablar.

—El día que llego aquí, que es el 14 de diciembre de 1956, es un día que recuerdo con todos los detalles.

—¿Es ahí donde vamos a empezar?

—Claro, es el principio de la historia.

—No, no, no; me refiero al comienzo de su vida.

—¿Mi vida? No vamos a hablar de eso.

—¿De qué entonces?

—De mi carrera.

—Pero, para que lo publiquen, un libro tiene que ser más que una cronología, tiene que arrojar luz sobre la condición humana.

—Mira, señorita, sólo quiero contarte unos cuantos datos, hechos que se pasaron por alto y que el público no conoce.

—Vale, es su historia, no la mía. Pero los datos no son tan interesantes como la verdad interior.

—¿La verdad? —exclamó mi tío con voz ronca—. Señorita, la gente que quiere oír la verdad no sabe nada de la verdad. La verdad los haría vomitar si la conocieran. La verdad no es bonita. Es para los adultos, no para los niños. ¿Crees que la verdad es algo que regalo, como peniques a un mendigo? Un hombre se aferra a eso hasta el día de su muerte.

—Entonces, ¿qué quiere contar? —pregunté fríamente—. ¿Un cuento de hadas?

—Sí, exacto, un cuento de hadas al que la gente prestará atención. Porque sólo esa clase de mierda es lo bastante buena para ellos, es lo único que merecen.

—Despreciar al lector no es un buen principio.

—¿Qué quieres de mí? —dijo. Y de repente, el viejo Sándor Kovacs estaba allí, la bestia… Lo supe porque me sentí intimidada.

—Su historia —respondí, encontrando más dificultades de lo que era razonable para pronunciar estas dos palabras.

—¿Historia?

—Sí.

—¿Y cuál es tu historia?

Me miró con aquellos ojos castaños desvaídos, que ahora soltaban chispas de fuego dorado que me atravesaban el corazón. Apenas podía soportar devolverle la mirada. Podía sentir la carne de otro y el espíritu que acechaba en su interior.

—¿Qué? —insistió, casi gritando—. ¿Qué te pasa?

—Nada.

—¿Estás mal?

—No, no; siga.

—No tienes buen aspecto. —Levantó la mano un momento, luego la dejó caer.

—Estoy bien.

—De acuerdo. —Se recostó en el trono de pavo real como un rey exhausto. En una época, cuando era muy rico, tenía un sillón con garras de león como reposabrazos, pintado de oro. Alguien le dijo que venía de un palacio de Italia, de los tiempos antiguos—.

Dime, ¿por qué de repente estás tan alterada? Como si alguien de tu familia estuviera enfermo, por ejemplo.

—Bueno, sabe... —dije apresuradamente, para ocultar mi revulsión.

—¿Qué?

—Mi padre ya no es lo que era. —Esta ambigüedad se me antojó suficiente para desconcertarlo. Era un truco de mi madre para crear un ligero malentendido que sembraba la incertidumbre en la mente, a fin de cambiar de tema y lanzarte por el camino equivocado, sin llegar a decir nada con auténtico sentido.

—¿Qué enfermedad tiene? —preguntó Sándor, con aspecto de hombre al que se le acaba de comunicar su propia sentencia de muerte, lo cual me pareció raro, porque se suponía que mi padre y él se odiaban. Pero ahora comprendo que todas las pasiones son formas de apego, y si mi padre moría, entonces esos sentimientos tan intensos serían como un fantasma que aúlla pidiendo un cuerpo.

Bajé la voz hasta dejarla en un murmullo de médico.

—Ya sabe.

Cáncer, pensó él. Lo vi en sus ojos.

¡Ervin, aquella pequeña mierda, se moría! Y pronto, él, Sándor, y la joven que tenía delante serían los últimos de los Kovacs. En aquel momento, él supo de repente que yo estaba allí como espía de su hermano. Que, quizás, Ervin, por fin, al final, usaba a su hija como instrumento para arreglar las cosas. Que uno de los hermanos le daba permiso al otro para contar la verdad sobre el pasado, la historia que empezó en otro tiempo, en otro país. Porque él era el único puente que quedaba entre generaciones; él, Sándor, quedaría inmortalizado al contar esta historia y transmitirla al futuro, la única manera en que vivimos para siempre, los muertos que hablan a los vivos.

—De acuerdo —dijo, incorporándose en su sillón de pavo real, abriendo la caja fuerte en la cual estaba guardado su pasado—. Déjame que empiece con un hecho. Nací el 27 de febrero de 1916. Ése es mi cumpleaños. Tengo sesenta y un años.

—¿Dónde?

—En un pueblo, en los montes Zémplen, al este de Hungría, cerca de Tokaj, donde hacen el vino. ¿Has oído hablar de ese vino? Magnífico, muy dulce, el vino de los reyes, solían llamarlo. Bueno, ya tienes un hecho, ¿no? ¡Más de uno! ¿Ya estás contenta?

—¿Cómo se llamaba el pueblo?

—No te lo creerás, pero su nombre era Mád. Es verdad. Y no era un lugar de locos, era hermoso.

—Hábleme más de él.

Hacía muchos años que no pensaba en el pueblo; de alguna manera se le había perdido. Sin embargo, aquí estaba, había vuelto de forma instantánea, en cuanto lo necesitó.

—Tranquilo, silencioso. El aire, fragante, un olor delicioso por todas partes, las uvas calientes bajo el sol, mientras maduraban. Los ciruelos en flor, los recuerdo muy bien, en los huertos, hermosas flores tenían en primavera, luego fruta, muy dulce. Las mejores ciruelas que has probado en tu vida… ¿Sabes?, mi padre me levantaba en brazos para que pudiera cogerle una para que se la comiera, y luego cogía otra para mí. Ah, aquellas ciruelas.

—¿Qué hacían con las ciruelas?

—Nada, no hacíamos nada más que comérnoslas, puede que también hiciéramos mermelada y un *kuchen*, un pastel que hacían todas las mujeres, ponían las ciruelas encima de la masa con mucho azúcar y lo metían en el horno, un enorme horno de hierro, no como el moderno horno de gas. Las uvas, eso era lo importante, ahí es donde estaba el dinero. En los viñedos.

—¿Hacían vino en el pueblo?

—Claro, vino; ése era todo el negocio. Pero no cualquier clase de vino, no el vino que se bebe en una taberna de Budapest; era vino sagrado, porque eran vinicultores judíos. Hacían el vino que se enviaba al este, a Ucrania y Rusia, a los judíos hasídicos, para hacer sus bendiciones. Un vino rojo como el rubí.

—¿Su familia trabajaba en el negocio del vino?

—Sí, mi padre, que Dios lo tenga en su gloria, trabajaba para su propio padre, que era uno de los comerciantes; lo ayudaba a llevar la parte administrativa de las cosas, el papeleo para los envíos. Escribía las cartas a los rabinos de Ucrania, en *yiddish*, ¿comprendes? Y también escribía a la autoridades rusas, en ruso, cirílico; las dos lenguas que conocía, y también, claro, el húngaro. Así que era una persona instruida, un espíritu muy discreto. No como yo, ¿eh?

—Dice que tenía un hermano.

Había estado hablando sin parar durante varios minutos. Vi que podía darle cuerda como a un reloj y que se pondría en marcha.

—Bueno, ¿sabes?, hasta los cuatro años viví en el paraíso —dijo—. Era una vida muy especial la que teníamos entonces; los vecinos, los cristianos, todos nos llevábamos bien, algunos eran griegos, porque los griegos también eran importantes en el comercio de vinos en Hungría en aquel tiempo. No sé si es igual ahora. Por todas partes adonde miraras había campos hermosos; viñedos y colinas con árboles. Flores. Todo tranquilo, salvo los carros fuertes que se llevaban los barriles de madera, hacia el este. Si pudiera tener un momento de mi vida para vivirlo de nuevo, sería cuando tenía cuatro años, porque al minuto siguiente mi madre, que se había puesto enorme y muy gorda, se tumbó en la cama y de su vientre salió un viejo, un hombrecito viejo, mi hermano Ervin. ¿Quieres ver una foto?

Nunca había visto una foto de ninguno de mis padres antes de su llegada a Londres, justo antes de la guerra. Había retratos de sus padres, en marcos de plata con cristal, fotos tomadas en estudios fotográficos, que guardaban en su dormitorio. Las imágenes se habían desvaído hasta parecer niebla del color de un chocolate con leche pálido y moteado, evaporándose hacia el borde de papel de barba de la foto.

—Aquí está —dijo, y de una vieja caja de esmalte, decorada con girasoles, sacó un sobre marrón que olía a mosto y sudor, y levemente a sangre.

Reconocí a mi abuela, casi. En sus rodillas había un niño robusto, con un grueso labio inferior, el pelo aplastado hacia atrás, bajo una gruesa capa de pomada, y lo que yo llamaría una expresión *aventurera*. En los brazos de mi abuela, envuelto en una toquilla, mi padre atisbaba más allá de la lana blanca, con una cara que, con pocos meses de edad, parecía ya estar buscando sus gafas.

Solté una carcajada.

—¿Crees que es divertido? Mi vida se acabó cuando él llegó al mundo. Ervin. Ay. Qué niño tan horrible.

—¿Por qué?

—Era un llorón. Lloraba, gemía, nunca se soltaba de nuestra madre. ¿Sabes?, una vez encontró un bote de cola, como la que usan para enganchar las etiquetas en las botellas de vino, todo el mundo tenía en casa, se untó con ella, corrió hasta nuestra madre y se apretó contra ella para que los dos quedaran totalmente pegados. A nuestra madre le costó varios días sacar la cola de la ropa.

—¿Tenía celos de usted?

—¿Quién sabe? Estaba chiflado. Lleno de fobias. En la vida nunca le pasó nada para que fuera como era; no como yo, conmigo podría haber sido de una manera o de otra. Las circunstancias podrían haber sido diferentes.

—¿Todavía sigue en contacto con él?

—A lo mejor tendríamos que parar el magnetófono y rebobinarlo, para ver cómo suena, para asegurarnos de que funciona.

—Bien —dije, sin aliento ante todas aquellas revelaciones, sobre las cuales yo no sabía nada, absolutamente nada. ¿Mi padre nació en un pueblo? ¿Él? ¿Con ciruelos y uvas?

Apreté el botón de *stop* en el magnetófono y luego apreté el botón de *play* de nuevo, pero no pasó nada. Silencio.

—Prueba el botón del volumen, puede que ése sea el problema.

Nada.

—¿Qué le pasa a este trasto? Ten, vuelve a mirar el libro.

Miré.

—Oh, parece que hay que apretar dos botones simultáneamente, no sólo *play*, sino también *record*, los dos juntos.

Apreté fuerte con el dedo en los dos botones. Se encendió otra luz.

—Diga algo.

—Mi maldito hermano Ervin. El llorica, ja, ja. ¿Es suficiente?

Luego se oyó su voz: *Mi maldito hermano Ervin. El llorica, ja, ja. ¿Es suficiente?*

Mi tío nunca había oído esto antes. Sabía que no sonaba como un inglés ni como un hombre instruido, porque nunca había recibido educación, no de la clase que había tenido yo, pero cuando oyó salir su voz del magnetófono por vez primera, comprendió por qué nadie creyó nada de lo que dijo en el juicio. La voz era gutural, era ronca; incluso a él le resultaba difícil entender algunas de las palabras.

Vi que había tenido bastante. Estaba cansado y no quería seguir hablando. Parecía como si se hubiera arrancado un trozo del alma y me lo hubiera dado a mí, como si me hubiera dado el hígado o los riñones. No tenía buen aspecto, en absoluto.

—Volveremos a empezar mañana —me dijo—. Desde el principio.

Tenía el dinero preparado en un sobre, con mi nombre escrito en él.

—Te pagaré cuarenta libras a la semana, pero cada día será un pago. Como la mujer de *Las mil y una noches*. Siempre se guardaba el final de la historia para la noche siguiente. Ocho libras no es suficiente para vivir. Así volverás mañana.

—Claro que volveré mañana.

—A lo mejor, si mi historia dura lo suficiente, tendrás dinero para comprarte un coche pequeño; sería una buena manera de empezar en la vida.

Como mis padres nunca contestaban a ninguna pregunta sobre el pasado —*Es algo acabado, se terminó, aquí estás en Inglaterra, aquel otro sitio no tiene nada que ver contigo, deja de darle vueltas a esas tonterías, no, no, no*—, aprendí a dejar de preguntar y, finalmente, me olvidé de querer preguntar. Ahora, de repente, se había abierto el cofre del tesoro y habían salido, desparramándose, un montón de preciosos objetos. No hacía más que pensar en lo que mi tío me había dicho; no eran sólo mis padres quienes, de súbito, habían adquirido una dimensión adicional (el tiempo), sino también yo misma. En mi pasado había rabinos, ciruelas, uvas y vino. Ahora todo era diferente. Me sentía como si me hubiera comido un caballo.

No podía volver a casa enseguida, así que me fui a ver una película, luego deambulé por Bond Street, mirando la ropa aburrida, de adulto, e imposiblemente cara, de los escaparates; una ropa que no quería comprar, pero me interesaba ver a otros entrar y salir con bolsas y preguntarme qué llevarían dentro. Este ejercicio me calmó y me alivió; era un espacio neutral entre mi casa y el piso de mi tío. Cuando volví a Benson Court, mis padres estaban acabando de comer palitos de pescado con kétchup y alubias estofadas, sentados, con una bandeja en las rodillas, delante de la televisión.

—¿Fue bien? —me preguntó mi madre—. ¿Tienes un jefe respetable?

—No dejes que se aproveche —dijo mi padre— sólo porque te pague bajo mano. No puede ser muy bueno si infringe la ley.

—Vivien no paga impuestos —dijo mi madre.

—Exacto. Te pueden arrestar por eso.

Me senté en un sillón, junto a ellos, y miré las noticias.

—Tengo que decir que encuentro muy atractiva a esta mujer —afirmó mi padre—. ¿Qué opinas, Berta?

—Debería llevar sombrero. Haría que se destacara más, como la reina cuando está en medio de una multitud.

—Bien pensado. Tal vez escriba una carta.

—Buena idea, pero ¿adónde la enviarías?

—A su casa.

—También puedes llevarla, te ahorrarías el sello.

—No puedes ir hasta la puerta y echarla al buzón, ¿no crees? ¿No hay policías protegiéndola de los asesinos?

—¿Qué asesinos?

—Los irlandeses.

—Ah sí, esos bárbaros.

—Vivien —dijo mi padre, volviéndose hacia mí—, ¿qué opinas tú? Tú sales más que nosotros.

Todos sabíamos que no habría ninguna carta, ni franqueada ni sin franquear.

—Apenas salgo —respondí.

—Parece una mujer muy agradable —prosiguió mi madre—. Margaret, un nombre precioso.

No me gustaba el pelo ni el vestido ni los dientes ni los ojos coléricos.

—Está vociferando —dije—. Mírala, es como alguien con quien hablas en el autobús y piensas que es agradable, hasta que dice algo que hace que te des cuenta de que es un chiflado que se ha escapado del manicomio, o algo por el estilo.

—¿Cómo has llegado a una opinión tan desagradable? —preguntó mi padre—.

—¿Qué opinión? No es una opinión.

—Es un punto de vista.

—No, no lo es; es sólo una sensación.

—¿Una sensación? —exclamó mi padre. Yo sabía exactamente qué venía a continuación, y él abrió la boca y lo dijo. Podía ver cómo su roja lengua se movía en el interior de la caverna de la boca—. Las ideas son malas, pero cuando se unen a las sensaciones, entonces tienes un desastre.

—Debe de haberlo sacado de alguno de sus amigos —dijo mi madre, levantándose para correr las cortinas.

—Sobre esta señora tan agradable tienen sensaciones. Vaya amigos.

Mis padres no creían en los amigos.

—Yo tuve un amigo una vez —continuó mi padre—. Le presté mi bicicleta y se fue a dar una vuelta por el campo. La pintura estaba rayada cuando volvió. Nunca me dijo que saldría de la ciudad con la bicicleta. Después de eso, le dije: «Tú y yo hemos acabado».

Este incidente sucedió en 1935. El ex amigo recibió una carta de ruptura, en la cual mi padre establecía los términos de su divorcio, que entrañaba la devolución de los álbumes de sellos, etcétera, y la localización de unos cafés concretos a los que ya no podría ir después del trabajo para tomar café y pastel; toda la ciudad dividida en zonas Tú y Yo. Fue su carta más lograda: empezada, terminada, firmada (Ervin Kovacs), sellada, entregada.

—Lo perdonaría si se disculpara —dijo mi padre—. Mis brazos siguen abiertos.

—Al menos podía haber enviado una respuesta —dijo mi madre, mostrándose de acuerdo—. No había motivo para dejarte de lado de esa manera, no después de una carta así.

Me fui a mi habitación y traté de leer, pero tenía la cabeza llena de ideas sobre el mundo quimérico de mis progenitores y miré durante mucho rato el mapa de Hungría en mi atlas. Deseaba más que nunca que Alexander estuviera vivo para que pudiéramos sentarnos con una botella de vino y se lo pudiera contar todo, y él, una vez más, uniría aquellos dedos largos y pálidos, asentiría y pensaría unos momentos antes de pronunciarse sobre la situación. Un dictamen al que, quizá, me resistiría al principio, pero que ciertamente respetaría. Dudo que me hubiera rebelado contra su opinión, pero en secreto le habría dado vueltas, en mi propia cabeza, a otras maneras de ver las cosas.

Porque, aunque había decidido a una edad temprana convertirme en la intelectual de la familia, con un título universitario, para enfrentarme a todas aquellas rencillas demenciales, a la furia y el malhumor, a sus obsesiones y compulsiones, esto no quería decir que yo misma fuera muy racional.

Cuando era niña, tenía el libro con los cuentos aleccionadores de *Peter El Greñudo*, *El cruel Frederick*, *El Chupadedos* y *Los Niños Entintados*, porque mi madre los tenía cuando ella era pequeña como yo. Así que me sabía todos los cuentos de hadas, bosques y brujas. Había estado en todos aquellos sitios horribles en la oscuridad y, como los niños en el bosque, casi me había perdido. Nunca estaba segura de mi orientación moral.

A la mañana siguiente volvía a estar en el sillón de mimbre, una vez dominado el funcionamiento del magnetófono. Empezamos de nuevo desde el principio. Sándor me habló una segunda vez de los ciruelos y el vino, y recordó todo tipo de cosas que pensaba haber olvidado, como la sinagoga que tenía animales, leones y grifos por encima del Arca:

—De un bello azul era por dentro —dijo—; ¿sabes el color que llaman azul real? Pues ése. Un lugar sagrado, pero muy fascinante, ¿sabes?, para un niño pequeño, por toda la decoración. Y en el exterior, dos ventanas que a mí siempre me parecían dos ojos, ojos castaños, oscuros, observándolo todo. Ya tenía más de cien años cuando yo vivía allí.

En 1964, durante el juicio, por lo que se dijo de mi tío y por mis sospechas de que éramos parientes, me di cuenta de que quizá hubiera otra razón que el deseo de ahorrar para que mis padres no asaran un pavo por Navidad ni me dieran un calcetín para colgar de mi cama y llenarlo de regalos, y para que tampoco hubiera huevos de chocolate por Pascua.

—Mira —dijo mi padre, cuando me encaré con él y le planteé la cuestión, antes de irme a la universidad—, cuando vinimos aquí, a Inglaterra, teníamos que elegir... La elección estaba entre la agencia de refugiados judíos o las bondadosas señoras del Women's Royal Voluntary Service. Y tu madre miró una y miró la otra y tomó una decisión. Yo la respaldé por completo, ¿y ves cómo ha resultado? ¡Nadie nos molesta! Era lo acertado, en mi opinión. Tú, tú eres inglesa. Nada de todas esas otras cosas tienen nada que ver con ello.

Así que en un nivel bastante superficial comprendía que mis padres eran judíos, pero que eso no me convertía a mí en judía, como tampoco el hecho de que mis padres descubrieran, justo antes de nacer yo, que tenía derecho a ser bautizada según el derecho canónico inglés, fueran a la iglesia del barrio e hicieran que me mojaran con agua bendita, lo cual más tarde disiparía, en parte, las dudas que los padres de Alexander tenían sobre mí, y permitiría que nos casáramos en la capilla de la catedral de Hereford. Mis padres me hicieron bautizar porque, al final, te daban un papel, y no había nada que les gustara más que los documentos oficiales con sus nombres escritos, unos documentos que pudieran enseñar a las autoridades, si llegaba el caso.

Pero la religión tiene que calar más hondo que eso para alojarse en tu alma, allí donde importa, y ni el cristianismo ni el judaísmo lo hacían, pero yo estaba fascinada, de todos modos, y asombrada de lo que Sándor tenía que decir sobre la crianza de mi padre. Mis padres eran, ambos, tipos de ciudad, que huían de la hierba —«¿Quién necesita hierba?»—. Nunca habían estado en una autopista, pero admiraban la idea. Y ahora resultaba que mi padre lo sabía todo sobre los huertos de frutales, los viñedos y los caballos, y que la señora Prescott había estado en lo cierto en cuanto a mi estructura campesina. Manos cuadradas, pies anchos, ahí estaban.

Lo primero que me dio la tarea de entrevistar a Sándor fue la capacidad de escuchar sin interrumpir, de usar los oídos, en lugar de los ojos. A veces le hacía una pregunta, pero en general, me quedaba callada. Lo dejaba hablar; encontré el medio de gobernarlo, como si fuera un barco, un pequeño toque aquí, un pequeño toque allí, y de esa manera él seguía hablando, no podía parar. Más tarde me diría que se sentía como si se hubiera tragado una serpiente, y la serpiente lo estuviera devorando por dentro. Lo que él tragaba, la serpiente se lo tragaba, así que no conseguía nutrirse. Me necesitaba a mí para sacarla fuera. Ahora la serpiente emergía de su boca, primero la cola, centímetro a centímetro. Su cabeza estaba enterrada en los intestinos. Puede que esto fuera la causa de sus horribles digestiones, sugirió, sonriendo tristemente.

—Primero necesitas una pequeña lección de historia —empezó— para comprender qué pasa con nosotros.

—Bien, soy toda oídos.

—¿Estudias historia?

—Claro.

—Pero sólo vuestros reyes y reinas de Inglaterra y Francia, no la historia real. Ahora escucha; durante la Primera Guerra Mundial, cuando yo era un niño pequeño, estábamos fuera de todo. Algunos de los jóvenes fueron a luchar por el emperador, pero quedamos al margen de la realidad. En el pueblo, la explosión fue la bronca que mi padre tuvo con su padre. Esto fue ya en 1922, cuando yo tenía seis años y Ervin dos. ¿Sabes que hubo una pequeña revolución comunista en Hungría? Sí, ese Bela Kuhn pensaba que debíamos ser como la Rusia soviética, y armó mucho jaleo, como hacen siempre los que tienen ideas metidas en la cabeza, que zumban de un lado para otro como abejas, así que tienen que dejarlas salir por la boca para no volverse locos con todo ese ruido ahí dentro. Pero empezó a meterse en los asuntos de los ciudadanos privados y ellos vieron qué pasaba y se libraron de él, rápido. Claro que ¿cómo podíamos saber que a veces un catarro puede ser sustituido por un cáncer? No se puede predecir.

»De todas formas, mi abuelo era un hombre muy religioso, llevaba una barba que olía a tabaco y esos rizos que te caen por delante de las orejas, y pensaba que en cualquier momento el Mesías volvería a la Tierra, así que qué importa lo que piensa esa chusma de Budapest, porque están engañados. Pero mi padre consigue libros. No de política, eso no le interesa; empieza a leer sobre otras religiones, los cristianos, nuestros vecinos, porque en aquellos días todos nos llevábamos bien, como ya he dicho. En particular con los griegos; siempre nos gustaron los griegos. Luego empieza con los musulmanes, los hindúes, los budistas, todo lo que hay bajo el sol. Siempre envía a buscar libros a Budapest y por la noche los lee, mientras mi madre friega y limpia. Siempre con la cabeza metida en un libro, y empieza a decir todo tipo de cosas demenciales sobre Alá y Buda y Shiva. Nadie sabe de qué habla. Cuando él empieza, mi madre me tapa las orejas. Las recuerdo, sus manos, oliendo a jabón y a lejía de la colada.

»Al final, todo esto fue demasiado para mi abuelo. Era una persona terriblemente religiosa, para él sólo importaba una cosa: el primer mandamiento. ¿Lo conoces?

—¿No matarás? —dije.

—No, no, ése no es el primero, el primero es: «Soy Dios y tú estás a mi cargo. Sólo soy yo, no hay otro». ¿Lo oyes? Éste es el gran mensaje, en lo que respecta a mi abuelo, así que cuando su propio hijo empieza a hablar de Jesús y Buda y Shiva, fue como si su hijo se hubiera hecho nazi, aunque eso fue más tarde; entonces él no sabía nada de los nazis, esto es años antes de todo aquel asunto.

»Un día tuvieron una pelea en la calle, delante de todo el mundo. Todo el pueblo se paró. Fue un combate épico entre padre e hijo; yo trataba de oír, pero las manos de mi madre estaban pegadas a mis orejas, yo me retorcía para escaparme de ella, porque era un chico fuerte. Mi hermano pequeño, Ervin, se pone a chillar como un loco, por nada, por un trozo de pan con miel que quiere, así que con las manos de mi madre en las orejas y mi hermano pequeño berreando, hay tanto jaleo que no sé qué pasa. Pero entonces mi abuelo coge un trozo de boñiga de caballo del suelo (y tienes que recordar que se trata de un hombre muy maniático, que se lava las manos todo el día y dice una oración encima de ellas, que no tiene nada que ver con los animales, sólo con las uvas y los papeles) y le tira ese pedazo de mierda a mi padre.

»Ay, mi madre está chillando, Ervin está chillando porque quiere su pan con miel, yo estoy intentando salir a la calle, para ver mejor, porque hay gente que me estorba, gente mayor, y lo único que puedo ver es a través de sus piernas, cuando no se mueven de un lado para otro. Quiero ver qué hace mi padre a continuación. ¿Va a tirarle un pedazo de mierda a mi abuelo? Pero no hace nada. Sólo se queda allí, y empieza a gritarle a la gente que está mirando, llamándolos idiotas, ignorantes. Se marchó por la calle a toda prisa, y nadie lo siguió, excepto los perros. Se fue a los huertos de frutales y desapareció debajo de los árboles.

»Y luego nos fuimos del pueblo, mi lugar de nacimiento. Nunca lo he vuelto a ver. Nos trasladamos a Budapest; así acabó todo entre nosotros y el Zémplen. Ahora nos tomaremos una taza de café. Y galletas. ¿O quieres un trozo de pastel alemán? Lo siento, todavía no he ido al sitio donde venden pasteles buenos.

—No, gracias.

—No te culpo, es horrible. Mira bien que todo funcione.

Rebobino la cinta, y su voz sale de la máquina: «... *en el exterior, dos ventanas que a mí siempre me parecían dos ojos, ojos castaños, oscuros, observándolo todo...*»

—¿Soy yo? —Le daba la sensación de estar mirándose en un espejo. Cuando lo hacía, veía su cara bulbosa, el labio colgante. El magnetófono le decía cómo sonaba su voz, y esto lo deprimía.

—¿Llaman a la puerta? —digo.

—¿Qué? Sí, llaman. Voy a ver.

Entreabre la puerta sólo unos centímetros. Yo no veía quién había al otro lado.

—¡Vaya, eres tú! —dijo sarcástico—. Otra visita más.

—La ventana sigue rota. —La voz al otro lado de la puerta es alta y aguda, pero no femenina; las palabras salen como flechas de metal de la boca invisible.

—¿Qué prisa hay? El aire fresco te sentará bien. Deberías dormir siempre con la ventana abierta, yo siempre pienso que tendría que hacerlo. —Se vuelve y me hace un guiño.

Una risa breve y brusca.

—Pues entonces ya puede esperar sentado el alquiler, hasta que la arregle.

—Vaya, vaya. Amenazas. ¿Oyes eso, Miranda? Vete a conducir tu trencito, chucu-chu; tengo trabajo. —Y le cerró la puerta en las narices.

—¿Ese chico está durmiendo con la ventana rota? —pregunto, interesada, creyendo haber descubierto una señal irrefutable de que mi tío es un casero malvado.

—Tiene suerte de tener una ventana. Tiene ventilación. A veces, yo dormía en un agujero, sólo un agujero.

—Bueno, eso fue allí, dondequiera que fuera, y esto es aquí, en Londres, y usted tiene una responsabilidad como propietario. Hay leyes. No puede…

Mi tío me miraba, a su sobrina, que había ido a la universidad y estudiado a Shakespeare y que había reconocido que no sabía nada de la vida, y pensó que había llegado el momento de que me enterara de algunas cosas sobre las leyes. No quería mantenerme en la ignorancia porque, según su experiencia, a los ignorantes se los comían vivos y no quería eso para mí. Quería que supiera defenderme sola, que no fuera una víctima, porque, en su opinión, si quieres embarullar el cerebro de alguien y volverlo loco con tonterías, debes empezar a practicar con los intelectuales, que son los más primos. Un intelectual no tiene ni la más mínima idea de cómo cuidarse cuando las cosas se ponen difíciles, porque cree que las ideas son más importantes que los actos, mientras que mi tío sabía que es exactamente todo lo contrario.

—Sí, leyes —dijo, en voz baja al principio, para no asustarme, pero igual me asustó, porque empezó a formársele una espuma blanca en la comisura de los labios—. ¿Tú me hablas de la ley? ¿Y dónde está la ley que dice que un propietario que alquila habitaciones debe tener un beneficio?

—La ley no debe estar para proteger a los poderosos; se supone que tiene que proteger a los débiles. —Yo no me interesaba por la política, en absoluto. Igual que mis padres, no había votado nunca, pero estas ideas formaban parte de la vida estudiantil, no podías eludirlas.

—Oh, oh, oh, ya veo, ahora lo entiendo. Socialismo. Escucha, pronto vas a empezar a oír hablar de socialismo, cuando lleguemos a esa parte de mi historia. No te gustará lo que tengo que decirte.

—No me interesa la política de partidos, pero en todo caso, aquello no fue socialismo, fue comunismo. —Por lo menos, eso decía Alexander.

—Es lo mismo.

—No, no lo es. El comunismo es el gobierno totalitario del Estado, yo hablo de leyes que protejan…

—¿Mi beneficio? ¿Hay una ley que lo proteja? No, sólo hay leyes para proteger al parásito que intenta vivir a mi costa; para él sí que hay leyes. Para mí, nada.

—¿Por qué diablos tendría que haber una ley para proteger sus beneficios? Todo el mundo tiene derecho a contar con un techo sobre su cabeza, los beneficios no son un derecho. —Era una experiencia nueva para mí, la indignación moral.

—Ah, ¿así que no quieres que un propietario tenga un beneficio? ¿Crees que es una organización benéfica? ¿Por qué? ¿Por qué tendría un hombre que ser una obra benéfica? Esas organizaciones están llenas de gente que no tiene nada mejor que hacer porque no necesita ningún beneficio, ya tienen todo lo que quieren y ponen en marcha una organización benéfica. Bien, que sean propietarios y yo buscaré otro negocio, pero por ahora un hombre joven viene y me dice que sabe que tengo una habitación para alquilar. Le digo el alquiler, él dice: de acuerdo, pago este alquiler. ¿Por qué el alquiler es de seis libras? Porque el Gobierno me dice que no puedo cargar más de seis libras. Es la ley, tu ley. Así que yo no puedo sacar un beneficio con seis libras, pero él sigue queriendo que le arregle la ventana, no mañana, no hoy, quiere que la ventana no se rompa nunca. Si yo tuviera un beneficio, le arreglaría la ventana.

Mi tío reconocía la expresión de mi cara; la había visto muchas veces antes, cuando la gente lo miraba. La conocía bien, una mezcla de miedo y desprecio, una sensación de náusea, de estómago revuelto ante algo que no quieres tocar, y que si no tienes más remedio que tocarlo, coges un trozo de papel, lo coges con los dedos y luego te lavas las manos.

La política no tenía nada que ver. El hombre era realmente Fagin, y ahora tal vez tendría que volver a plantearme mi anterior evaluación de los malos victorianos.

—Lo siento, te asusto —dijo con voz temblorosa—. No hagas caso. Debes comprender, no soy un hombre violento. Sólo que, a veces, levanto un poco la voz.

Estaba sudando, cogió un pañuelo de papel de la caja de encima de la mesa y se secó. Le aparecieron manchas púrpura por toda la cara. Los ojos estaban lechosos y me miraban con temor.

—De acuerdo —dije—. Continuemos. —Había oído suficiente y sabía qué clase de hombre era mi tío. Había que reconocer, en esta ocasión única en toda una vida y aunque fuera a regañadientes, que todo lo que mi padre me había dicho era cierto. Mi plan era acabar la mañana, recoger mis ocho libras y poner fin al experimento. No consideraba que mi tío fuera la maldad, eso era una tontería sensacionalista, era sólo una persona profundamente desagradable, detestable, y no quería tener nada más que ver con él. Satisfecha con la información que ya me había dado sobre los antecedentes de mi familia en el pueblo, sabía que cualquier otra cosa que me dijera tendría que pagarla a un precio demasiado alto; una especie de contaminación por parte de alguien en cuya presencia ya no soportaba estar. Mis padres me querían y hacían lo debido, protegiéndome de este pariente tan horrible.

Pero él no quería dejarlo así; era demasiado importante para él que yo comprendiera.

—No. Primero dime, ¿por qué te importan esas leyes?

—Porque son justas. —Me sentí muy satisfecha de la simplicidad de mi respuesta. Alexander habría aprobado esta frase tajante, corta y definitiva.

—¿Qué significa «justas»?

Todo el mundo sabía qué significaba «justas»; era la base de la sociedad inglesa, el instinto inglés para juzgar el bien y el mal; todos los inmigrantes lo comprendían en cuanto bajaban del barco. El juego limpio y todo eso. Mis padres suscribían esta creencia tan generalizada. Un partido nazi nunca podría arraigar aquí, comentó una vez mi madre. La gente se reiría.

Pero ¿qué era, exactamente, la justicia? Yo había dado por sentado que sabía qué significaba y, más tarde, miraría la palabra en el diccionario, para estar segura.

—No estoy segura de que sea algo que se pueda definir —dije—, pero supongo que se trata de respetar a los demás.

—El respeto hay que ganárselo.

—¿Por qué?

—Tienes que tener cualidades en tu interior que se puedan respetar.

—¿Como cuáles?

—Fuerza, cerebro. En la jungla, el león es respetado por todos los demás animales.

—Eso no es respeto, es miedo.

—Es lo mismo.

—¿Podría usted respetar, digamos, al chico que acaba de llamar a la puerta?

—¿A ése? —soltó una carcajada—. Escucha, no es un mal chico, pero ¿respetarlo? ¿Qué hay que respetar? Tiene veinte años y lleva una chaqueta de cuero que apesta.

—¿Por qué no? Es otro ser humano.

—¿Y qué?

—Que merece respeto.

—¿Por qué?

—Por ser quien es. Sólo por eso.

Movió la cabeza con un gesto negativo.

—Ay, Miranda, estás empezando la vida. Créeme, allí de donde yo vengo…

—No importa de dónde vienes. Es lo mismo en todas partes.

—No lo es. Mira, volvamos a la grabación. Puede que si escuchas, oirás un punto de vista diferente.

—De acuerdo —dije fríamente—. ¿Dónde estábamos? Se fueron del pueblo. ¿Qué pasó luego?

—¿Que qué pasó luego? Fuimos a Budapest, yo, mi padre y mi hermano.

Debió de notar que estábamos mejor en el pasado, él y yo, no en el presente, porque en el pasado él era una incógnita, y tenía algo que sabía que yo quería; aquella vida misteriosa vivida, antes de que yo naciera, por personas que no querían llevarme de vuelta a ella, que me negaban ese regalo. Y él estaba empezando a disfrutar de una parte de estos recuerdos, que lo devolvían a un periodo muy agradable, cuando el futuro sólo era una serie de puertas que abrías y no había sorpresas desagradables al otro lado.

No comprendía que habíamos terminado, que todo se había acabado a la segunda mañana.

—Mi padre ha roto por completo con su padre, con el pueblo, con todo, con el negocio de vinos —siguió diciendo—. Así que cogemos el tren a la ciudad. Yo nunca había ido en tren. Nunca había visto un lugar más grande que Tokaj. ¿Sabes cómo era Budapest en aquellos días? ¿La has visto alguna vez?

—No.

—No vayas. Es un agujero de mierda. ¡Pero entonces…! Entonces sí que era una ciudad. Un río la cruza, el Danubio, con puentes de un lado a otro, y todos aquellos bellos edificios. ¿Sabes que son dos ciudades diferentes: Buda y Pest? Bueno, yo me convertí en un chico de Pest, y tal como empecé, acabé, hecho una peste. Una peste. ¿Lo coges?

—Sí. —Mi tío vio que yo sonreía un poco y se sintió aliviado. Él creía que había dos tipos de personas: las que se ofenden como si fueran un fósforo lanzado contra el heno, que arde rápido, brillante, con rabia y poco tiempo: así era él. Luego están aquellos cuyas llamas se reducen a ascuas brillantes que van ardiendo lentamente durante años: así era mi padre. Esperaba que yo fuera como él, un fuego ardiente y precipitado, pero que no dura. Tenía razón, así es exactamente como soy, mientras que mi padre nunca perdonó, nunca olvidó, siempre guardó su resentimiento.

Entonces siguió con su extraordinaria historia, y confieso que, pese a lo que me desagradaba aquel hombre vil, me sentía atraída, a mi pesar, cada vez más hacia su mundo; para mí era como una película o una novela que me iba absorbiendo. Era un narrador fantástico, podía dar vida a cualquier momento, tenía el don de la labia propio del seductor. En mi mente podía imaginar su descripción de la llegada a la estación de ferrocarril y a todas las personas que vio —sólo en la sinagoga, en las grandes fiestas, había visto a tantas—, y todo el mundo andaba arriba y abajo como si tuviera algún asunto urgente de qué ocuparse, subiendo y bajando de un salto de los tranvías y corriendo de un sitio a otro como perros y gatos. ¡Toda una ciudad viva! Su madre llevaba a mi padre en brazos, porque se había quedado dormido en el tren, y cuando intentó despertarlo, empezó a berrear, así que tuvo que cargar con él, y él se volvió a dormir enseguida, y nunca vio lo que Sándor vio, aquella primera hora en Budapest.

—¿Estás segura de que esta máquina va bien? —preguntó después de este largo párrafo sobre su vida.

—¿Quiere que rebobine y lo compruebe?

—Sí, mejor estar seguros.

Apreté el botón y dejé que la cinta volviera atrás, chirriando, durante un par de segundos. «... *con puentes de un lado a otro, y todos aquellos...*»

—Va bien —dije—. ¿Dónde vivían y cómo consiguió su padre un piso y un trabajo? —Nos quedaban otros cuarenta minutos, así que más valía que le sacara toda la información que pudiera antes de marcharme. Pensé que, cuando volviera a casa, tomaría algunas notas, sólo para mí, sin otra razón.

—Ah, esto no lo averigüé nunca, sólo sé que escribió cartas, muchas cartas, y le contestaron a algunas y a otras no, pero al final consiguió un puesto en una empresa que hacía sombreros, como oficinista, ¿entiendes?, y contable, pero acabó a cargo del departamento de exportaciones, porque hablaba ruso.

—¿Qué clase de sombreros? ¿De señora?

—No, no, no. De fieltro, con alas anchas. En aquellos días, todos los hombres llevaban sombrero. Los que hacían en la empresa de mi padre eran sombreros de buena calidad y los exportaban a todo tipo de sitios. Cuando lo contratan, recuerda que era 1924, piensan que van a seguir exportando sombreros a Rusia, pero no saben que, primero, los rusos no quieren sombreros, excepto de la clase que llevan los obreros, gorras, y, segundo, aunque quieran un sombrero, quieren uno hecho en Moscú y no un sombrero capitalista. Mi padre les dice todo esto, después de no conseguir vender sombreros a la Unión Soviética. Era muy rápido con los idiomas, como yo, por cierto, y aprende alemán, estudiando cada noche con un libro y saliendo a los cafés y escuchando, porque en aquellos días mucha gente hablaba alemán, y pronto monta el departamento de exportación alemán. Para entonces, su aspecto es idéntico al de un húngaro, sin barba, nada. La firma estaba en Erzsébetváros, el distrito séptimo, y allí es donde teníamos un piso, en un edificio que no estaba mal. Y aquí es donde empiezo mi nueva vida como chico de ciudad.

Me contó que tuvo que dejar de hablar como un chico de pueblo.

—Quería ser magiar, como los demás. Esto era muy importante para mí, ser húngaro, no judío. Hablar su lengua, no el *yiddish* que hablábamos en la infancia. Y a mi padre ya no le interesaba ser judío, tampoco. En el trabajo vendía sombreros. Por la noche leía sobre todas las religiones, y los que más le gustaban eran los budistas; decía que eran gente tranquila, que no hacían daño a nadie. Claro que mi madre no hacía ningún caso de todo esto y seguía todas las leyes judías, como siempre había hecho.

—¿Y su hermano, Ervin? ¿Cómo se las arreglaba?

—*Ach*, bueno, él fue un niño de ciudad desde el primer momento, porque era un niño de mamá, y un niño de mamá no sirve de nada en un pueblo. También era una peste. ¡Vaya peste que resultó ser! Me río sólo de recordarlo. Cuando empezó la escuela, recuerdo, mi madre tenía que quedarse en el pasillo, delante de la clase, mientras él lloraba y gritaba que no lo abandonara, el pequeñín. Pero lo divertido es que, ¿sabes?, yo… yo era el que andaba suelto por los campos y me pasaba todo el día corriendo por debajo de las viñas y metiéndome en los establos para ver los caballos, pero en cuanto llegué a Budapest, resultó que me gustaba la escuela, no era un estúpido. Era el primero de la clase en muchas asignaturas, incluyendo matemáticas, que siempre fueron fáciles para mí, los números daban saltos dentro de mi cabeza, eran como bailarines, y si cerraba los ojos, los veía cogiéndose de las manos unos a otros, y cuando se cogían de las manos, se convertían en números diferentes. Nunca entendí que era sólo yo quien hacía esto en la cabeza; pensaba que eran todos, pero los otros chicos eran muy lentos con los números y siempre podías engañarlos, como ese truco de los tres cubiletes y el dado.

»Ervin era algo diferente. Ervin no valía nada en la escuela, pero era muy hábil con las manos. Siempre tenía las manos ocupadas en algo, siempre estaba haciendo algo y pintando.

—¿Pintando? ¿Cuadros?

—Sí. ¿A qué viene tanta sorpresa?

—No lo sé, por su descripción no parecía un artista.

—No he dicho que fuera un artista, sólo he dicho que pintaba. Esto no significa que sus pinturas tuvieran algún valor.

—¿Cómo eran?

—Bueno, pues cogía un plato con fruta y lo pintaba y, de alguna manera, lo hacía como si quisiera que la fruta de su pintura fuera más igual a la fruta del plato que la propia fruta. Como si compitiera con la naturaleza. Eso es lo que yo le dije, y se puso furioso conmigo, y mi madre también se enfadó, porque dijo que cómo podía ser tan cruel con mi hermanito, que debería animarlo. Pero así era ella, era una mujer muy blanda, maternal. ¿Qué hora es?

—Las once y media.

—Bien, ahora paramos, tienes que empezar a pasar a máquina. Te marchas a la una en punto. Va a venir alguien a verme.

Me senté a la mesa, desde la que se veía la calle, con niños jugando, perros gimiendo, gatos durmiendo y un trapero con un carro tirado por un caballo.

Mi tío se fue a su habitación y se echó en la cama. Creo que se quedó dormido. Empecé la laboriosa tarea de transcribir la cinta a máquina, media frase cada vez, rebobinando cada centímetro más o menos. La voz de mi tío resonaba por todo el piso, y al otro lado de la puerta del dormitorio, la misma voz roncaba ligeramente. Escuchar la primera vez era interesante, pero al escuchar de nuevo, empecé a darme cuenta de cómo construía las frases, y aquel acento gutural que me hirió los oídos al oírlo la primera vez empezó a metérseme en la cabeza. Oía una mente que recreaba el pasado con su misterioso material.

Pero también era cansado. Cuando se despertó, yo grité a través de la puerta:

—Es la una. He acabado. Me voy.

—Espera —dijo—. Espera un minuto. Hay alguien que quiero que conozcas. —Se vistió apresuradamente y salió del dormitorio con un traje azul, una camisa rosa y corbata de seda púrpura, con el pelo alisado hacia atrás y la piel oliendo a aquel perfume caro que usaba. Yo nunca había conocido a nadie que oliera a otra cosa que jabón. La piel de Alexander olía a él mismo y a las fibras de su ropa, y su boca a dentífrico.

—¿Estoy bien? —me preguntó.

—Muy elegante.

—Estoy esperando a una señora. Un hombre siempre debe vestirse bien para una compañía femenina. No quieres mostrarles falta de respeto. Vamos.

—Así que, después de todo, comprende el respeto —dije mientras bajábamos las escaleras, dejando atrás los cuadros de caza.

—Esto es diferente.

—¿Dónde han quedado?

—Me está esperando en el vestíbulo, ya la verás. Siempre alegre y puntual, ésa es Eunice, de la cabeza a los pies. Sí, aquí está.

»Eunice —dijo—, quiero que conozcas a Miranda, la persona de quien te he hablado, que me ayuda a escribirlo todo, todo, como dijimos.

—Encantada de conocerla —dijo ella, y me tendió un guante de piel azul.

Era la primera vez que la veía y noté aquella mano de huesos finos en la mía, como un tenedor de plata. Entonces era una mujer guapa y más elegante que nadie que yo hubiera conocido, con un traje azul marino y una blusa blanca, los guantes de piel azul marino, con tres botones en la muñeca, y el pelo, un casco brillante de ondas negro azuladas. Por debajo, sus ojos oscuros me miraban como si me estuvieran haciendo una foto, que luego ampliaría y examinaría con lupa.

—¿Oyes eso? —me preguntó Sándor, mientras ella hablaba—. ¿Sabes de dónde viene?

—¿De Gales?

—Exacto, de Gales, como Shirley Bassey. De Tiger Bay. El mismo sitio. ¿Qué te parece eso? —Y le dio un beso a Eunice en la cara, para que yo supiera que era su amiga especial, una amiga de verdad, muy diferente de la putilla que había traído a nuestra casa.

—Tengo un regalo para ti —le dijo—. Te lo enseñaré cuando lleguemos.

El sol se reflejaba en su pelo. Parecía un adorno de laca negra. Se fueron juntos, calle abajo, disfrutando del cálido sol primaveral, cogidos del brazo.

Mientras miraba a Sándor y Eunice alejándose por la calle, la voz del chico que había llamado a la puerta de mi tío dijo:

—¿Y tú quién eres?

Me di media vuelta. Había salido de su piso y estaba sentado en el peldaño, con la puerta abierta detrás de él, fumando. Mi primera impresión fue una cara afilada, con ojos azules, pelo oscuro muy corto, apartado de la frente, dedos que se llevaban a los labios el cigarrillo liado a mano, y una boca roja con una sonrisa sensual. Un veinteañero, con la seguridad tensa, descarada, sexual de alguien que sabe que siempre debe estar alerta para encontrar lo mejor, porque nadie más lo hará por ti.

No sabía cómo contestar a su pregunta; necesitaba pensarlo. Me sobresaltó que se dirigiera a mí.

—Mientras lo recuerdas, ¿por qué no vienes y te sientas?

—¿Dónde?

—Aquí, en el peldaño, si no resulta demasiado duro para tu culo. Un bonito culo, la verdad sea dicha, por lo que puedo ver. —Se echó a reír. Le salió una risa corta y rápida, sin placer ni humor.

Pero después de las horas pasadas arriba —el polvo del pasado de los Kovacs, las fotos desvaídas, la luz del sol congelada—, yo también me reí. Claro que no me faltaba una segunda intención y quería saber, de boca de uno de sus propios inquilinos, qué clase de hombre era Sándor en la actualidad. Aquí había alguien con motivos de queja contra mi tío. Así que me senté.

—¿Quieres un cigarrillo? —dijo, ofreciéndome una lata de tabaco—. Te lo puedo liar, si quieres.

—No, gracias, tengo los míos. ¿Cuánto hace que vives aquí?

—Unas semanas.

—¿Está bien?

—No, no está bien. El viejo es un usurero. Puede oler una libra a cinco metros de distancia. —Se frotó los dedos como si palpara dinero, un gesto desagradable—. Bueno, ¿qué hacías arriba, en su piso?

—Trabajo para él.

—¿Haciendo qué?

—Papeles —dije.

—Vale.

Encendí un cigarrillo y nos quedamos sentados unos minutos, fumando en silencio, mientras pasaba gente por la calle. Como si mis poros estuvieran llenos de mi tío, trataba de expelerlo con cada aliento. Cuando llegara a casa, me daría un baño, me empaparía y soñaría entre los patos amarillos; intentaría pensar qué me tenía reservado el futuro, si es que tenía algo. Un gato negro se encogió y orinó contra un árbol, al otro lado de la calle, y luego bufó a las piernas de alguien que pasaba.

—¿Quieres echar un vistazo a mi ventana? —preguntó el chico. Su pitillo se había apagado, y lo guardó con cuidado en su lata de tabaco—. Vamos, no te morderé. Aunque me gusta morder. —Soltó otra carcajada, rápida y dura, dejando al descubierto una hilera de dientes pequeños y afilados.

Tenía curiosidad por ver cómo se las había arreglado mi tío para meter tantos pisos en la casa. Me levanté.

—Vale, vamos, enséñamela.

La puerta estaba al fondo del pasillo. Una habitación que, en su juventud, empezó siendo amplia, espléndida y bien proporcionada, con techos altos y elegantes cornisas, había sido troceada como si fuera carne, partida en varias tajadas reducidas, con un tercio de lo que fue una ventana de guillotina de buen tamaño que daba al jardín.

—Un frío que pela, ¿eh? —dijo—. Pondré en marcha la tetera. Ya ves qué ha pasado; el cristal de la parte de arriba tenía una grieta en diagonal, y yo me dije: «¿Qué pasa si lo empujo con el dedo?», y se cayó. Mira, allí está.

El jardín estaba oscuro y lleno de hierbajos, retoños de árbol nacidos espontáneamente, ramas que las tormentas de invierno habían tirado. Nada de césped ni camino. En el suelo, un triángulo transparente aplastaba las ortigas, los dientes de león y las hojas de acedera; era una sección extraña de verde reflectante, con tres ángulos, mirando furiosa al cielo, que dejaba caer algunas nubes en su superficie. Y la ventana tenía un agujero triangular, por el cual entraba la brisa de principios de verano.

La habitación no era mucho: una cama individual, una mesa con superficie esmaltada, con un hornillo y una tetera eléctrica, un sillón pequeño y duro, tapizado con felpa aterciopelada de color granate y con manchas marrones en los brazos, una cómoda de contrachapado, con una hilera de cinco o seis libros, todos historias de terror. Incrustado entre la cama y la ventana, había un pequeño acuario, con algunos peces tropicales de colores fluorescentes.

—¿Qué son?

—Mis peces, claro. ¿Quieres darles de comer?

—Pues no. ¿Por qué te has traído tus peces? Este sitio casi no da ni para que estires los brazos.

—No los he traído. Tengo más en casa, pero el acuario es demasiado grande para esta habitación, así que tuve que empezar de nuevo. Es una afición; me gusta mirarlos. Son buenos. Y tranquilos, además: no arman jaleo.

—¿Qué ha pasado con los otros?

—Alguien se encarga de cuidarlos; están bien. Pero ¿qué hay de la ventana? ¿Puedes conseguir que la arregle?

—No tengo ninguna influencia.

Estábamos muy juntos, al lado del acuario. Notaba su aliento en la nuca.

—Me parece que al pez azul le gustas. Mira cómo nada dibujando círculos, lo has puesto nervioso; no está acostumbrado a tener compañía femenina. De hecho, eres la única persona que ha visto, aparte de mí, desde que dejó la tienda.

La claustrofobia de la diminuta habitación, su presencia física junto a mí, la visión de sus antebrazos, con el vello oscuro, y las manos, con los largos dedos señalando el acuario, su extraño, excitante olor, a almizcle, limón y cuero me perturbaban. Notaba mi aliento atrapado en el pecho.

—¿Ya te vas? —dijo—. Todavía no has tomado el té.

—Tengo que irme.

—Yo también tengo que salir. Te acompaño, si quieres.

No podía impedírselo. Es un país libre y todo el mundo tiene derecho a caminar por la calle.

Caminamos por Parkway hasta el metro en Camden, pasando por delante de la tienda de mascotas donde dijo que había comprado los peces. Las jaulas del escaparate estaban llenas de criaturas oprimidas.

—Si pudieras, ¿qué preferirías, un loro o un mono? —me preguntó.

Los loros eran de muchos colores y tenían unos ojos diminutos, primigenios. No veía que hubiera ningún mono allí, pero sus manos me inquietaban.

—Un ganso —dije—, un ganso canadiense.

—Es un ave, pero no es un loro.

—No.

—Me toca a mí. Yo me quedaría con el mono. Lo dejaría dormir en mi cama. Tendría que ser hembra, claro, uno no quiere que le metan dentro una polla de mono en mitad de la noche. Pero nada de monerías con la mona, sólo abrazos.

—Necesitas una novia, parece —dije, provocadora. Sus tonterías eran relajantes después de las horas amenazadoras pasadas con mi tío.

—Tengo novia —dijo, y su cara pareció tomar algo de color.

—¿Dónde vive? —pregunté.

—En casa, allá de donde yo vengo.

—¿Va a venir a Londres para estar contigo?

—No lo creo.

Parecía un arreglo poco satisfactorio, y me pregunté si existía siquiera.

—Entonces, puede que ya no sea tu novia —dije.

—No, sí que lo es. ¿Cómo te llamas?

—Miranda. ¿Y tú?

—Claude. Adelante, ríete, todo el mundo lo hace. Mi madre lo sacó de las películas. Había no sé qué actor que hacía el papel de un francés en una película que vio, pero ni siquiera era francés, sólo que ella pensó que lo era.

—Es divertido. ¿Tienes un segundo nombre que pudieras usar?

—Sí, Louis. Alias Louise, como me llamaban en la escuela. Así que, como ves, estoy jodido de todos modos. No me puedo librar de Claude. Uno aprende a vivir con eso.

Era más alto que yo, y caminaba deprisa, con los hombros encorvados y las manos en los bolsillos, como si la cabeza se adelantara abriendo camino a través del aire, empujándolo hacia atrás. Su nombre era su cara y desafiaba a cualquiera a hacerle frente, igual que alguien feo aprende a habitar su cuerpo, a hacerlo algo interesante y fascinante.

Bajamos por las escaleras automáticas de la estación de metro de Camden y esperamos en el andén.

—Empiezo a trabajar aquí la semana que viene —dijo, encendiendo su pequeño cigarrillo—. Como aprendiz de jefe de tren.

Las ratas corrían arriba y abajo por los raíles. El tren llegó con una ráfaga de aire frío, arrastrado a lo largo de los túneles, con el ruido que llenaba todo aquel espacio estrecho. Volvimos a salir a la superficie en Bond Street para encontrarnos con una bonita y soleada tarde, con el viento soplando de forma constante. Los lados de las calles te empujaban hacia delante, igual que las arterias empujan la sangre, en una circulación sin fin.

—Mi ventana —dijo—, ¿qué hay de...? —Pero yo me estaba metiendo en mi propia intimidad, recordando lo que mi tío Sándor me había dicho sobre la infancia de los hermanos en el pueblo, la ida a Budapest, lo de que mi padre era bueno con las manos y mi tío bueno con la cabeza. Ni siquiera sabía qué aspecto tenía aquella ciudad. No sentía curiosidad por el lugar de dónde procedían mis padres, excepto que sabía que era frío, oscuro, duro, malo. Había patios y sótanos donde mataban a la gente a tiros. En los últimos meses de la guerra, la gente se escondía donde podía, arriba o abajo. En 1956, el pueblo se levantó contra los soviéticos y fue aplastado. No podía imaginarlo y nunca había querido hacerlo, hasta ahora.

Entonces descubrí que nos habíamos separado en medio de la multitud, porque estaba sola en la acera, así que doblé hacia Harley Street, aunque me pareció verlo por un momento delante de un *pub*, mirándome, mientras yo me alejaba deprisa por la calle.

En Benson Court el ambiente era de asombro e incomodidad cuando volví a casa de mi viaje de bodas convertida en viuda. Los residentes sentían que debía de ser culpa suya por enviarnos al Hotel Negresco, con lo que habían firmado una sentencia de muerte, como dijo la bailarina, cruzando teatralmente las manos encima de sus pechos y sosteniendo la cabeza ladeada cuando me paró en las escaleras para darme el pésame.

Fui a ver a Gilbert.

—Parece que vienes de la guerra, ¿verdad?, pobrecita —dijo—. Ven a tomar una copa. —La repisa de la chimenea estaba llena de invitaciones a fiestas, y el suelo, cubierto de libros a medio leer.

Le hablé de mis esfuerzos por encontrar un empleo y de todas las solicitudes que había enviado, pero él dijo:

—Ah, las solicitudes, querida, ¿no comprendes que no es así como funciona esto?

—¿Cómo funciona?

—¡Contactos, tonta!

—Yo no tengo contactos.

—Sí que los tienes, muchos. Empieza conmigo. ¿Quieres que mire si hay algo en el periódico?

—¿Un empleo en *The Times*?

—Probablemente no un empleo, pero quizá algún trabajo por cuenta propia; podría mirarlo, seguro. ¿Qué te parecería la reseña de libros, por ejemplo? ¿Crees que te podría convenir?

Podía hacer crítica de libros, ser crítica literaria para los periódicos; iría a fiestas, conocería a gente interesante, haría amigos y tendría un piso para mí sola en algún sitio. Sentí una súbita pasión por volver a leer libros, la necesidad de su profundo alimento. Pero ¿no tenía que trabajar para *The Times* para que me confiaran un libro que reseñar? ¿Me darían un libro si no pagaba la seguridad social ni los impuestos, ni tenía otros números? Mi padre tenía números y tarjetas. Morris Axelrod se los daba. Gilbert dijo que no, que sería lo que se llama *freelance*, y la libertad estaba insertada en la palabra, así que era para mí.

Humildemente agradecida, acepté que sacara los dibujos que me había hecho a los diecisiete años, y él los miró y preguntó si seguía teniendo el mismo aspecto sin ropa. Yo no estaba segura. La chica de los dibujos tenía un cuerpo que parecía un tallo del que empiezan a brotar ramas. Era embriónica. Ahora tenía callos en los pies y algunas cicatrices. Mis ojos parecían totalmente diferentes. Y pensé: «¿No deberíamos hablar de lo que el tiempo te ha hecho a ti?», pero resultaba familiar y amable y sabía que no me perjudicaría ni me haría daño, su pálido pecho sería cálido junto a mi mejilla. Así que nos acostamos, pero la mayor parte del tiempo yo trataba de pensar en otra cosa. Cuando estábamos a mitad del camino, el reloj de su abuelo dio las once. Yo iba contando las horas en la cabeza y, allá a lo lejos, al otro lado de la ciudad, el Big Ben, aquella campana agrietada, empezó a sonar también.

Al día siguiente vino a casa con un libro para reseñar; una novela sobre una mujer coja que se enamora de hombres duros que no sienten ningún interés por ella.

—Tiene pinta de ser más bien basura —dijo—, pero al parecer la autora es popular y le darán un buen sitio. ¿Te apetece venir a tomar algo esta noche?

—No, gracias, creo que empezaré a trabajar en el libro.

—Como quieras.

Me eché en la cama para leer la novela, que era muy ñoña, en mi opinión. Estaba haciendo acopio de toda la crueldad de quien hace crítica por primera vez y trata de dejar su impronta. No se me ocurrió sentirme intimidada por la fama de la autora, porque, en mi arrogancia, no podía entender por qué alguien que, según su biografía, había sacado un doble sobresaliente en Somerville College, en Oxford, se rebajaba a escribir aquellas chorradas, cuando podía seguir el ejemplo de Virginia Woolf y George Eliot. Seguro que yo no lo haría, si alguna vez escribía una novela, que tendría, seguro, la máxima altura literaria. Claramente, había personas en quienes las serias exigencias del gran arte sólo dejaban al descubierto sus limitaciones intelectuales.

Nadie había escrito nunca un informe tan incisivo sobre los defectos de una novela. Nadie había defendido nunca, con tanta integridad, la literatura de quienes la practicaban. Era un principio, un principio en el periodismo literario, que esperaba que me convirtiera, por ósmosis, en escritora de libros, cuando las editoriales admiraran mi hiriente prosa y me invitaran a almorzar para preguntarme si me gustaría escribir mi propia novela. Pero al día siguiente me devolvieron la crítica con una breve nota: «La próxima vez, intenta escribir en lengua inglesa».

Llamé al editor literario:

—¿Qué hay de malo en mi reseña? Me pasé dos días haciéndola.

—Sí, se nota. ¿Qué significa «el valor sobrante del modernismo»? No, por favor, no me lo digas. Escucha, bonita, lo único que queremos saber es cuál es el tema, tener una ligera idea del argumento, de quiénes son los personajes, y si el autor ha conseguido que hicieran lo que iban a hacer. Eso es todo. Y si puedes hacer que la reseña sea una lectura interesante, tanto mejor.

—Pero ningún crítico literario ahora es…

—Como te he dicho, si quieres hacer crítica de libros, tienes que saber qué es una crítica de libros. Léete unas cuantas, ¿quieres?, y llámame dentro de un par de semanas. Además, ¿podrías devolverme el libro por correo o traerlo tú misma, si pasas por aquí? Tengo que dárselo a otra persona.

Me parecía estar retrocediendo en el tiempo, y nada que pudiera hacer cambiaría el rumbo de mi vida. Mi trabajo no valía nada, de nuevo dormía bajo el techo de la casa de mis padres en Benson Court, y a veces me metía en la cama de Gilbert. Pronto volvería a caer en la ropa de segunda mano que mi madre me compraba en los mercadillos y que todavía colgaba en el armario.

Vi a un hombre que besaba a una mujer en la nariz mientras se cogían a la barra de un autobús que avanzaba dando bandazos, ella le sonrió y él se estiró y la besó de nuevo en la oreja. Vi cubos llenos de flores en las floristerías, y cómo preparaban ramos para dárselos a alguien querido. Vi mujeres con maletines subiendo en tropel por las escaleras del metro en Oxford Circus y dirigiéndose hacia el norte por Regent Street hasta Portland Place y las puertas de la BBC. Todo el mundo estaba en movimiento, con cosas que hacer y sitios adonde ir; personas que se enamoraban, que hacían el amor, que tenían ideas nuevas de trinca que nadie había tenido antes, y todo seguía en marcha. A las tiendas llegaban nuevas mercancías. La gente ganaba dinero con su trabajo para comprarlas. Alquilaban pisos, compraban casas y, sobre todo, se besaban en los autobuses de Londres. Todo y todos estaban ocupados, mientras yo permanecía sentada en el jardín comunitario, mirando cómo crecían las flores, muy lentamente, ante mis ojos. Pero, por lo menos, crecían.

El hombre al que había amado estaba muerto y yo ya no estaba ni siquiera segura de haberlo amado o de si había sido un juego de niños, una suplantación de identidad de una mujer adulta que compartía piso con su novio, se prometía, se casaba, se iba de viaje de luna de miel. Cuanto más me esforzaba por revivirlos, más falsos me parecían mis recuerdos. Ya no estaba plenamente segura de que los sucesos que evocaban me hubieran sucedido a mí o a un personaje de una película o de un libro. Ya no me creía que me hubiera marchado de Benson Court, que hubiera ido a la universidad, que hubiera conocido a Alexander y me hubiera casado con él en la capilla de la catedral; parecía imposible que me las hubiera arreglado para realizar toda esa serie de maniobras inverosímiles. Sólo el aborto seguía siendo real. Tenía que serlo, mi madre estaba allí.

Una mañana, cuando me senté a desayunar y mi madre me sirvió un vaso pequeño de zumo de naranja endulzado, mordí el cristal y oí cómo se partía con un fuerte *crac*, y vi que mis padres asentían, intercambiando una mirada elocuente. Entonces decidí que sería mejor volver a ser la secretaria del tío Sándor, porque allí, por lo menos, había cuarenta libras a la semana, y la posibilidad de completar una historia que seguía interesándome, de alguna manera: la historia de quién era yo y de dónde venía, el territorio fantasma de antes de nacer yo.

—No te presentaste; seis días seguidos te esperé —dijo mi tío cuando vino a abrirme la puerta—. Compré un pastel de nata, y no viniste. Me quedé aquí, sentado, esperando. No me gusta esperar. El pastel se estropeó.

Parecía enfermo. Su piel estaba incluso más pálida de lo que recordaba y tenía las manos cubiertas de manchas blancas, escamosas.

—Lo siento —dije—, no tuve más remedio.

—¿Por qué?

—Estaba en un *pub* y estalló una bomba. —Sí que había habido una bomba, en un *pub* de Islington, una pequeña bomba ineficaz, que salió en las noticias de la noche, sin que hubiera muertos, salvo un gato que se había quedado dormido en la bolsa abandonada y fue lanzado por los aires, la cola enrollada alrededor del surtidor de la mejor cerveza negra y los ojos escupidos dentro de un cenicero. Mientras hablaba, me parecía que insertarme a mí misma en ese suceso era otra señal más de mi separación de la realidad, y que mis esfuerzos, cada vez más desesperados, por volver al mundo concreto del aquí y ahora no eran más que una teatralización de mí misma.

—Pero ¿qué dices? ¿Resultaste herida? ¿Cómo? ¿Qué te hicieron? —De nuevo vi su impulso a alargar el brazo y tocarme, y de nuevo me encogí; él también lo vio y bajó el brazo.

—No me pasó nada, a nadie le pasó nada, aparte de a un gato.

—Sí, me enteré. Pero si no te pasó nada, ¿por qué no viniste? —Se le empañaron los ojos de nuevo y se los secó con la manga.

—Estaba conmocionada. ¿Qué le pasa en los ojos? —dije, cambiando de tema.

—No lo sé, puede que glaucoma, al final acabas ciego, pero el oculista dice que es otra cosa.

—¿Tenemos que quedarnos en la puerta?

—No, no, claro que no, sube. Por favor. Te haré un buen café húngaro, fuerte, los azúcares y las grasas son buenos cuando has tenido una conmoción.

Llegamos a su piso y nos sentamos en nuestros viejos sitios; él en el trono de pavo real de mimbre, y yo dominando el magnetófono.

—Veamos, ¿dónde estábamos?

—En Budapest.

—Sí, Budapest. ¿Qué quieres saber?

—¿Qué hizo cuando dejó la escuela?

—Toma, come. Sólo tengo Battenberg, me gustaría tener algo mejor que ofrecerte.

—No se preocupe, no tengo hambre.

—Deberías tener hambre. Estás demasiado delgada.

—Últimamente he perdido un poco de peso.

—Entonces, ciertamente, para mañana compraré un pastel de verdad. Bien, primero tienes que comprender que cuando yo dejé la escuela, en 1934, era cuando entraron en vigor las cuotas de judíos, así que le digo a mi padre: «¿Por qué tenemos que ser Klein?»

Éste era nuestro nombre, ¿sabes?, en el pueblo, pero es el momento en que muchos judíos están cambiando de nombre, hungarizándolo... ¿Por qué no ser otra cosa? A mi padre no le importa qué nombre tiene. Mi madre no expresa una opinión. Ervin, mi hermano, sigue en la escuela y no le preguntamos. Así que nos convertimos en Kovacs, un nombre *echt* muy bonito. Fue idea mía lo del cambio de nombre. Así que ya no soy Sándor Klein, ahora soy Sándor Kovacs y me pongo a buscar trabajo.

Veía que, mientras hablaba, no dejaba de mirarme y, por vez primera, empecé a preguntarme si sabía quién era yo. Fue la primera sospecha, pero estaba demasiado interesada en la historia para seguir pensando en ello, porque era una revelación que mi nombre sólo tuviera unos pocos años y que antes fuéramos algo diferente. Que yo era la primera de la familia Klein que nació con el apellido Kovacs.

—¿Quieres más café, un cigarrillo? —ofreció.

—No, gracias. Hábleme de su primer trabajo.

—Mi primer trabajo fue un buen trabajo, en una agencia inmobiliaria. Estamos en 1934. A la gente ya no le gustan los judíos, pero ¿qué podemos hacer? Puede que no seamos muy agradables. ¿Qué opinas?

—¿Sobre qué?

—Sobre que los judíos no inspiremos cariño.

—No tengo ninguna opinión —dije—. Por favor, continúe.

—De acuerdo —aceptó mi tío, sonriendo ligeramente y dedicándome una mirada benévola, incluso algo compasiva, que no pude descifrar—. Sólo tenía dieciocho años. Ahora vuelvo al tiempo que, sin ninguna duda, fue el mejor de mi vida, porque incluso cuando vivía a todo tren en Bishops Avenue me acosaban las pesadillas, lo reconozco. El trabajo consiste en estar todo el día alquilando pisos, por toda la ciudad. Acabo conociendo Pest como la palma de la mano, cada calle. Teníamos algunos pisos maravillosos en nuestras listas. ¿Sabes?, los edificios que levantaban tenían fachadas de piedra, sí, las fachadas asomaban a la calle y te miraban. Algunos eran caballeros de los viejos tiempos, pero casi todos estaban pintados. Así que, de día, corría por la ciudad en bicicleta, enseñando pisos a los que querían alquilarlos, pero por la noche era cuando estaba vivo de verdad. En Budapest tenemos cafés, todavía hoy, pero nada como los cafés de antes de la guerra. Palacios, me parecían; los camareros llevaban un atuendo muy bonito... Atuendo, ¿se dice así?

—Atuendo, sí.

—Los cafés estaban llenos de gente maravillosa, periodistas, escritores, políticos, gente estrafalaria. Señoras con sus abrigos de piel y sus sombreros de piel, y las pieles proyectan una sombra en su cara, como encaje. Ésta fue mi educación, no la universidad, los cafés de Budapest. Nada es como aquí, en Inglaterra. Cuando llegué, busqué los cafés; voy al Kardomah, sólo amas de casa, y por la noche cierran temprano.

—¿Qué estudiaba por aquel tiempo?

—¿Cuándo?

—En Budapest, en los años treinta.

—¿Estudiar? ¿Yo? Nada. No estudiaba nada.

—Pero ¿por qué quería estar entre los intelectuales?

—Me gustaba oírlos hablar. Me gusta estudiar lo que dicen. Para sacar ideas. ¿Sabes?, si escuchas a los intelectuales, aprendes a decir estupideces, y esto es muy importante en mi clase de trabajo. ¿Te ofendo? Ahora me acuerdo de que tú también eres una intelectual.

Y ahora llegábamos a una parte de la historia de Sándor donde tenía que tomar una decisión. Una niña había estado con sus deditos aferrados al marco de la puerta, mirando desde abajo a su tío, mientras su padre lo insultaba a voz en grito en una lengua extranjera. Él quería darle chocolate; no se lo permitieron. Lo que vendría a continuación, el relato de sus delitos, de sus actos terribles, de los cuales tenía toda la intención de defenderse, estas acu-

saciones… eran una cosa; pero él quería que aquella niñita morena, ahora una joven, también morena, con una ligera sombra en el
labio superior, supiera que su padre, tan respetuoso de las leyes,
era un hipócrita y un mojigato. Si con eso se ganaba mi antipatía,
no le importaba. Alguien tenía que saberlo; Eunice lo sabía, pero
en el futuro, nadie tendría en cuenta su opinión, porque Eunice,
aquella chica tan guapa, sólo era una mujer de color que trabajaba
en una tienda y tenía un hijo que estaba en la cárcel.

Mi tío sabía, desde el juicio, que las opiniones de algunas personas tienen más peso que las de otras, y la joven que tenía delante contaba con un título en poesía por la Universidad de York.
Que, reconozcámoslo, no era Oxford ni Cambridge, pero seguía
siendo buena; había hecho averiguaciones.

—Bien, mira, te hablaré de los cafés —dijo, y sus ojos castaños
me miraron directamente a la cara, aquellos ojos que podían estar
muertos o vivos, según su estado de ánimo, pero que siempre estaban alerta en estas pausas, mientras tomaba un sorbo de café fuerte y pensaba en qué iba a decir a continuación. ¿Cómo lo repre-
sentas? Lo mejor es en forma de farsa.

»No gano demasiado en el despacho; tengo trabajo, pero esa
clase de trabajo no me va a hacer millonario. Para ser millonario necesito mi propio negocio; no te haces rico si tienes que estar siempre a la entera disposición de otro. Tengo mucha energía, pero no
veo una oportunidad. Ahora viene el momento en que veo una. Escucha, Miranda, en toda mi vida no he sido guapo. Nunca he tenido aspecto de estrella de cine. Pero por alguna razón les gusto a las
mujeres. Les gusta hablar conmigo, estoy cómodo con ellas y esto
hace que ellas estén cómodas conmigo. Así son las cosas. Conozco
a muchas mujeres jóvenes en los cafés, de todo tipo. Algunas solte-
ras, otras casadas. Algunas trabajan, otras no. Tengo muchas cono-
cidas. Un hombre joven, que tiene un trato natural, que tiene energía, que conoce la ciudad muy bien, que sabe dónde hay pisos
vacíos, esta persona tiene una oportunidad. ¿Lo entiendes?

—No.

—*Ach*, te lo tengo que explicar bien. Las mujeres que conozco a veces necesitan dinero para un sombrero; a veces quieren dinero para pagar el alquiler. En la otra cara de las cosas, hay un hombre que tiene esposa, y la esposa está enferma o embarazada, o acaba de tener un hijo, o no le gusta hacer cosas en el dormitorio. Estas dos personas están destinadas a encontrarse, sólo necesitan alguien que las reúna. Pero ¿dónde se encuentran? No en casa de él, no en casa de ella. Pero yo sé dónde hay pisos vacíos y tengo las llaves. Así es como empieza mi negocio.

Durante todos estos años yo había pensado en él como propietario de pisos sórdidos, en los barrios bajos, un capitalista rampante que explotaba a los más débiles. Pero era más que eso: su codicia se alimentaba de carne humana.

—Usted era un chulo.

—Una palabra muy fea. En húngaro lo llamamos *strici*. Nadie usaba esa palabra para mí en Budapest; es la primera vez que la oigo, de ti.

En realidad, no era así. Lo habían arrestado por vivir de ganancias inmorales, pero mantuve la boca cerrada. Sólo lo miré con fría repugnancia. Realmente, era una escoria. Entendí la posición de mis padres.

—Bien, señorita, eh…, Collins, ¿quieres que acabemos? —preguntó fríamente, viendo que yo no era mejor que los demás, que era una persona con una comprensión e imaginación limitadas.

—¿Por hoy?

—No. Del todo. No te gusta estar aquí sentada y tomar café con un chulo. ¿Quieres buscar otro empleo? Vete y sé la directora de *The Times*, si lo prefieres.

No podía haber elegido una pulla más hiriente.

—No he dicho nada de marcharme, yo…

—Déjame que te diga qué es un chulo, lo que hace; un chulo es un hombre que…

—Mire, en realidad no tenemos que hablar de eso. Sólo soy una secretaria.

—No, no; eres más que eso. Una secretaria toma una carta al dictado. Esto no es una carta, es mi corazón lo que me arranco del...

Pero vio que había ido demasiado lejos. Me dije que era la segunda vez. Puede que sepa quién soy. Sin embargo, seguí sin decir nada.

—¿Qué, qué?

—No importa, ¿por qué no seguimos?

—¿Seguir?

—Sí.

—Habla sobre los chulos, si quieres, pero primero...

—No mecanografiaré esta parte de la cinta, ¿sabe? No escribiré mis preguntas ni nada de lo que yo digo.

—Bueno, sólo para que lo entiendas; conozco a los chulos, en mis tiempos, y a ninguna chica le fue bien con un chulo. Mis chicas llevaban su propio negocio, yo sólo les llevaba clientes y proporcionaba la habitación. Me quedaba una comisión por la gestión. Todos lo comprendían. Las reglas estaban claras para todos. No las obligaba a hacer nada ni les daba drogas.

—Sí, sí. Continúe. —El choque de esta revelación todavía me crispaba los nervios.

—Bien, déjame que te hable de mi hermano Ervin. Puedes oír cuál era su manera de hacer, esa manera limpia y honrada que es su camino, no el mío. La primera chica que conoce, se compromete con ella. Una chica que cojea, lleva un bastón, pero es una persona muy agradable. Siempre me gustó Berta mucho más que él. Mi hermano hizo su aprendizaje en aquel taller de joyería y tiene mucha, muchísima suerte de conservar el empleo, porque a mi padre ya lo han despedido de la empresa de sombreros. El negocio no va bien, despiden a algunos trabajadores; tienen dos judíos, bajo las leyes racistas que hay, uno tiene que marcharse, y, como el departamento de exportación a Alemania no lo puede llevar un judío, pues adiós a mi padre, después de catorce años en la empresa. Por cierto, pasa lo mismo conmigo; sólo trabajo para una pequeña firma, ya no pueden tener a ningún judío, pero yo soy alguien que sabe cómo mantenerse a flote y mi negocio es, cada vez más, reunir chicas y pisos, porque todavía me las arreglo para saber qué piso o qué habitación está libre, y todavía me las arreglo para tener las llaves, porque no hago las cosas a la manera oficial.

»Ahora mi padre no puede vender sombreros; lo único que hace es leer sus libros. Se corre la voz sobre mí y sobre cómo, exactamente, consigo mantenerme a flote y llevar dinero a casa para que mis padres paguen el alquiler, porque sin ese dinero puedes estar segura de que se morirían de hambre. Ervin no lo puede soportar. ¡Tiene un empleo! ¡Es una persona respetable! ¡Está prometido! Cada noche viene a casa y empieza a buscar pelea conmigo. Nunca dice cuál es su problema directamente; sólo dice: "¿Por qué no hay leche? ¿Te la has bebido tú, Sándor? Eres un egoísta, hijo de...". Bueno, mi madre quiere a sus dos hijos por igual. No puede soportar que haya mala sangre entre los dos. Le digo: "Madre, él hace las cosas a su manera, yo las hago a la mía. Tengo veintiún años. Es hora de que me vaya, que tenga mi propio piso".

»Ay, ella se pone a llorar cuando oye esto. Pero yo le digo: "Mira, hay un piso en esta misma calle, te veré cada día". Así que esto es lo que pasa. Consigo mi propio apartamento, no es un apartamento, sino una habitación, pero una buena habitación, muy buena. Ellos están en Sip utca; yo, en Dob, a la vuelta de la esquina. Cada día voy a mi despacho, que está en el café del Hotel Astoria.

—Su base de operaciones —dije. La historia se estaba poniendo muy interesante.

Quiero tener una imagen de mis padres en los meses antes de que dejaran Hungría, y cuando fueron fotografiados delante de la puerta de nuestro piso, justo antes de que dieran el portazo.

—Sí, muchas personas diferentes vienen aquí por la noche. Veo a todo el mundo.

—¿Su madre sabía en qué andaba metido?

—Ésa es la cuestión. Ervin no para de amenazarme:

»—Lo diré, lo diré —grita. Quiere decir que le dirá a mi madre cómo es que yo sigo teniendo dinero en el bolsillo y trajes bonitos.

»—¿Por qué? —le pregunto—. ¿Por qué quieres decírselo?

»—Para que lo sepa —dice.

»—¿Para que sepa qué?

»—La clase de hermano que tengo.

»—¿A ti qué te importa? —le pregunto.

»—Tengo una reputación —dice.

»¿Qué reputación? Trabaja en la trastienda de una joyería. Al final se lo saco: es esa chica, su prometida, Berta; mi hermano no quiere que la familia de ella se entere.

»Bueno, una noche, me tropiezo con él en Karoly Korut, de camino a casa, después del trabajo. Trato de ser amable. Le digo:

»—Ven a tomar un café conmigo en el Astoria.

»Así que vamos y tomamos un café. Intento hacer las paces con él. Cuando nos acabamos el café, lo invito a una copa. No suele beber, Ervin, pero le digo que tomemos un Tokaj, para recordar nuestra infancia, así que acepta, y luego tomamos otro, y es la primera vez que lo veo achispado y sonrosado. Una chica que conozco viene y se sienta. Ervin va a los lavabos a hacer pipí. Yo le digo a ella que es mi hermano pequeño, que sea amable con él y le doy unos billetes.

Mi tío se echa a reír, coge un pañuelo de papel de la caja y se seca los ojos.

—¿De qué se ríe? —pregunto.

—Es que tengo a Ervin delante de los ojos, tal como era entonces.

—¿Qué aspecto tenía? —pregunto, ansiosa. Me parece que me he descuidado tanto que la máscara está encima de la mesa y detrás de ella sólo hay una niña que no sabe nada de fingimientos.

—Ni siquiera ahora es un hombre grande, pero entonces era pequeño y delgado. Los puños de la chaqueta le llegaban hasta los nudillos, porque era tacaño y pensaba que todavía crecería, aunque ya tiene dieciocho años, y así no tendría que comprarse una chaqueta nueva. Toda su ropa era demasiado grande por esa razón. Siempre me recuerda a ese animal... ¿cómo se llama? Sí, ese que lleva el caparazón a la espalda...

—¿El caracol?

—No, más grande.

—¿La tortuga?

—Eso es. Entonces ya tiene cara de viejo, una cara que le sale por encima del cuello de la camisa. En cualquier caso, voy a ocuparme de un asunto y los veo salir. Más tarde, ella vuelve al Astoria y me dice que todo ha ido bien, pero que él es virgen, así que no ha tenido mucho trabajo. Todo es rápido y agradable y ahora él se va a casa.

Tú crees que tus padres están ahí sólo para quererte e irritarte. Los ves como satélites que giran en torno a tu sol y tratas de huir a través del universo, mientras ellos te persiguen. Antes de que yo naciera, la ciudad donde yo no había estado nunca, el país que sólo era una forma coloreada en el mapa, era una tierra de noticiario, en blanco y negro, unidimensional. El tiempo es algo muy extraño. Aquí estoy, caminando hacia casa, cruzando Regent's Park, con un vestido nuevo metido en una bolsa, y el año 1977, cuando sucedió lo que estoy describiendo, es casi tan lejano como 1938 lo era entonces. ¿Era real o imaginario? Mi padre, un hombre joven, que tiene relaciones sexuales con una prostituta después de tanto hablar de su clarividencia al dejar Hungría. ¿Podía haber una idea más ridícula?

—¿Estás bien? ¿Quieres un vaso de agua? No quiero que te pase lo que le pasó a tu marido.

—No, estoy bien —dije.

—Creía que te estabas tragando la lengua.

—Siga, por favor, soy toda oídos.

—Unos días después viene mi madre a llamar a mi puerta. Está en un estado terrible. Ervin va a emigrar, deja Hungría, tengo que ir enseguida a nuestra casa. Bien, digo, oigamos qué tiene que decir. En Hungría son unos momentos en que no es que la soga apriete cada vez más, sino más bien que ahora nos damos cuenta, por vez primera, de que llevamos una soga al cuello. Ervin da golpecitos con la cucharilla en el vaso de té que está bebiendo y dice que, de repente, hay peligro para los judíos en Hungría, que él y Berta tienen que marcharse de inmediato.

»—Dile que no se vaya —dice mi madre. Mi padre se limita a estar allí, sin decir nada.

»—Bueno, Ervin —digo—, dinos cómo ves tú que van las cosas aquí, en Hungría. —Entonces él empieza con una gran historia sobre lo que está pasando en Europa. Habla de Alemania y de la Unión Soviética.

»—Me parece que has estado leyendo los periódicos —le digo—. Debes de haber estado en los cafés.

»Cuando oye esto, se vuelve loco, coge un poco de azúcar del azucarero y me la tira a la cara. Yo me río.

»—Ya soy lo bastante dulce —digo— sin tu azúcar.

»Pero madre necesitó toda la noche para calmarlo. Así que ahora, en todo el barrio, se sabe que Ervin Kovacs y su prometida Berta se marchan de Hungría, huyendo de la persecución a los judíos. Pero en los cafés corre otra historia. En los cafés se dice que Ervin Kovacs se marcha de Budapest porque le aterra que su prometida descubra que se acostó con una prostituta.

»Y ésta es la historia de mi hermano. Lo siguiente que sabemos es que está en Londres, es un refugiado. ¿Un refugiado de qué? De los rumores.

Así que ahí estaba. Todos aquellos años viviendo detrás de las puertas cerradas, la timidez, la obediencia y el terror que Sándor despertaba en la mente de mi padre; no sólo porque era un gánster, un propietario de los barrios bajos, que vivía de ganancias ilegales, sino porque estaba enterado de que había un gusano en el corazón del matrimonio, aquella pequeña mentira en que se sustentaba.

—Pero él tenía razón, ¿no? —dije, pensando en todo lo que sabía sobre lo que ya había empezado en Europa y no iba a mejorar sino a empeorar.

—¿Sobre qué?

—Sobre dejar Hungría. Escapar cuando lo hizo.

—Sí, pero no por las razones que dio. Sigo sin poder darle esa satisfacción.

—Porque si usted se hubiera marchado al mismo tiempo, las cosas habrían sido diferentes para usted.

—¿Cómo sabe cómo habrían sido la cosas?

—Me refiero a la guerra. No habría estado en Hungría durante la guerra.

—Cierto.

Mientras transcribía las cintas de la mañana, sentada a la mesa con vistas a la calle, Sándor estaba en el dormitorio, dedicando mucho tiempo a cambiarse. Oí correr el agua, las palmadas que se daba en la cara, y el olor de un agua de colonia fuerte llenó el piso. Cuando salió, ya no llevaba su chaqueta de punto con cremallera, sino un traje azul, no muy diferente del de moer que llevaba en aquella visita a nuestro piso mucho tiempo atrás, con los zapatos de piel a conjunto, en dos tonos, azul y negro.

—Va de punta en blanco —dije. Lo prefería así, a todo color, en lugar del hombre monocromo del impermeable. Había nacido para llevar una corbata llamativa y polainas.

—Pues claro. Hoy es el día en que Eunice y yo vamos a bailar.

—¿Bailes de salón? ¿*Foxtrot* y cosas así?

—Sí, y también tango. Tomamos clases. Estos zapatos son especiales para el tango. Hay que comprarlos en un sitio concreto, en Shaftesbury Avenue. No puedes llevar unos zapatos viejos cualquiera, ni pensarlo.

—¿Qué ha pasado con la ventana de aquel chico? —pregunto mientras bajamos al vestíbulo.

—¿Qué chico?

—Claude, el que vive ahí.

—¿Por qué te importa su ventana?

—Según la ley…

—Pero ¿qué te pasa? Intento explicártelo, y nunca lo entiendes. Te entra… ¿Cómo es la expresión? Te entra por un ojo y te sale por el otro.

—Oreja —dice Eunice, que estaba esperando en la entrada. Va vestida maravillosamente, con un vestido corto, de satén beis, que le llega justo por encima de las rodillas, con aquellas piernas perfectas, morenas y torneadas, con sus bonitas medias de nailon transparente. Las mías son como botellas de leche.

—Esta chica —dice Sándor— ha llevado una vida muy protegida, no como nosotros, ¿eh? Quiere que arregle la ventana que un chico rompió él mismo.

—El cristal ya estaba trizado —dije.

—¿Y tú cómo lo sabes?

—Me lo enseñó.

—¿Has estado ahí dentro, con ese patán?

—Sí, ¿por qué no?

—Hay personas que no saben quiénes son sus amigos —dijo Eunice, con aire de complicidad.

¿Cómo podría yo haber sabido que a Eunice yo no le gustaba, que no confiaba en mí, aunque apenas nos conocíamos? Estaba locamente enamorada de Sándor, él era el amor de su vida. Ésta era una combinación absolutamente inverosímil: el tiburón de Budapest y la chica negra de Tiger Bay con acento galés; una mujer inmensamente digna, aterradoramente correcta, con su intensa dedicación al cuidado personal: el pelo, las uñas, el maquillaje, las cejas; la aguda mirada que detectaba un hilo suelto o un botón colgando o una mancha de grasa; la espalda recta como un palo de escoba (formada en clases en la Escuela de Buenas Maneras de la señorita Halliburton, en Stockwell, para las que había ahorrado hasta el último penique de su salario).

A lo largo de los años se había ido abriendo camino desde dependienta auxiliar para los sábados hasta el puesto, de extraordinaria confianza, de gerente de la tienda de ropa de la calle Seymour, detrás de Marble Arch, cuya clientela procedía de los bloques de pisos caros, junto a Marylebone High Street (entre las que estaban, entre otras, las señoras de Benson Court); una tienda que había abierto a principios de la década de 1950, cuando la ropa salió del racionamiento y las mujeres del West End caminaban repiqueteando con sus altos tacones, haciendo ondear sus amplias faldas, que llegaban un poco por debajo de la rodilla, como las de las bailarinas, perfumadas con Yardley y con los labios pintados de color fucsia.

Sándor la llevaba a los mejores sitios, donde un camarero con chaqueta negra acercaba un carrito de postres y ella elegía de entre todas sus numerosas tentaciones una pequeña *mousse* de café, y la comía con cucharilla de plata. Le compraba pequeñas joyas: un reloj Omega, un encendedor Colibrí, dentro de su propia bolsita de terciopelo. La trataba como a una reina.

Y cuando, la primera vez que lo vio desnudo, le acarició compadecida los lugares de la espalda que todavía le causaban dolor, las huellas del látigo. «*Oh, Sándor* —dijo—, *tú y yo fuimos esclavos en tierras de Egipto.*»

Entonces aparecí yo. La sobrina embustera, que espiaba a su tío por razones que ninguno de los dos había comprendido todavía y de la cual, pensaba ella a veces, después de que Sándor le hablara de nuestras sesiones, él se estaba enamorando. *¿Por qué?* Al principio no lo entendía, hasta que una noche, dormido, él gimió y lloró, y ella vio las lágrimas que le corrían por la cara mientras dormía y comprendió que todo era porque él era un hombre sin hijos, que sabía que un día no sería más que huesos en una caja y no habría nada que lo prolongara en el futuro, excepto yo, mis recuerdos de él. Yo era el peligro. Tenía el poder de hacerle daño. Ella lo sabía muy bien.

—Pero ella no ha tenido nuestras experiencias —siguió diciendo Sándor—. Ha llevado una vida protegida, en la universidad, con libros, hablando de las cosas que sabes de la manera en que hacen los pensadores. Ella no sabe. ¿Cómo podría saber?

—Lo que la gente sabe es lo que sabe —dijo Eunice, mirando mi vestido azul de seda de aguas y mi chaqueta de tela vaquera.

—Oye —dijo Sándor—, a lo mejor tendría que venir con nosotros.

—¿A bailar? —dijo Eunice, abriendo mucho los ojos, de manera que la parte blanca rodeaba por completo los iris.

—Sí, ¿por qué no?

¿Habéis visto alguna vez cómo un gato sacude la cola?

—No puede ir vestida así. Ni pensarlo. Te pondría en ridículo.

—No, eso es verdad. Podemos buscarle algo en tu tienda.

—No me puedo permitir comprar vestidos —dije, presa del pánico.

—No te preocupes, pago yo —afirmó Sándor—. Venga, Miranda, ven a ver la vida. Esa de la que me dices que no sabes nada.

—Y nosotros, cariño, sabemos demasiado —dijo Eunice, enlazando su brazo en el de él y mirándome con cara de gato persa.

—Algo bonito para una chica joven —dijo Sándor, mirando alrededor—. El precio no importa. Eunice, lo dejo en tus manos.

Era la primera vez que iba a la tienda de la calle Seymour, una tienda por delante de la cual había pasado, sin prestarle atención, de camino a algún destino más importante, sin mirar ni ver el desfile de mujeres ricas que entraban y salían por su puerta de hierro forjado.

Eunice en su elemento.

—Éste le sentará muy bien —dijo con los dedos recorriendo, expertos, los colgadores y saliendo, a la velocidad del rayo, con un vestido de seda verde—. Hará juego con sus ojos —dijo—. Y tiene un bonito brillo tenue. No demasiado ostentoso.

—Precioso —dijo Sándor—. Pruébatelo, anda.

—¿Qué hay de los zapatos? —preguntó Eunice a continuación—. No puedes llevar esas zapatillas de lona. ¿Tienes algo en casa?

Debajo de la cama, todavía dentro de su caja, estaba el par de zapatos de plataforma, rojos, de piel de serpiente, que había llevado sólo una vez, la noche en que murió Alexander. No podía olvidar que, después de hacer el amor, él siguió mirándolos mientras nos vestíamos para bajar a cenar y dijo: «Cómprate más zapatos así».

A veces, por la noche, después de que mis padres se hubieran ido a dormir, sola en mi habitación, en camisón, me los ponía y los miraba y me venían a la cabeza todo tipo de ideas raras, recuerdos, pensamientos, sentimientos, para los que no tenía palabras. Pero me proporcionaban un consuelo perverso, este brillante emblema de nuestro pequeño matrimonio, este punto exquisito, bailando en la oscuridad encima de su tumba.

—Sí que tengo unos —dije—. Podría ir a casa a buscarlos; no vivo lejos de aquí.

—Esperaremos —dijo mi tío, y fue sólo mientras iba por la calle cuando pensé que no debería haberle dicho dónde estaba mi casa, por si acaso sumaba dos más dos y empezaba a pensar que quizá fuera Vivien, su sobrina. Y era tan ingenua que no se me ocurrió ni por un momento que era absurdo pensar que un hombre como Sándor Kovacs le comprara un vestido caro a una chica, a menos que tuviera alguna razón.

No íbamos lejos, sólo tres paradas de metro, pero mi tío tenía fobia al tren subterráneo. No era sólo por los años encerrado en la cárcel, en un espacio cerrado, ni siquiera era un terror morboso a los túneles. Un estrecho pasadizo de tierra, en algún sitio de Ucrania, no estaba seguro exactamente dónde, se le había caído encima en algún momento de 1942. Durante varias horas había permanecido enterrado vivo y, aunque no era lo peor que le había pasado durante la guerra, era lo que revivía repetidamente en sus pesadillas, mientras que las otras experiencias habían pasado del crudo horror a una caja metálica sellada, dentro de su fuerte pecho, donde permanecían, inalteradas.

No, lo que le preocupaba era algo más práctico: el miedo a caerse. Que en el momento de poner el pie en la escalera mecánica que te llevaba hasta los túneles, cuando el pie derecho avanzaba y el izquierdo lo seguía, cuando la mano derecha se agarraba al pasamanos rodante, con los ojos mirando hacia abajo…, que todas estas acciones juntas, si no estaban escrupulosamente coordinadas con una precisión de segundos, algo de que no se sentía capaz de hacer, en especial con la visión nublada, harían que perdiera el equilibrio y cayera de cabeza a la muerte. Era un legado de la cárcel: el miedo a los peldaños de hierro.

—No puede hacerlo —susurró Eunice—. He intentado ayudarlo, pero lo domina el pánico. Compra el billete y luego tiene que tirarlo. En cuanto empieza a mirar hacia abajo, le entran sudores. —Así que cogimos un taxi, un coche negro londinense, en los que sólo había subido una vez en mi vida, cuando mis padres y yo fuimos a la estación de Paddington para ir a Hereford y a mi boda, y las manos de mi padre temblaban al darle al conductor dos billetes de una libra.

Me senté en el traspuntín, con Sándor y Eunice cogidos de la mano, frente a mí, el nido rizado de cabellos negro azulado y los anchos hombros de mi tío, dentro de su mejor traje.

Íbamos a un sitio del que yo no sabía nada, una sala grande, encima de una tienda donde vendían cosas de ferretería, en una calle junto a Sussex Gardens, cerca de la estación de Paddington. Llamabas al timbre en una puerta lateral y una mano invisible te dejaba entrar. Iba llegando gente, algunos con sus zapatos de baile dentro de una bolsa de papel, otros ya bailando mientras se deslizaban por la calle, de puntillas.

—Mira esas pequeñas bellezas —dijo mi tío, con admiración, cuando un par de chicas negras se precipitaron escaleras arriba con halos de pelo alrededor de la cabeza, como los santos de los viejos cuadros.

Pero Eunice le clavó las plateadas uñas en el brazo, para recordarle que a una mujer de su edad no le gusta que se preste mucha atención a las jovencitas.

—Ayúdame, Miranda —me dijo mi tío, riendo—. Habla en mi defensa. Tú sabes cómo fue para mí. Cada vez que veo a estas chicas me siento un hombre nuevo. Recuerdo cuando llegué a Londres de Budapest y vi cómo estas pequeñas reinas exhibían su carne de gallina y sonreían con sus grandes sonrisas y chillaban y botaban como alubias saltarinas. Recuerdo que pensé: «Ahora sí que estoy en una ciudad».

Eunice soltó un bufido.

—Cariño, ¿tú crees que me miran siquiera? Ni por casualidad. Además, ¿para qué las necesito, si te tengo a ti, tesoro mío? Sólo es mirar, un hombre puede mirar, ¿no? —Me guiñó el ojo.

Las garras de plata se le clavaron con más fuerza en el brazo, pero él sólo se volvió hacia ella, riendo, y le plantó un beso en la mejilla.

Subimos las escaleras polvorientas y llenas de telarañas, el aire olía pesado y caliente, a desodorantes y perfume barato y penetrante. De repente vi que mi tío estaba en su elemento, vestido con su traje de gánster, subiendo las escaleras de una casa de vecinos, con las manos carnosas apretadas en los bolsillos, los dedos ansiosos por tocar metálico, billetes, el cambio suelto tintineando en su palma, y así ascendimos, él jadeando, aferrándose a Eunice como si ella fuera un palo o un bastón.

El sonido de la gente y la música bajaba en oleadas hacia nosotros y entramos en una sala donde hombres atildados, con traje y más zapatos de dos tonos, mujeres pequeñas y señoras de más de cien kilos, en equilibrio sobre unos pies gordos embutidos en zapatos de tacón alto, y palillos morenos sin caderas dignas de ese nombre fumaban, hablaban, bebían té de una enorme tetera de metal, servido en vasos de papel, que sostenían delicadamente con los dedos. Una gran barahúnda y, al fondo, todavía a bajo volumen, la orquesta de Victor Sylvester tocando *Hernando's Hideaway*, en un estéreo con enormes altavoces.

Pasó una mujer con un vestido de lentejuelas azul eléctrico y zapatos a juego, con las lentejuelas pegadas con cola en la seda blanca, que se le iban cayendo mientras andaba, dejando un rastro como de caspa azul.

—Mira —le dijo Eunice a mi tío—, necesitaría llevar una escoba atada al trasero para ir recogiéndolas.

—Oh, no le importa —respondió Sándor—. Se cree que es la reina del baile, y ¿por qué no? Espera un momento, Miranda, te encontraremos pareja cuando una de las señoras quiera sentarse a descansar.

—Nuestra canción —dijo Eunice, cuando empezó a sonar otro disco. Subieron el volumen y los bailarines fueron saliendo a la pista.

If I had a golden umbrella,
with the sunshine on the inside
*and the rain on the outside.**

—Un paraguas dorado —me dijo Sándor—, eso es lo que he estado buscando toda mi vida. Y ahora lo tengo.

El paraguas dorado de mi tío era una sala llena de sudor, perfume, brillantina, risas, dientes de oro, empanadas jamaicanas en bandejas, la enorme tetera, botellas de ron traídas de contrabando desde las islas, sillas plegables a lo largo de las paredes, el suelo de madera, las cortinas de terciopelo amarillo, corridas para protegerse de la luz de la tarde, el enorme gramófono, los montones de discos, le mejilla de ella apoyada en la suya, el corazón latiéndole en el pecho como un metrónomo, la mano en el trasero de suave satén de ella, con sus brazos apoyados ligeramente en los suyos, su anticuada inclinación cuando acabó el baile, su cortesía húngara.

Lo único que yo podía hacer era mirar, y luego ni siquiera mirar era suficiente para él, porque dijo:

* Ojalá tuviera un paraguas dorado / con el sol dentro / y la lluvia fuera.

—Quiero que bailes. —Pero yo no sabía bailar—. ¿Nunca has ido a clases? —preguntó.

—No.

—¿Tus padres no insistieron?

—Nunca se les pasó por la cabeza.

—¡Qué lástima! ¡Qué vergüenza!

—Es demasiado formal para mí. Prefiero disfrutar con la música a mi aire.

—¿A tu aire? Escucha, señorita, eso no es bailar; es exhibirse.

—Jim le enseñará —dijo Eunice—. Jim puede bailar con cualquiera.

Llamaron a un hombre pequeño, atildado, con zapatos negros de charol y un traje a anchas rayas blancas.

—Jim —lo saludó Eunice—, ¿cómo va la vida? Bien, espero.

—No muy mal, pero tampoco muy bien —respondió él.

—¿Y el negocio? —preguntó Sándor.

Era un individuo lento, no estúpido, sino lento en el hablar, lo cual chocaba con sus relucientes zapatos de charol, así que le llevó un rato formular una respuesta.

—Los clientes no van bien —dijo finalmente.

—¿Qué les pasa? —preguntó Eunice.

Pero Jim no tenía nada más que añadir. Suspiró y siguió el ritmo de la música con los relucientes pies.

—Supongo que quiere decir que roban —dijo Eunice en un susurro.

—¿Han empezado ahora, de repente?

Ella se encogió de hombros.

—Jim —dijo Sándor, volviéndose hacia él—, ¿tienes un problema que yo pueda ayudarte a solucionar? La tienda está abierta.

—Se rió, pero Jim siguió allí, con la boca cerrada.

—Yo se lo sacaré —afirmó Eunice—. Entre Jim y yo no hay secretos. Nunca los ha habido.

—Mira —dijo Sándor—, ésta es mi... mi secretaria, Miranda. Una chica muy, muy inteligente, y los dos tenéis algo en común.

—¿Qué es? —pregunté.

—La lectura.

—¿Qué lees, Jim? —pregunté, escéptica.

—Lee los periódicos —contestó Eunice—, tiene un quiosco.

—Oh, ya veo.

—Ella lee libros.

—Bueno, todo es letra impresa —dijo Sándor—. Palabras, es lo mismo. Pero la cuestión es: ¿puedes enseñarle a bailar?

Jim me miró.

—Lo intentaré —dijo.

—Están empezando el tango —dijo Eunice—. Es difícil. Tal vez tendría que quedarse sentada.

—No, yo le enseñaré —afirmó Jim.

Un hombre de piernas cortas y tronco largo, vestido con unos pantalones púrpura, que llevaba un bolso de cocodrilo reversible colgado al hombro, levantó las manos. Todos se separaron de su pareja y formaron una línea.

—¿Quién es? —susurré.

—Es Fabian —informó Eunice—. Nuestro profesor. Ha venido de Argentina.

—¿Qué pasa con el bolso? —pregunté, y ella soltó una risita.

—No, no, no debes mencionarlo. Pero no es lo que crees, no es de ésos.

Él alargó el brazo y cogió a una de las mujeres para instruirla, una chica larguirucha, con cara de caballo triste.

—Miren cómo lo hago. Señoras, quiero que presten una atención especial; lo que digo es para su bien. —Todas nos adelantamos para mirar atentamente. La chica de la cara de caballo parecía aterrorizada.

—No quiero que te adelantes cuando yo intento llevarte. Yo llevo, yo te controlaré —le dijo, volviéndose hacia nosotras a cada frase—. No seas tan analítica, concéntrate sólo en dar pasos largos. Cualquier pensamiento se vuelve insignificante si te limitas a dar pasos largos y dejas que sea yo quien piense. Cuando bailas, te embarcas en una aventura; no puedes predecir qué te va a suceder ni adónde te llevará. Y finalmente, quiero recordarles algo a todos: no es necesariamente la chica más guapa la que se ve más guapa cuando baila el tango. ¿Lo comprenden? ¿Lo entienden? Es la chica que acepta seguir, que se deja llevar.

La chica caballo sonrió. Ya era más bonita, todos podíamos verlo.

—Bien —prosiguió él—. ¿Lo han entendido todos? Quiero que busquen pareja y empiecen.

Jim dio un paso adelante y me cogió entre sus brazos. No era mucho más alto que yo, y olía a ron y a loción para después del afeitado.

—Tú sólo sigue lo que yo hago —ordenó—. Es fácil. ¿Vale?

Empezamos a movernos.

—Sigue —dijo—. Sigue.

Y con gran sorpresa por mi parte, sabía hacerlo.

—Mira —le dijo Sándor a Eunice, cuando pasamos delante de ellos, que estaban sentados en uno de los bancos de madera, Eunice abanicándose con un pequeño abanico de carey que había sacado del bolso—. Mira, lo hace bien. Te lo dije.

Ella sacudió la cabeza.

—Sí, el brujo de Jim —dijo—. Buen trabajo.

Fabian iba y venía, mirando los hombros y los pies de los bailarines. Me señaló.

—¿Ven a esta chica? Es alguien que sabe qué ponerse para bailar el tango. Estos zapatos le darán la habilidad para bailar, aunque no tenga aptitudes naturales.

Todos nos miraban. Una multitud de caras me sonreía, a la joven blanca con los absurdos zapatos rojos, altos, de piel de lagarto y el reluciente vestido de la tienda de Eunice, y a su pareja de baja estatura, en total armonía.

Jim me cogía con fuerza, se ocupaba bien de mí. Me sentía viva de nuevo, sentía que no era alguien que sólo existía dentro de las páginas de un libro, una persona de papel. No feliz, porque la música era muy sombría, pero le daba a la oscuridad de mi propia vida, a la tristeza, al dolor físico, su auténtico sentido. Nacemos para sufrir, no podemos evitar el dolor. Lo único que podemos hacer es entrar en él, y volverlo en contra de sí mismo. Y esto es lo que hace el tango.

—Sonríe —ordenó Fabian—. Enseña unos cuantos dientes.

—Por cierto, ¿qué problema tiene Jim? —le preguntó Sándor a Eunice, mientras esperábamos un taxi en la calle—. ¿Has averiguado algo?

—Oh, pobre Jim. Son los cabezas rapadas. Han empezado a meterse en su tienda cada día y a tirarlo todo por el suelo.

—¿Qué son los cabezas rapadas?

—Chicos malos.

—¿Por qué tiran las cosas de su tienda?

—Porque no les gusta la gente de color.

—Conozco el tipo, de allá en casa; sus cabezas están llenas de sustancias venenosas. Destruidas. ¿Qué podemos hacer por Jim?

—Necesita un guardia de seguridad, alguien que esté en la puerta e impida que entren esos chicos.

—Protección. Fácil. Llamaré a Mickey.

—No me cae bien Mickey. No lo metas en esto.

—¿Cómo puede no caerte bien? Es inofensivo y mi amigo más antiguo aquí.

—Mira, Sándor, te rebaja a su nivel. Sin él, podrías haber sido un hombre de negocios importante y respetable.

—Venga, Eunice, tú no conoces los negocios. Ven aquí, dame un beso.

Los miré. La vi reír y volver la cara hacia él, y vi la indescriptible ternura con que él le rozó los labios. No sé cuánto tiempo llevábamos allí; dentro de mis zapatos de lagarto rojo, mis pies estaban ensangrentados, un líquido de color rubí se filtraba hasta las uñas y las perfilaba de rojo. Las nubes eran un andrajo pintado en el cielo por encima de Paddington y, entre los edificios, era visible el pálido contorno de la luna naciente. Hacía poco que habíamos pasado el día más largo.

—Qué vestido tan bonito —dijo mi madre cuando llegué a casa—. ¿De dónde lo has sacado?

—Lo he comprado en un puesto del mercado de Portobello Road.

—No, no; es un vestido nuevo.

—No lo es.

—Tiene aspecto de que nadie se lo ha puesto antes.

—Puede que lo compraran y no les gustara. Yo qué sé.

Estaba bloqueada en el pasillo, delante de mi habitación; mi madre tenía la espalda apoyada en la puerta. Se quedó allí un momento, luego dijo algo entre dientes en húngaro, algo que raramente hacía, un fragmento de una idea, con ojos desconfiados, y luego me dejó pasar.

—No quiero que seas desgraciada —dijo—. Mi hija no.

—Bueno, ya he sido desgraciada.

—Lo sé.

—Entonces, ¿no puedes dejarme en paz?

—¿Tu jefe te ha dado este vestido?

—Sí —dije—. Eso es lo que ha pasado.

—¿Qué quiere de ti?

—Nada. Sólo que es rico.

—No dejes que se aproveche de ti. No creo que una aventura amorosa con un hombre mayor sea buena para ti. Tu corazón necesita reposo.

A veces me la encontraba sentada a solas en la cocina, tomando pensativa una taza de café fuerte, hirviente, con un hilillo cayéndole por la barbilla. Tenía los ojos clavados en un punto fijo de la pared, como si estuviera intentando, por medio de la telequinesia, moverla de sitio. Pero cuando me oía en la puerta, se llevaba la mano al pelo y se pasaba los dedos por él. Era un pelo grueso, áspero y seco, como el mío. Luego se levantaba e iba al fregadero a lavar la taza, la secaba con un paño de cocina y la guardaba en el armario, como si fuera la prueba de algo.

No la entendía entonces, y no creo que lo haga mejor ahora, años después de su muerte. En una ocasión le pregunté:

—¿Por qué te casaste con papá? —Inexplicablemente, dijo:

—Me cantaba canciones de Estados Unidos.

—¿Qué canciones?

—De las películas.

—No me lo creo.

—Bueno, sí, lo sé, pero él era diferente en aquel entonces.

Aunque lamento las muchas mentiras que le dije, hay que recordar que su forma de mentir era el silencio, el secreto. Se ocultaba detrás de lo que fingía que era su mal dominio de la lengua inglesa. Es verdad que no era muy expresiva, pero sus manos estaban llenas de sutileza, y raramente las usaba para tocar a otra persona. Era táctil, pero sólo para los objetos.

—¿Ya puedo entrar en mi habitación? —pregunté.

—Claro. ¿Es que alguna vez he podido impedirte que hicieras algo que hubieras decidido hacer? —Se apartó y me observó mientras entraba, y oí cómo se quedaba allí, respirando, al otro lado de la puerta.

—Tampoco hoy tengo un pastel de nata para ti —dijo el tío Sándor cuando llegué a la mañana siguiente—. Mañana, sin falta. Compraré un pastel de chocolate; espera y verás. Te quedarás asombrada.

¿Me había gustado el baile? Le dije que sí. ¿Y me gustaría volver a la semana siguiente? Sí, quizás. La tarde y parte de la noche en la sala de Paddington fue el rato más libre de preocupaciones que había pasado desde que Alexander murió, y me encantaba el vestido nuevo. A veces te pones un vestido y te sienta bien; es tu propia carne, y eso es lo que había pasado con éste, mi cuerpo no lo había rechazado.

—Tenemos que buscarte alguien joven y guapo como pareja —dijo—. Jim sólo es una solución a corto plazo.

Pasamos la mañana dedicados a los últimos momentos de la vida alegre de mi tío como proxeneta en Budapest, donde era popular, tenía éxito con las mujeres y encontraba el medio de mantener a sus padres, mis abuelos. Yo disfrutaba escuchando a alguien locuaz, que no excretaba informaciones estreñidas, bajo una gran presión. Allá iba todo, no había manera de detenerlo, era un hombre al que le encantaba hablar. Le pregunté por mi abuela, y describió a una mujer trabajadora, tierna y maternal, práctica y hábil con las manos, pero también algo deslumbrada por los astros, que adoraba el cine, en las raras ocasiones en que tenía la ocasión de ir (puede que mi padre la acompañara y allí aprendiera sus canciones americanas); recortaba fotos de las estrellas del cine húngaro de las revistas y las pegaba en un álbum. Mi abuelo se había vuelto demasiado cerebral para ella, y con la libertad de la ciudad, ella había dejado de ser una persona de pueblo; ahora estaba en el centro de la era moderna. Le pregunté cuántos años tenía por aquel entonces, y dijo que había nacido en 1896, así que tendría algo más de cuarenta, y seguía estando fuerte, llena de vida, pero se sometía a los hombres en la mayoría de asuntos. Y dado que su marido estaba perdido dentro de sus libros de teología comparada, esto significaba que Sándor era el cabeza de familia.

Mi tío recordaba que ella tenía una caja de música, que había comprado poco después de llegar a Budapest, en una tienda de Rákószi út, y cuando levantabas la tapa, aparecía una pareja elegante, que bailaba el vals de la ciudad, la famosa melodía de *El Danubio azul*. Dijo que la abrían los domingos por la mañana y se quedaban todos allí, él, mis abuelos y mi padre; a veces, también estaba mi madre, después de que se prometieran. Le pregunté qué había pasado con la caja de música. Pero no lo sabía. Cuando él volvió al acabar la guerra, ya no estaba allí; puede que alguien la robara.

Nos estábamos acercando a unos episodios de su vida cuyo recuerdo iba a causarle un inmenso dolor. Durante el juicio, cuando daban las noticias y mis padres trataban de hacerme salir de la sala, hubo referencias indirectas a sus experiencias durante la guerra. Se reconoció que, como refugiado, había «tenido una guerra mala», como dijo el reportero, algo que no comprendí, porque seguramente cualquier guerra es terrible y aterradora: sangre, muerte, tortura, bombardeos aéreos, campos de concentración. Pero si veías las películas que habían hecho —*La gran escapada*, *El puente sobre el río Kwai*, *Fugitivos del desierto*—, parecía que la guerra podía ser una oportunidad para el heroísmo y para ganar medallas.

—Es verdad que le pasaron cosas poco agradables —dijo mi padre—. Sin embargo, podían haber hecho que fuera mejor persona, y no fue así. Nunca cambió.

Mi madre no decía nada. Era mi padre el que volvía una y otra vez a él; igual que un perro husmea en el jardín, buscando un hueso enterrado, ya viejo y lleno de moho.

Aquella mañana me enteré de las conquistas de mi tío, de sus muchas novias, de sus negocios, su acumulación de dinero en el banco, su fama en los cafés de la ciudad y, luego, de los papeles llamándolo a filas, para el servicio obligatorio, en lo que se conocía como unidad de abastecimiento. Mi tío dijo que era el ejército, pero un ejército donde los soldados llevan un distintivo amarillo y no tienen armas.

—Pero de eso hablaremos mañana —dijo—. Por hoy basta. Por cierto, esta tarde vienen los operarios a arreglar la ventana de ese chico. ¿Satisfecha?

Sentada a la mesa, transcribí el trabajo de la mañana, mientras Sándor se metía en la habitación y hablaba por teléfono, mucho rato, con alguien a quien estaba claro que conocía muy bien y con quien actuaba como un padre indulgente, pero sin dejar de ser el jefe, el que estaba al mando y daba instrucciones, pero no las recibía.

—Lo mejor es entrada la noche —dijo—. Nada de tonterías, sólo entrar y salir. ¿Lo entiendes?

Se iban acumulando dos pequeñas pilas de papel, el original y la copia a carbón.

—¿Cuántas páginas tenemos? —preguntó. Lo comprobé. Cuarenta y seis.

—Bien, y ni siquiera estamos al principio del principio —dijo—. Va a resultar todo un libro.

Me dio mis ocho libras en un sobre.

—Ahora me voy al Soho, a la Maison Bertaux, donde hacen un pastel de fresas como no has visto en tu vida. ¿Conoces el sitio?

—¿El que está en Greek Street?

—Exacto.

—Una vez tomé un *éclair* de chocolate allí; estaba de chuparse los dedos.

—Bien, pues esto será todavía mejor. Espera y verás. No tomes un desayuno demasiado fuerte mañana.

—De acuerdo.

Abajo, en el vestíbulo, Claude estaba abriendo la puerta de la calle. Llevaba su uniforme de revisor y una gorra con visera, que le lanzaba una sombra parcial sobre la parte superior de la cara. La chaqueta le estaba demasiado grande, sus hombros desaparecían debajo de ella, como si fuera una prenda para un niño que los padres compran confiando en que «acabará llenándola». Sentí lástima por él, me dio pena que su trabajo lo obligara a llevar una ropa tan fea.

—Otra vez tú —dije—. ¿No se supone que tienes que estar trabajando?

—Sí. Estoy haciendo un curso, pero tenemos una huelga salvaje y me he venido a casa.

—¿Cómo puedes estar de huelga? Si ni siquiera has empezado a trabajar.

—Bueno, es el sindicato, es lo que ellos dijeron. De todos modos, tengo que ir a comprarme una bicicleta.

—¿Por qué?

—Para ir al trabajo. Voy a estar en la línea Northern y salimos de la estación de Golders Green.

—¿Y por qué no coges el metro?

—¿Eres tonta?

Era verdad; yo no tenía nada de inteligencia práctica, mi cabeza estaba llena de ideas y sentimientos. Él seguía allí, riéndose de mí, bajo su gorra de visera. Tenía los ojos azul mar, como los de Alexander, pero no miraban hacia arriba, sin ver, esforzándose por penetrar a través de una caja de caoba.

—Esa chaqueta tiene pinta de picar.

—Pica. Tengo una ganas de cojones de quitármela.

Un operario subía por la escalera, con una caja de herramientas y un cristal de ventana. Preguntó por el piso número cinco.

Me quedé muy sorprendida al descubrir que yo tenía alguna influencia en mi tío, porque la conversación sobre la ventana había sido, por mi parte, más bien algo abstracto, para determinar si él era tan malo como lo presentaban los periódicos. No creía haber ganado la discusión sobre lo que está bien y lo que está mal en cuanto a arreglar los cristales rotos, pero pensé que era una especie de regalo personal, como los pasteles de nata y el vestido para bailar el tango… Su deseo imposible y ansioso de agradar.

Pero Claude, mirándome mientras el cristalero entraba con dificultad el cristal en la diminuta habitación, dijo:

—Parece que lo haces bailar al son que quieres, ¿eh?

—Aquí casi no se cabe ni de canto —dijo el cristalero—. ¿A esto le llaman piso?

—Penoso, ¿verdad? ¿Quieres que salgamos un rato al jardín, Miranda? No se está mal.

Las tardes eran largas, después de las sesiones con mi tío. Iba a ver una película, a dar un paseo por Hyde Park o volvía a casa, me encerraba en mi habitación y me ponía a leer.

—¿Cómo se llega?

—Hay una puerta, pero él la tiene siempre cerrada, así que salgo por la ventana y salto.

El cristalero había quitado el cristal roto y estaba preparando la masilla.

—Mira —dijo Claude—. Es un salto de nada. Pasaré primero y te cogeré, pero primero me voy a cambiar.

No dejaba de mirarme mientras sacaba los brazos de la chaqueta del uniforme y la sustituía por la de cuero que estaba colgada de un gancho detrás de la puerta. Me miraba cuando se le subió la camiseta blanca por encima del cinturón de sus pantalones de sarga y le vi el vientre, pálido, con los pelos oscuros que aparecían desde abajo, la sombra que los músculos abdominales proyectaban en la piel. Me miraba mientras se bajaba los pantalones, se los quitaba y se ponía sus vaqueros pitillo. Me miraba esperando a ver si dirigía los ojos hacia los calzoncillos blancos. Aparté la mirada, avergonzada.

—¿Vienes o qué? —preguntó, con una media sonrisa en aquella boca sensual, con los pequeños dientes que mordían el labio inferior, enrojeciéndolo—. Decídete. Yo voy a bajar de todos modos.

Lo miré acuclillarse en la repisa de la ventana y luego saltar, ligero como un gato, aterrizar a cuatro patas, ponerse de nuevo en pie y levantar los brazos.

—No tengas miedo —me gritó desde abajo—. Te cogeré. Soy bueno para eso.

Noté en la boca la excitación metálica de lo que podía pasar. Volver dentro de la habitación, cruzar el parque, sentarme en un banco, mirar las aves acuáticas y luego irme a casa, a Benson Court, o subirme a la repisa de la ventana y dejarme caer.

—¿Te vas a quedar ahí todo el día? ¿Bajas o no?

—No lo sé, yo…

Y entonces salté. Caí en sus brazos, que me cogieron, se notaban delgados y duros, y ahora tenía la cara junto a su piel, que olía a limón mezclado con un excitante aroma a cuero y cremalleras calientes. Me retuvo y luego me soltó.

En el jardín, la hierba me llegaba a las rodillas, los cardos se erguían con sus hojas recortadas y sus tallos llenos de pelos urticantes; junto a ellos crecían grandes matas de acederas silvestres. Los dientes de león estaban en distintas etapas de desarrollo: las flores, robustas como soles, luego los vilanos fantasmales. En zonas más peladas, los ranúnculos y las margaritas se estiraban hacia el sol. Los viejos rosales estaban cubiertos de los escaramujos del inverno anterior, y unas rosas rojas muy abiertas seguían, hechas jirones, en las ramas. Había hiedra por todas partes y, a través de las ramas de un laburno crecían árboles jóvenes. Hileras de menta enviaban sus raíces subterráneas a colonizar y estrangular la lavanda, que lanzaba hacia arriba sus espigas violeta. Había un gato sentado en la cerca, y bajo los árboles abandonados había esqueletos de polluelos de pájaro, un testimonio trágico de que su primer vuelo había fracasado.

Miré hacia la casa, a los muchos pisos y ventanas partidas. El de Sándor daba a la calle; no podía verme aquí abajo. No quería que me viera. No quería que me observara. No con este chico.

Había llovido esa mañana muy temprano. Había oído el repiqueteo de las gotas en el cristal de mi ventana, y había dado vueltas y más vueltas, inquieta, en la cama. La hierba húmeda había granado y habían aparecido vainas largas, pálidas y curvadas, que podías abrir con los dedos para examinar las diminutas semillas peludas que había dentro. Estaba todavía demasiado húmedo para sentarse, pero Claude se quitó la cazadora y la puso en el suelo para mí.

—Es agradable —dijo—. En casa no tenemos jardín, sólo un patio donde dejamos los cubos de basura. ¿Y tú?

Estaba el jardín comunitario, detrás de Benson Court. A veces, Gilbert salía a tomar una copa allí, al final de la tarde, y se quedaba dormido con un libro. Por el edificio habían circulado ambiciosos rumores sobre dar una fiesta para señalar el jubileo de la reina, quizás con un entoldado, pero todo había quedado en nada, y vimos toda la celebración por televisión.

—Sí, tenemos un jardín.

—¿Tiene macizos de flores?

—Sí.

—¿Qué flores?

—Sólo flores. —La verdad es que no sabía los nombres, aparte de las más evidentes como las rosas. Cuando era pequeña, mi madre volvió una vez a casa con un paquete de semillas de mostaza y berro, y salimos juntas al jardín y yo las enterré en el suelo con los dedos. Esperamos que lloviera y entonces salieron. Cortamos los brotes y los pusimos en sándwiches de huevo, que me llevé a la escuela. Pero luego lo intentamos con semillas de malvarrosa y fracasamos; los brotes eran débiles y murieron. Yo tenía orugas en una caja de lápices, pero verlas retorcerse y convertirse en crisálidas me daban ganas de vomitar. Luego aprendí a leer y el jardín se convirtió en un lugar donde había imaginarias *yincanas* y caballos inventados con nombres complicados, sacados de mi libro de mitos griegos para niños.

Me tumbé en la hierba. La sección triangular del cristal de la ventana estaba cerca de mi cabeza, como un espejo de jardín que se hubiera formado de forma orgánica en la tierra, y se hubiera abierto camino hasta la superficie. Unos cuantos cirros delgados se movían rápidamente por encima de mí, en la parte superior de la atmósfera, corriendo hacia el estuario del Támesis y el mar. Por encima del ruido del tráfico, más cercano, penetrante e insistente, se oía el canto de un pájaro. Me parece que quizá fuera un zorzal.

—Es agradable —dijo Claude—. Me gusta estar aquí fuera. En casa, el patio apestaba a latas de comida para perros vacías. Yo... no soporto los perros.

—Yo tampoco. —En casa de Alexander olía a perro; me revolvía el estómago—. ¿De dónde eres? —le pregunté.

—¿Alguna vez has oído hablar de la isla de Sheppey?

—No. ¿Dónde está?

—Hacia el este, siguiendo el río, en el estuario. No está lejos, pero nadie la conoce, nadie va nunca allí, ni visitantes ni extraños. Aparte de mis padres, que fueron inmigrantes en Sheppey. Lo cual es bueno, porque por lo menos sabes que si hay una carretera de entrada, tiene que haberla de salida. A menos que necesites un pasaporte o algo así y la policía te haga volver cuando intentas entrar en Kent. —La risa corta, sin alegría, como el ladrido de un perro al que todos odian.

Cuanto más contaba de Sheppey, más me parecía que nunca había oído hablar de un lugar tan deprimente en mi vida. Era sólo terreno pantanoso, prisiones, muelles, mierda de perro, viento y espacio llano. Dijo que, si gritabas, el sonido llegaba a millas de distancia dentro del mar, pero nadie gritaba nunca, a menos que se estuvieran peleando en la calle. La población estaba demasiado deprimida para levantar la voz.

Su padre había llegado de Irlanda después de la guerra, y su madre era de una familia de hojalateros de Kent, que se había instalado en la isla para afilar cuchillos y hacer edredones con las plumas de gansos y patos, y a veces de pollos que robaban de las granjas y los estanques. Ella fue una belleza de la playa durante una temporada, reina de Herne Bay, 1951, pero nunca llegó más lejos en los concursos. Cuando no tenían dinero, iba con su amiga a vender brezo blanco, al que dotaban de un conjuro gitano para la buena suerte, y volvían riendo, con monedas tintineando en los bolsillos de sus vestidos de algodón.

Una infancia de domingos en la iglesia, empujado calle arriba para ir a misa por la mano de su padre en el trasero. Su madre no iba nunca; adoraba otros dioses con nombres que nadie reconocía, en una lengua que nadie hablaba. Me dijo que los auténticos gitanos proceden de la India, pero que no sabía qué era su madre. Le gustaban los secretos. Pero fue una buena madre para él; la echaba mucho de menos.

—¿Qué hace tu padre?

—Trabaja en los muelles de fruta, pero me parece que pronto lo despedirán. Por eso me enviaron fuera de la isla para buscar trabajo.

Ésta era la historia, completa. Sólo necesitó unos pocos minutos, y yo tuve la sensación, súbita e inquietante, de que era alguien sin historia, tal como yo la entendía; me refiero a historia densa, la historia de cómo las vidas quedan atrapadas en los planes más grandiosos de otras personas. Una semana antes, yo tampoco tenía historia, pero mi tío lo había cambiado todo.

—Oye, ¿quieres venir a una fiesta luego?

—¿Yo? ¿A una fiesta contigo? —Me quedé asombrada ante la propuesta. Era sólo un chico que vivía en la planta baja, una víctima de la falta de escrúpulos de mi tío: una cazadora de cuero y un acuario con peces de muchos colores. Cuando sonreía, se le hacían dos arrugas verticales a los lados de la boca, pero no sonreía mucho, sólo era propenso a aquellas carcajadas repentinas, bruscas.

—Sí, ¿por qué no? ¿Crees que soy demasiado vulgar para que te vean conmigo?

—¿Qué clase de fiesta?

—Es pronto para decirlo.

Empezó a llover de nuevo. Unas cuantas gotas en la cara, luego las hojas de los arbustos se empezaron a doblar bajo el peso de las gotas. Las flores volvieron la cabeza hacia arriba, hacia el cielo, para beber. Sentí un escalofrío y luego estornudé, con una violencia que me sacudió hasta los huesos y, al hacerlo, de repente —con una sensación como de haber recibido una colleja, una sacudida que te despierta— supe que estaba viva, que era una persona, no un espectro.

—Tenemos que entrar —dije—. ¿Cómo lo hacemos?

—Yo subo por la cañería.

—Yo no puedo hacerlo.

—También hay otro camino. Ven.

Nos levantamos y él apartó una tabla rota de la cerca. Nos metimos en el jardín de al lado, que estaba tan lleno de hierbas como el nuestro, y lo cruzamos hasta otra cerca en ruinas, y así pasamos por cuatro casas hasta llegar a un callejón que llevaba a la calle, y de vuelta a la puerta de entrada de la casa de Sándor.

—Bueno, ¿vas a venir esta noche o qué? —dijo, cuando me di media vuelta para ir hacia la estación de metro.

—No, yo... —y entonces volví a estornudar, cuatro veces seguidas, y esta fuerza involuntaria que me dominó me recordó una vez más que no estaba muerta, sino viva. Pero ¿viva para qué, con qué propósito? ¿Para vivir?—. Tal vez —dije.

—Bien. A las once, debajo de los arcos del puente de Hungerford. Nos vemos allí.

—No cuentes con ello.

Me dio un beso, leve y rápido, en la mejilla y luego subió los tres escalones de golpe y entró en la casa.

En aquellos días era muy difícil quedarse levantado toda la noche en Londres. Había que saber dónde buscar para encontrar a los jóvenes vampiros, pero los que conducían los trenes, tocaban el silbato y abrían y cerraban las puertas veían la ciudad de una manera muy diferente a como la veíamos los que vivíamos en la superficie. Siempre estaban en movimiento y no tenían nuestras limitaciones mentales.

Yo sentía cierta aprensión. No sabía cómo actuar ni cómo vestirme. No podías crecer aquí, en Londres, sin entender que había una ciudad secreta, un mundo subterráneo muy raro, que salía como las luciérnagas después de oscurecer, musculitos, chicos *drag* con los labios pintados, chicas con el pelo verde, reinonas teñidas de rubio platino, seres sin un sexo definido, pintados de color dorado.

Cuando vuelvo a pensar en aquel verano, me acuerdo de casi todo lo que llevé puesto. Puedo describir mi guardarropa entero, pero esta noche es un espacio en blanco. Me cambié y me volví a cambiar y me cambié de nuevo hasta que, encima de la cama, había un montón de ropa descartada, montañas de sedas, *crêpes*, terciopelos, cinturones, chales, zapatos de tacón alto, vaqueros, pantalones de pata de elefante, sujetadores y bragas. Una profunda indecisión sobre qué ponerme ha borrado por completo la pizarra de mi memoria y la elección final. Lo cual es extraño, porque me acuerdo de todo lo demás, vívidamente. Con frecuencia, cuando me cuesta dormir, lo revivo de nuevo.

En el puente Hungerford, bajo los arcos, donde vivían los vagabundos y los borrachines, se habían encendido hogueras con basura inflamable, y las llamas iluminaban las paredes rezumantes de agua. Sólo con avanzar un par de pasos, la peste a orina era un puñetazo en los pulmones.

Yo, además, estaba fascinada por su aspecto, vestido con su cazadora de cuero, apoyado contra la pared, un aspecto que sólo echaba a perder la manera en que sus piernas se inclinaban hacia atrás, dentro de sus vaqueros pitillo, como si quisieran retirarse mientras el cuerpo avanzaba. Aquellas piernas le negaban elegancia. Pero dejando eso aparte, podría haber sido el modelo para una cabeza de Da Vinci, con sus ojos de párpados caídos, su nariz afilada y aquella boca sensual, perfecta.

—Espero que no te marees —dijo—; vamos por el río.

—No dijiste nada de un barco.

—No lo sabía, nunca lo sabes hasta el último momento. Entonces llamas y te lo dicen. Funciona así, ¿no te lo dije?

Pero no me había dicho casi nada. Era maestro en la evasión cómplice.

El barco al que subimos era una draga. El ruido de la maquinaria batía debajo de nosotros mientras nos apartábamos del Embankment, removiendo el cieno del río.

—¿Tenemos permiso para estar aquí? —pregunté.

—En realidad, no.

Era una fiesta rara. No había música, ni bebidas, sólo una impaciente anarquía a bordo, una belleza depravada. Una chica se había pintado los labios de plata y desnudado los pechos, exponiéndolos al aire de la noche, con los pezones hinchados y purpúreos como uvas. Un chico se había atado las piernas juntas, con cadenas y candados, un Houdini punki. Había muchas drogas, sobre todo pastillas.

—Ésta es buena —dijo Claude, clasificándolas en la palma de la mano—. Con esta puedes volar, pero a mí me da miedo volar. Ésta es la que tú necesitas, para mantenerte despierta.

Yo sólo había fumado unos cuantos canutos en la universidad. Las pastillas me ponían nerviosa, con sus muchos colores químicos. Habría preferido un vaso de vino, pero no había vino, sólo estos personajes alienígenas, de pie en la cubierta oxidada, el cielo negro y la luna que aparecía y desaparecía en el espacio entre nubes.

—Cógela —dijo Claude—, vamos.

Negué con la cabeza.

—No voy a cargar contigo hasta tu casa, por todas esas calles, porque estés medio dormida.

—No quiero quedarme toda la noche. Nunca dije que lo haría, no...

—Cógela —dijo él, con ternura y me separó los labios con los dedos—. Tienes unos dientes bonitos de verdad, blancos, nacarados y rectos. Abre bien la boca, venga. —Saqué la lengua y le lamí el dedo. No pude evitarlo. Él sonrió—. Muy bien. —Me puso la pastilla en la lengua y me la tragué sin problemas.

Sentía que me habían drogado, que incluso antes de tomar la pastilla había perdido la cabeza. Era la noche, el río y el olor de su piel. Me excitaba. Era extraño, era vulgar, era increíblemente sorprendente.

La droga era su masculinidad, su aplomo y seguridad, su seguridad sexual y que no había nada que saber de él. La isla de Sheppey, Sheerness. Los muelles de frutas. La madre con sus cuchillos y sus plumas. La fotografía en una repisa en bañador, con una banda y una corona. El padre en la cocina leyendo el periódico. La polea y el olor de las camisetas húmedas, secándose al calor del fuego de carbón. Nada más.

La draga seguía río abajo. Íbamos hacia el este, hacia Woolwich, donde estaban construyendo la barrera de acero contra las inundaciones. Más allá estaban las aguas abiertas del mar del Norte. Todo centelleaba: el cielo lleno de estrellas, la luna en cuarto creciente, como un cuchillo curvo, de plata, las luces de las orillas... y yo sentía una ingravidez solitaria, como si fuera aire o energía. Ni hambre ni sed. El avance de la draga parecía portentosamente lento, y el limo del río revuelto frenaba mi avance… Correr a lo largo del Támesis, ir a toda velocidad sobre el agua.

—Vaya, mira cómo estás —dijo Claude.

—¿Cómo?

—Alta de veras.

—¿Ah, sí? Me siento diferente. Me siento bien, bien de verdad, pero la boca me sabe a metal. ¿Puedes ver por dónde pasamos ahora, a qué distancia estamos del mar, qué puente es éste por debajo del que pasamos? No lo reconozco en la oscuridad, pero no conozco los puentes, no estoy familiarizada con el otro lado, las calles son más anchas, creo, y huele diferente, pero no voy allí, sólo al South Bank para las películas, el teatro y los conciertos, pero nada más. Conozco a una chica de Lewisham, pero nunca he ido a verla, siempre nos encontrábamos en la ciudad y… —La ininterrumpida avalancha de banalidades que salían de mis labios me alarmó. ¿Cuánto tiempo podría seguir hablando así? No podía parar, decía cualquier cosa que me pasaba por la cabeza.

Pero Claude seguía allí, fumando un pitillo liado a mano, delgado y contenido.

—¿Cómo conseguiste el trabajo con el viejo? ¿Para hacerle el papeleo?

—Lo conocí en el parque, cuando lo cruzaba para ir a… y él estaba junto al lago de las aves acuáticas; yo estaba sentada en su banco y nos pusimos a hablar, me ofreció trabajo y yo…

—Tiene una palidez de muerto, ¿no te parece? De la clase que sólo acabas teniendo cuando estás dentro.

—Él sale, va a bailar con…

—Ya sabes a qué me refiero.

Le había lamido el dedo. Le había dejado que me drogara. Él estaba en la cubierta de este navío de hierro que se movía, implacable, a través del agua, bajo una luna que se había vuelto lechosa, de pie con sus vaqueros pitillo y su cazadora de cuero, sus botas de lona roja, el pelo en punta, la boca sensual y los dientes pequeños, los ojos azules que me calibraban. Sentía que se estaba sirviendo de mí, pero ¿para qué? ¿Y qué? Todos se servían de mí; a través de mí, mi tío transmitía mensajes a su hermano. Pero ¿no era mejor que te utilizaran a no tener ninguna utilidad?

—Sólo sé que tengo que llamarlo señor K, eso es lo que él me dijo. Como los copos de maíz. El señor K especial.

»Ha tenido una vida complicada —dije.

—Igual que todos.

—¿En qué es complicada tu vida?

—Nada es nunca lo que parece. Mi abuela me lo enseñó, antes de escaparse y volver a Irlanda con el sueldo de mi padre y el reloj de oro que mi madre ganó en una rifa.

Ahora estábamos más al este, más allá del Observatorio de Greenwich y su meridiano, su Tiempo Medio. Desde aquí, cualquier hora era una desviación. Por encima de nosotros estaba la isla de Dogs, que no era una isla real, como Sheppey, sino un trozo de tierra que sobresalía como un pulgar enorme presionando sobre el río desde arriba. Entonces la draga dio media vuelta. El casco apuntó hacia el oeste, hacia Teddington. Los pasajeros estaban ocupados bailando en un silencio estático en la cubierta, oscuramente silueteados.

Claude me abrazó y me besó en el pelo. Yo sabía que era el principio de algo a lo que no podía resistirme, a lo que ni siquiera quería resistirme. Tenía veinticuatro años, era una chica del West End, la niña de Benson Court con su jardín oculto, su ascensor de hierro forjado, su bailarina poniéndose de puntas a media tarde, los que bebían en secreto, sus amantes ocultas, sus miedos y tristezas detrás de puertas cerradas. En el río, con las orillas iluminándose cuando el sol estaba unos centímetros por debajo del horizonte de colinas, experimenté la extraña euforia del marino que no tiene un puerto que sea su hogar; sólo la primera costa que aviste, cualquiera que sea, con todos sus peligros y posibilidades. Pero el mar es en sí mismo un hogar, la superficie vacilante, inestable, siempre moviéndose, que una luna gravitatoria acerca y aleja.

Sus manos tocaron mis fríos pechos.

—Yo te calentaré —dijo.

El alba a nuestras espaldas. En el puente de Southwark sacaban un pesado fardo del río. Claude dijo que cada noche la policía del río salía en sus botes a buscar suicidas, y encontraba cuerpos flotando o miembros en descomposición, enredados entre las hierbas de los pilotes. Se repartían carteles por toda la ciudad y, por lo general, los reconocían, aunque a veces, después de pasar años en el depósito sin que nadie los reclamara, los enterraban en una fosa común sin nombre. Me inundó el horror y la tristeza por que alguien pudiera no tener ninguna conexión en absoluto con la vida, pudiera desaparecer sin que nadie lo echara en falta. Porque el enorme peso de la historia que caía sobre toda mi familia, los Kovacs, significaba que estábamos profundamente involucrados en el mundo, aunque mi padre pensara que podía atrancar las puertas y vivir de forma anónima. Pero si la señora Prescott hubiera decidido saltar desde la balaustrada de piedra con su sombrero *cloche* y sumergir su boca pintada como un arco de Cupido en las aguas, ¿quién habría informado de su ausencia? La pena que sentía por todo aquello pugnaba en mi interior contra el torrente anfetamínico de las pastillas.

Pero Claude seguía mirando hacia la forma que había en la cubierta del bote de la policía.

—El mar solía arrojar cuerpos a la playa, cerca de casa —dijo—. Cuando éramos niños les robábamos la cartera y secábamos los billetes frente al fuego. Si había billetes, tenías suerte. Tenías que entregar los anillos y los relojes, porque no podías sacártelos de encima, no si erais ocho, como nosotros. A veces los chicos más grandes se los quedaban, pero sólo nos daban una moneda de seis peniques por ellos. No valía la pena. Siempre podías cambiar un billete, en especial los de diez chelines, decías que era para tu madre.

—Qué horrible.

—¿Qué es horrible? ¿Que fuéramos unos granujas?

—No, los muertos.

—A veces apestaban. Los peces se comen los ojos, ¿sabes?, y los testículos, porque son blandos. La mayoría eran suicidas o, a veces, marineros ahogados.

—¿Ésa fue tu niñez? ¿Robar en los bolsillos de los muertos?

—Nunca he dicho que no tuviera una niñez desvalida, donde no había arriates de flores ni nada de nada. Ven aquí, dame otro beso, niña pija.

Ya era de día. La draga atracó en el Embankment y fuimos bajando a tierra firme. Bajo la primera luz del sol, los jóvenes vampiros parecían cansados, con la ropa desgarrada y el maquillaje corrido por toda la cara. Todavía era demasiado temprano para que funcionaran los autobuses.

Caminamos kilómetros hasta encontrar un café nocturno, cerca de una terminal de autobuses. La ciudad estaba cerrada a cal y canto, no había nadie. Podías caminar por las rayas amarillas en medio de la calle, podías correr y sacudir las rejas de las estaciones de metro, podías aullar como un alma en pena en medio de Oxford Circus y nadie te oiría. Las cinco de la mañana. Los relojes dan la hora y las campanas repican.

El café estaba lleno de seres nocturnos y de madrugadores, gente sin ningún sitio adonde ir, y una tensión grasienta lo envolvía todo. Los taburetes donde nos sentamos giraban cada vez más rápido.

—Te diré lo que te va a gustar de mí —dijo él, jugueteando con su pequeño pitillo casero y bebiendo té dulce, y su voz me llegaba de muy lejos—. Salgo a la velocidad de un galgo.

—¿Qué quieres decir? —pregunté, y mi propia voz resonó, grabada, dentro de mi cabeza.

Él se echó a reír.

—Ya lo verás.

Una hora después, en su habitación, tuve la experiencia simple y sin complicaciones de lo que me había estado perdiendo desde la muerte de mi marido. Durante unos minutos, perdí el conocimiento y volví en mí para encontrarme con que me estaba mirando, con los labios húmedos y los ojos oscurecidos. Había una sensación inexpresable de haber cometido un pecado que no me perdonarían nunca, aunque no creía en el pecado ni en la culpa. Pero ¿qué había hecho? ¿A quién había hecho daño? Me gustaba. Me encantaba. Eso era todo.

Fue en la siguiente sesión cuando mi tío me dijo algo que me causó una profunda impresión. Dijo que había observado, cuando trabajaba como esclavo, que la gente puede soportar mucho más que los animales. Un caballo, por ejemplo, con las costillas todavía cubiertas de carne, cae muerto, de repente, en mitad de la carretera, mientras que un hombre escuálido, en harapos, sigue adelante, se esfuerza mucho después de que sus órganos internos hayan quedado irreparablemente dañados por el hambre. Sólo los que pierden la cabeza se hunden rápidamente, pero si conservas la cordura, entonces eres capaz de auténticas proezas de resistencia.

También tenía mucho interés para él observar que, en muchos casos, un individuo era exactamente igual al final a como había sido al principio. Dijo que, por debajo de todo, a la gente le preocupan las mismas cosas toda la vida: el sexo, la comida, el poder, las ideas, si eso les interesa. Un amargado sigue siendo un amargado, claro, pero había algunos cuyo optimismo, humor, cuyo placer al divertirse y su indestructible amor a la vida permanecían intactos de principio a fin.

—¿Y usted? —pregunté.

—Sí, yo fui uno de los que no cambió. Empecé como hombre de negocios y así continué.

Cuando ves esas viejas películas de televisión, las del dictador del bigotillo vociferando, las concentraciones de masas, los saludos con el brazo rígido, todos aquellos desfiles arriba y abajo, y la conocida bandera alzada orgullosamente, aquella famosa amenaza y a lo que llevaría, es muy extraño darse cuenta de que todo aquello sucedía mientras la gente seguía comprando zapatos, bolsos, vestidos de fiesta, discos para el gramófono, adornos, y elegía un coche nuevo o un nuevo aparato de radio, o simplemente se sentaba en un café a comer pasteles de nata.

Y mientras ellos hacían todo esto, las señales estaban allí, en las calles, como el símbolo de los hombres de la Cruz Flechada, los fascistas húngaros, que mi tío me dibujó en un papel y que tenía este aspecto:

Tengo que recordar que él sólo tenía veintidós años en 1938, dos años menos de la edad que yo tenía entonces, en el verano de 1977, cuando lo conocí. Al igual que a mí, a él también le gustaba y sentía interés por la ropa infrecuente y vistosa; quería cosas que hicieran furor, y solía deambular por las tiendas buscando la última moda, iba al cine y observaba atentamente lo que las estrellas llevaban y veía si podía encontrar imitaciones. Pocos meses más tarde lo enviaron a una brigada de trabajos forzados, vestido con una ropa que llevaría puesta otros cuatro años y medio. Durante ese tiempo se mantuvo cuerdo imaginándose que pasaba el rato en los sillones dorados del Café Astoria, rodeado de una corte de mujeres, vestido con un traje elegante. Cuando dormía y soñaba, así es como se veía, no como un esclavo vestido de andrajos. Pensaba en polainas, agujas de corbata, corbatas y pantalones anchos, chaquetas cruzadas, puños con vuelta, zapatos de cuero, tirantes bordados y zapatos de salón.

Mi tío fue reclutado, junto con su padre, para la Compañía de Servicio Laboral 110/34, en 1939. Los judíos habían sido clasificados como «poco fiables»; en otras palabras, no se les podía confiar un arma, ni siquiera un uniforme. Llevaban su propia ropa, con un brazalete amarillo. Estas unidades de trabajo estaban bajo los auspicios de los comandantes de los batallones territoriales, pertenecientes al Ministerio de Defensa, y mandados por oficiales del ejército húngaro, por lo general suboficiales. Era cuestión de suerte, o del destino, si quieres, que te tocara un oficial decente o un sádico antisemita de la Cruz Flechada.

Durante los dos o tres primeros años de la guerra, operaban dentro de las fronteras húngaras, armados con picos y palas, construyendo ferrocarriles, excavando trincheras y trampas antitanques y limpiando campos de minas. Trabajo rutinario. Mi abuelo, el vendedor de sombreros y experto autodidacta en religiones comparadas, al haberse criado en el campo, se mostró sorprendentemente adaptable y, aunque mi padre heredó de él su cuerpo delicado y su miopía (mi abuela era más rolliza, el tío Sándor se parecía a ella), el abuelo era un luchador y podía pasarse largos periodos sin comer; debía de tener un nivel de azúcar muy estable en la sangre.

Mi tío, el proxeneta y *playboy* de Budapest, ya había adquirido, a los veintitrés años, la doble papada que, más tarde, le daría un perfil a lo Hitchcock y que llevaría a la prensa inglesa a preguntarse si era el rostro de la maldad. Engordado con pasteles de nata y tortitas con cerezas en los cafés de Budapest, notaba que el corazón se le desbocaba en cuanto cogía la pala. A todos les habían ordenado que llevaran una maleta; Sándor había metido camisas, corbatas, chaquetas y zapatos, pero al enfrentarse, el primer día de servicio, a una empinada pendiente bajo un calor abrasador, se deshizo de todo. Este guardarropa selecto fue devuelto a la ciudad y repartido entre los hombres de la Cruz Flechada, que se lo pusieron para ir a los mismos cafés que mi tío frecuentaba, así que él siguió estando allí, en cierto sentido, aunque no en persona. Y la ropa que llevaba puesta cuando salió de casa aquella mañana de 1939 era la misma que llevaba cuando volvió a Budapest en 1945, aunque ya no tenía aspecto de prendas de vestir, sino que parecía una especie de hongo excretado por la piel.

En 1943, en Staryy Oskol, una ciudad bombardeada donde está ahora la Federación Rusa, limpiaron escombros. La recorrieron durante horas, buscando algún sitio que les sirviera de alojamiento, pero no encontraron ningún edificio intacto. Su dieta era té negro y sopa de harina, y dormían al aire libre, calentándose las manos en los rescoldos. En Pieti-Lepka, un pueblecito cerca de Veronezh, con las piernas llenas de ampollas por la congelación, atravesaron campos de nieve helados y duros como la roca y dejaron atrás, para que murieran, a los que los oficiales húngaros llamaban «mercancías defectuosas»..., los heridos.

Para entonces, habían empezado a volverse medio locos. La profunda oscuridad, el terror, el miedo a la muerte.

—¿Fue el miedo lo que le mantuvo con vida? —pregunté.

—Sí, el miedo y el negocio, del que ya hablaremos.

Aquel año recorrieron una distancia de mil kilómetros desde Male Bikoro hasta Belogrado, exactamente en treinta días, con una ración de cien gramos de pan al día y agua caliente con unas cuantas zanahorias flotando dentro. Estaban cerca de la zona ocupada por los soviéticos, había una posibilidad de escapar y llegar hasta los aliados, pero mi tío dijo que le habían advertido de que no se fiara de la hospitalidad rusa.

Durante todo ese tiempo, mi abuelo y mi tío avanzaban juntos. El hombre mayor permanecía casi siempre en silencio, aunque algunas noches se iba a un rincón y sostenía agotadoras discusiones sobre teología con un rabino de Debrecen. Sándor ayudaba a su padre todo lo que podía, pero en Zhitomir los dos contrajeron el tifus y los trasladaron a un campamento de cuarentena en Krasno Ceska. La gente era presa de la demencia. Un hombre chillaba que le habían cortado las piernas por la cadera. Otro decía que necesitaba un reloj despertador, y gemía lastimero, pidiendo que por favor alguien le diera un reloj despertador, que tenía que reunirse con su prometida en la estación de ferrocarril y que, si se quedaba dormido, podía no despertar a tiempo de coger el tranvía que lo llevaría a la estación, y no la encontraría.

La alucinación de mi tío era una de las más extrañas que yo había oído nunca, una alucinación física. Pensaba que, de alguna manera, su cuerpo había sido dividido en dos y que la parte de abajo era la de otro. La cara, el pecho, las manos y los brazos eran suyos, de Sándor Kovacs, pero la entrepierna, los testículos, las piernas eran las de otro hombre, un desconocido. Intentaba huir de él, pero no tenía piernas con las que escapar, así que se agarraba los muslos con las manos, tratando de arrancárselos del torso. En algún momento de la noche, mi abuelo murió, pero mi tío no se dio cuenta del momento exacto; estaba tratando de librarse del impostor de la parte inferior. Cuando salió de sus alucinaciones, su padre estaba muerto.

Después del campamento de cuarentena, los llevaron a que se dieran un baño, el primero en más de tres años, y sus ropas, las mismas con las que habían salido de casa, fueron hervidas para librarlas de los millones de piojos que habían establecido su residencia allí.

Con ropa limpia, se sentían, de repente, renacidos. Examinaron sus andrajos buscando señales de que, una vez, fueron seres humanos. ¿Quizá este trozo de tela fue una solapa? ¿Indicaba esto un bolsillo? Un trozo de tela conservaba trazas de que, en un tiempo, fue *tweed*. Los pantalones de este hombre estuvieron, una vez, en el escaparate de una tienda de moda en 1937, con una etiqueta donde constaba un precio alto. Pero aunque los esclavos estaban limpios y secos, también se morían de hambre. Arrancaban la hierba del suelo y la comían. Los hombres se retorcían de dolor y morían vestidos con su ropa hervida.

En un sitio, cuyo nombre Sándor dijo que no sabía, aparecieron unos alemanes, seleccionaron un bloque de hombres y los condujeron a un edificio al que prendieron fuego y, cuando los esclavos salían corriendo y gritando, los utilizaban como blanco para practicar la puntería. Dijo que esto fue lo peor, lo que él llamaba un crimen, no las cosas sobre las que escribían ahora en los periódicos ni lo que veía en la televisión.

Sin embargo, en medio de todo aquel horror, mi tío sostenía que lo que lo había mantenido con vida había sido el comercio.

—Sí, se hacían negocios constantemente. Verás, aunque con frecuencia nos moríamos de hambre, también había veces en que no era así. No me preguntes qué lógica tenía, no había ninguna lógica. Lo que era, era. Teníamos raciones, y las raciones tenían un valor. Mira, a un hombre le dan una lata de algo. Si se está muriendo de hambre, su inclinación natural es abrirla y devorar su contenido, está claro. O un cigarrillo, te lo fumas enseguida, ¿qué sentido tiene guardarlo? Pero yo vi que, en el momento en que tenía una ración de algún tipo, tenía la oportunidad de comerciar, y la esencia del comercio es el beneficio, así es el sistema capitalista. Así que cuando llegábamos a un pueblo y los oficiales nos daban algunas provisiones, yo buscaba un edificio, abría un bazar y vendía la comida y los cigarrillos a los campesinos del lugar. Entonces, ¿sabes?, tenía dinero, dinero de verdad y, con dinero, podía hablar con los oficiales en una mayor igualdad de condiciones.

»Verás, para empezar, cuando nos daban las provisiones, a cambio teníamos que darles un cupón. No sabíamos qué eran esos cupones, sólo eran trozos de papel sin valor en los cuales firmábamos con nuestro nombre. Pero, ¿sabes?, cuando aquellos nobles húngaros volvían a casa, les llevaban los cupones a nuestra familia y le decían que era una cesión que habíamos firmado y que los autorizaba a quedarse con nuestra casa. Y si nuestra familia se negaba, la amenazaban con la policía. Así que vendíamos lo que era nuestro por derecho propio a cambio de un plato de lentejas, como dice la Biblia.

»Pero yo no, de ninguna manera. No cogía las provisiones, cogía las de otros, las vendía y repartía los beneficios con ellos, así que no había ningún cupón con mi nombre escrito en él y, por eso, al acabar la guerra, mi madre seguía teniendo su piso. ¿Y ahora comprendes por qué tus ideas sobre lo que es decente, el respeto y la igualdad son cuentos para niños? Un chico como el de abajo, fuerte y estúpido, es de la clase más parecida al animal que, de repente, se desploma entre las varas de la carreta y muere, sin ninguna razón, porque se le han acabado las fuerzas. Su fuerza es lo único que tiene. Yo no soy de esa clase y espero que tú tampoco lo seas. Por cierto, tampoco lo es Eunice, pero ésa es su historia, no la mía. Puede que, si se lo pides, te la cuente.

Años después, intenté trazar la ruta de la marcha forzada de mi tío a través de la Europa del Este, pero me vi frustrada por los mapas. Los nombres que Sándor me había dado, deletreándolos ante mi insistencia, y que yo había anotado cuidadosamente, no aparecían en mi atlas. Los propios nombres cambiaban cuando las ciudades y los pueblos cambiaban de mano de generación en generación, de una guerra a otra y a otra más, y, después de todo, mi tío contaba sólo lo que recordaba. Los esclavos preguntaban a la gente de las poblaciones dónde estaban, o lo hacían los oficiales, y con frecuencia lo que les decían no era lo que aparecía en los mapas. A los lugareños no les importaba que un gobernador regional hubiera decidido cambiar el nombre de su aldea y llamarla como a algún héroe de la revolución bolchevique.

Otras veces, mi tío escribía mal el nombre, o lo conjeturaba, o el pueblo había quedado completamente destruido en la guerra, o lo habían abandonado y no quedaban ni trazas de él. Pero durante varios días, con visitas a la Biblioteca Británica, pude reconstruir el rumbo de un viaje caótico, sin sentido, hacia el este, desde Hungría, penetrando profundamente en Ucrania y Rusia y culminando en la ciudad de Berdichev en 1944, donde por alguna razón que no le explicaron y que, además, no tenía ningún interés en investigar, de lo feliz que estaba de volver a casa, fue desmovilizado y enviado de vuelta a Budapest.

—¿Su hermano sabe lo que le pasó en la guerra? —le pregunté—. ¿Sabe todo lo que me ha contado a mí?

—Sí, sí, claro que lo sabe. Todo.

—¿Qué pasó con su madre?

—Sobrevivió en Budapest. Siempre que había una redada, ella estaba en el peor sitio y en el peor momento; quiero decir, estaba en el sitio acertado. Toda la suerte estaba de su lado. Era asombroso. La suya es una historia de la que nunca llegué al fondo mientras ella vivía, pero era como una de esas bolas que ves en ese juego, el *flipper*, ese al que juegan los adolescentes en las cafeterías, ella va dando botes de un lado a otro por toda la ciudad; sin embargo, las palancas del destino la cogen siempre antes de que caiga, y la empujan hacia arriba otra vez.

—¿Fue a vivir con ella al volver?

—No, era demasiado peligroso… para ella, quiero decir. Me quedé con mis chicas. Me cuidaron, todas aquellas bellezas.

—Y entonces acabó la guerra.

—Sí, eso es. Se acabó.

—Entonces, ¿por qué se quedó en Budapest, cuando podía haber venido a Inglaterra?

—Lo sé, lo sé. Había muchos sitios a los que podía haber ido. La Cruz Roja vino a buscarme, con un mensaje de Ervin, diciendo que él sería mi fiador. Podría haber ido a Palestina; era otra opción, o a Estados Unidos. Pero no quería dejar a mi madre, y ella estaba segura de que mi padre volvería, si lo esperaba. Ya ves, digan lo que digan de mí, hice todo lo que pude por ser un buen hijo, y la respetaba y la quería, aunque, claro, podía haber sido un hijo mejor. No te olvides de escribir esto.

—¡Pero si su padre había muerto de tifus!

—Lo sé. Murió, yo lo vi. No cuando murió, sino cuando lo enterraron en la fosa de cal.

—¿Por qué pensaba su madre que volvería?

—Ya te lo he dicho, un ser humano y un animal son dos cosas diferentes. Un animal se rinde; el humano, no.

—Pero era un espejismo.

—Claro, pero pasan cosas extrañas, hay confusiones, gente que vuelve de entre los muertos, eso decía ella. ¿Cómo podía decirle que había visto cómo lo tiraban a una fosa común? ¿A mi propia madre?

—¿Qué les pasó a sus abuelos en Mád?

—Los convirtieron en cenizas, claro. ¿Qué si no?

—¿Y a la familia de Berta?

—Lo mismo.

Así que éste era el gran silencio que había amortecido mi infancia. Ahora lo comprendía un poco mejor. ¿Cómo podía hablarse de todo aquello, cómo decírselo a una niña? Mis padres se lo guardaron todo dentro, como su propia sangre.

—¿Y qué hizo a continuación?

—Volví al viejo negocio. ¿Por qué abandonarlo? ¿Tenía que privar a aquellas chicas de un medio de ganarse la vida, cuando habían salvado la mía? ¿Cuando me daban cobijo?

—¿Cómo funcionaba bajo el comunismo?

—Buena pregunta. El comunismo nos invadió, a hurtadillas, cuando no mirábamos. Yo no lo vi. Y luego, allí estaba. Pero la necesidad de los servicios que yo proporcionaba no desaparece en el paraíso socialista, y no importa lo que digan los defensores de los derechos de la mujer. Seguí con mi negocio, sólo que, en lugar de tener mi despacho en una mesa del Hotel Astoria, me asignaron una situación, un puesto. Seguía en el café, eso seguía igual, sólo que ahora yo era camarero. Venían las mismas personas, lo que quedaba de ellas. Las mismas discusiones intelectuales, los mismos pasteles, las mismas comidillas de siempre, todo igual que antes; lo cual me recuerda, me había olvidado por completo, fui a la Maison Bertaux y compré el pastel, ¿quieres un trozo?

—No, gracias. ¿Por qué sonríe?

—¿Por qué no sonreír? Estoy vivo, ¿o no? Trataron de matarme y no lo consiguieron. ¿No es una buena venganza contra aquellos demonios, aquellos espíritus malignos?

Te sumerges en la oscuridad, emerges a la luz; así es como funciona un tren subterráneo; y cuando sales, estás en otro sitio. No ves las transiciones. El mapa convierte la ciudad en una parrilla, un diagrama, no tienes ni idea de la distancia entre paradas; todo es relativo. Fui hasta King's Cross, recorrí aquel horrible enlace, la espera en el andén, las dos paradas en la línea Circle amarilla, bajé por Portland Place, doblé en nuestra calle, subí en el ascensor y metí la llave en la cerradura, entré y mi madre estaba en la cocina. Le dije:

—¿Por qué no hablamos nunca de la guerra?

Estaba lavando judías verdes en un colador de metal.

—¿La guerra? ¿Por qué sacas eso a colación ahora? Fue hace mucho tiempo.

—Sólo quiero saber por qué nunca hablamos de ello.

—Bueno, ya te lo dije. Los bombardeos eran horribles y el racionamiento…

—No de la guerra aquí, en Londres. Me refiero a Europa.

—No estábamos en Europa, estábamos en Inglaterra, gracias a Dios.

—Pero tenías parientes allí.

—Sí.

—¿Qué les pasó?

Se encogió de hombros. En la cocina de la ventana del bloque de al lado, una mujer vestida con elegancia estaba junto al fregadero, llenando una tetera.

—Es nueva —dijo mi madre—. Vaya movimiento tienen en esa casa. Debe de haber algo que no funciona. Humedad, tal vez, ¿no crees?

—Son mis abuelos.

—¿Quién? ¿Esa señora?

—Ya sabes de qué hablo.

—¿A qué viene este interés de golpe? ¿Has visto una película?

—Sólo quiero saberlo.

—¿Qué te puedo decir? Murieron todos.

—¿Tenías hermanos?

—Se me está enfriando el almuerzo; ya son las dos menos cuarto y me muero de hambre. ¿Quieres comer algo? Yo voy a tomar huevos escalfados. ¿Te hago uno?

—No, no tengo hambre. ¿Por qué no hablamos nunca?

—¿Sobre qué?

—Sobre cualquier cosa.

—¿De qué quieres hablar? Elige un tema y yo lo intentaré, aunque no recibí educación, tú ya lo sabes.

—Por ejemplo, ¿qué le pasó al tío Sándor durante la guerra?

—Bueno, naturalmente, le pasaron cosas terribles. Eso nadie lo niega.

—¿Cómo cuáles?

—Pero no lo volvieron mejor. Podía haberse corregido y haber empezado a vivir una vida mejor, pero eligió no hacerlo. Fue su decisión.

—Es como si estuviera hablando con una pared. —Nada había cambiado y yo no podía hacer que cambiara. Pensaba que las revelaciones de la mañana lo alterarían todo, pero todo seguía igual.

—¿Qué es lo que quieres saber, Vivien? ¿Por qué te obsesionas con esta vieja historia? ¿Qué te ha dado? Estás aburrida, tienes la cabeza llena de especulaciones. Puede que sea hora de que te busques un nuevo novio.

—A lo mejor ya lo tengo —dije, por maldad y rabia.

—¿Aquel chico vulgar con el que te vi?

—¿Qué chico?

—Hace una semana más o menos, te vi en la calle con un chico con una chaqueta hecha de cuero, con todo tipo de correas colgando.

—Yo no te vi.

—¿No? Bueno, pues estaba allí, poco después del almuerzo. Si ése es el chico con el que sales, ten cuidado de que no te rebaje a su nivel. Siempre hay ese peligro cuando te mezclas con tipos indeseables. No entiendo cómo puedes tocarlo después de Alexander.

—Eres tan esnob, madre —dije, apartándome, para que no viera lo violenta que me sentía.

Ella cogió el plato y tiró el huevo escalfado y las judías a la basura.

—Se acabó. Ya no tengo hambre.

—Hay un telón de acero —afirmé—. Me estoy dando de cabeza contra un telón de acero.

—Bien, espero que no te des tan fuerte como para que se te caiga el cerebro.

Mi madre estaba junto al fregadero limpiando el plato.

—¿Quieres un café? —pregunté.

—¿Por qué? ¿Quieres tomarlo conmigo?

—Sí, tomemos un café juntas; casi nunca lo hacemos.

—Estupendo. Hay galletas en la lata, mira a ver qué encuentras. A esta hora me gustan las de arruruz, los palitos largos.

Puse las galletas en un plato y llevamos el café a la salita. Mi madre cogió una revista de televisión y empezó a marcar con un círculo los programas que ella y mi padre pensaban ver por la noche; su dedo vaciló entre un concurso y una obra de teatro.

—¿No queríais buscar la amistad de los otros refugiados, cuando llegasteis?

—Bueno, podríamos haberlo hecho, pero tu padre era un poco sensible.

—¿Sobre qué?

—Ah, ya sabes, no le gusta el chismorreo.

—¿Y sobre qué iban a chismorrear?

—Vivien, me siento como si estuviera en el programa de *Perry Mason* y tú fueras el abogado y yo la acusada. ¿Cómo se llama, contrainterrogatorio? Me gustaría que lo dejaras.

Tranquilamente, desvió todas mis preguntas. No podía sacarle nada en absoluto, y no era que no supiera nada, porque fue ella quien, alrededor de un año más tarde, después de que Sándor muriera, me contó que cuando mi tío estaba haciendo trabajos forzados, le golpearon tan brutalmente en los testículos que quedó estéril.

Durante todo aquel verano, el miedo y la paranoia de mis padres habían ido creciendo, hasta que su ansiedad estalló, surgiendo a la superficie, y lo que había sido una existencia de sueño, una media vida agradable, de repente les pareció una pesadilla que vivían despiertos. Los acontecimientos externos —las fuerzas políticas que surgieron en 1977 y que seguirían durante los dos años siguientes, hasta que decayeron y se restauró un cierto orden— hicieron que quisiera ayudarlos y protegerlos, porque ellos no se podían ayudar. Ni siquiera tenían que salir de casa para sentirse aterrados: su preciosa televisión se había convertido en mensajera de espantosas advertencias sobre lo que podía suceder si ponías un pie fuera de la seguridad de Benson Court.

—¿Lo ves? —decía mi padre, señalando la pantalla con un dedo de su fina mano de artífice, una mano precisa en todos sus movimientos, con las uñas cortadas cada dos días a una longitud que medía con una regla diminuta—. Ya empieza.

Se aferraban el uno al otro, sentados en el sofá de piel marrón, llena de arañazos, con la espalda recta, apartada de los alegres cojines beis, tiesa como el palo de una escoba, como si una barra de hierro se hubiera metido de repente en el alma de cada uno.

—El Gobierno no lo permitirá —dijo mi madre, que había dejado de lado su labor de punto, un calcetín inútil para un refugiado que nunca llegaría—. Esto es Inglaterra, no Hungría. —Pero se le hizo un nudo en la garganta, como si las palabras se le hubieran atragantado.

—La Cruz Flechada. Han vuelto. ¿Quién los paró la última vez? ¿Quién? Dímelo.

—No se llaman la Cruz Flechada, es algo diferente; espera, voy a buscar un lápiz y lo anotaré. Tenemos que saberlo, es importante. Vivien, ¿dónde hay un lápiz? Tú tienes muchos en tu habitación. Trae uno enseguida. Y un papel.

Fui a mi mesa y le di un cuaderno de rayas y un boli.

—Apúntalo tú, cariño —pidió—. Asegúrate de que lo escribes bien.

«National Front», escribí.

—Míralos —dijo mi padre con cara de angustia—. Son criminales, se ve claramente lo que son. Vándalos, matones. Mira ese de ahí. Que individuo tan despreciable. Los ingleses son caballeros, pero éste no es de la mejor especie, ni con mucho.

—Horrible —afirmó mi madre. El miedo se deslizaba por las paredes.

—¿Por qué desfilan por los barrios donde vive la gente de color? —preguntó mi padre.

—Para controlar las calles, claro —respondió mi madre que, de repente, me dio la impresión de que sabía mucho más de lo que dejaba entrever—. Para que la gente tenga miedo de salir y ocuparse de sus asuntos. Luego, cuando están asustados, pueden golpearlos. Lo vi en Budapest, exactamente igual. Mira, la policía los protege; les da derecho a desfilar. Los policías no son tan inocentes, está claro.

—No todos —dijo mi padre, cuya cara estaba muy gris, con un aspecto enfermizo.

—Entran en las tiendas y golpean a los compradores inocentes sólo porque son negros —dije yo.

—¿Quién? ¿Los policías? —exclamó mi padre, escandalizado.

—No, los del National Front.

—¿De dónde sacas esas ideas? Pensaba que te pasabas toda la mañana en la biblioteca, con los libros. ¿Lees eso en los libros?

—No, no lo saco de los libros; es de la vida real.

—¿Qué vida real conoces tú? —preguntó mi padre con una mirada llena de ansiedad.

La voluntad de reclusión de mis padres se había visto reforzada por un aterrador encuentro con este objeto desconocido, la vida real, a mediados de febrero. Mi padre llegó a casa del trabajo con sangre en la cara. Mi madre soltó un grito al verlo, un chillido penetrante, como el de un gato.

—¡Ervin! —exclamó—. ¿Qué te ha pasado?

Él no le hizo caso y fue derecho a la cocina, se sirvió un vaso de agua y se sentó. La sangre se le coagulaba entre el pelo, y mi madre mojó un trapo de cocina con agua del grifo y empezó a limpiársela, pero la brecha se abrió de nuevo y la sangre le goteó hasta los ojos.

Permaneció muy callado hasta que ella le puso un vendaje, y la dejó que lo cogiera de la mano y lo llevara a la salita, a su sillón, y lo sentara, con una taza de café fuerte. Al cabo de un rato empezó a hablar. Había visto algo. Le preguntamos qué. Se limitó a hacer un movimiento negativo con la cabeza; era horrible, no había necesidad de entrar en detalles, pero nosotras queríamos los detalles, los exigíamos. Describió, en un susurro, que una chica iba por la calle y una banda de animales fue y sin ninguna razón, la cogió por el pelo y empezó a golpearle la cabeza contra la pared. Le preguntamos qué clase de animales eran. Nos dijo que ya lo sabíamos, los de las botas y la cabeza afeitada. ¿Y qué clase de chica? Como la que vino con Sándor aquella vez, una chica de color, pero puede que un poco más respetable, llevaba zapatos bonitos y cómodos y unas gafas enormes.

Le preguntamos cómo se había visto involucrado. Nada, no tuvo elección. Estaba allí, viendo horrorizado aquel incidente, que tenía lugar en la esquina de Farringdon Road, a plena luz del día, sólo eran poco más de las cinco cuando cerraron la tienda, y él estaba esperando a que el semáforo se pusiera verde…, y cuando vio lo que vio, incluso podía haber tomado la decisión drástica de cruzar en rojo, pero había demasiados coches. Así que esto ni siquiera pasaba en un rincón, en un callejón, sino en la calle principal, y entonces ellos se volvieron, lo vieron y comprendieron que tenían un testigo.

Ahora empezaron a gritarle cosas horribles, una inmundicia odiosa que no estaba dispuesto a repetir. No se enfrentó a ellos, claro que no, ¿por quién lo tomábamos…, por un héroe? ¿Es que acaso tenía una pistola o una orden de arresto? El semáforo se puso verde y echó a correr (yo nunca había visto correr a mi padre), pero cuando estaba en medio de la calzada, tropezó con el cordón del zapato, que no se había atado bien antes de salir del taller. Se cayó de bruces y se golpeó la cabeza contra el suelo. El semáforo volvió a cambiar, los coches empezaron a moverse, no podía creerlo, los conductores apretaban el acelerador, aceleraban los motores y avanzaban porque tenían el derecho de hacerlo, y mi padre estaba caído en el suelo, allí en medio.

Una señora se metió corriendo en la calzada y lo ayudó a levantarse. De pie, con el paraguas en alto, deteniendo el tráfico; era como un demonio, agitando aquel bastón de seda verde por encima de la cabeza. Lo acompañó hasta el otro lado y entonces él ya estaba bien. La señora quería que fuera al hospital, pero él dijo que no era necesario, porque a esas alturas estaba tan asustado (incluso de la mujer del paraguas) que lo único que quería era llegar a casa lo más rápido posible para estar a salvo en el interior de Benson Court, donde todos eran amables y generosos y se ocupaban de sus propios asuntos.

El largo periodo de calma en la vida de mis padres, que había durado desde el final de la guerra hasta el momento actual, unos años plácidos y sin incidentes, que era como a ellos les gustaba, estaba tocando a su fin. Sentían que se enfrentaban a un futuro aterrador e incierto, y no tenían ni la más remota idea de adónde podían ir a continuación, si se hacía necesario huir de nuevo y, de todos modos, eran ya demasiado viejos para iniciar una nueva vida.

Pero en cuanto a mí, no era demasiado tarde para mí; si las cosas se ponen mal, siempre puedes irte a Estados Unidos, ¿no te parece?, me dijeron. Pero les respondí que no tenía ninguna intención de irme a ninguna parte.

El magnetismo de Benson Court y de la vida inerte de mis padres se había debilitado hasta convertirse en un tirón penoso, apenas perceptible, y ahora la realidad me rodeaba por todas partes, clara y precisamente grabada, visible. King's Cross, Brixton, Wood Green, Harlesden, Islington, Southall, New Cross, Lewisham y, más allá, hasta la *terra incognita*, el estuario del Támesis y sus islas: la isla de Dogs, la isla de Grain, Sheppey. Este Londres era un ojo enorme que miraba hacia arriba, parpadeando de noche y de día. Lo cruzaban líneas de ferrocarril, abriendo brechas en su rostro. Puentes. Torres. El río serpenteante. Fábricas abandonadas, en ruinas. Bloques de pisos. El olor a carne humana y corteza de naranja, papel de envolver las patatas fritas, paradas de autobús de asfalto, vejez, colas para todo.

Y por todas partes, esto:

Estaba en las paradas de autobús, en los asientos del autobús, en las ventanas del autobús. En los puentes del ferrocarril, en los escaparates, en las papeleras. Tatuado en los dedos y en la frente. La elegancia de su forma lo simplificaba todo, lo podías escribir fácilmente, aunque no supieras escribir bien. Era tan contundente y sin complicaciones como un puño. Pero ¿qué significaba realmente?

Hubo muchas discusiones sobre esto por aquel entonces. Para algunos, era la nostalgia de épocas pasadas, cuando Gran Bretaña tenía un imperio y dominaba medio mundo; ahora el hombre blanco había perdido su sitio, y la reina en su trono, celebrando su vigésimo quinto aniversario en un carruaje enjoyado, con su corona y su cetro, detrás de unos caballos emplumados que recorrían al trote las calles de Londres, este emblema de la monarquía, misterioso y ordenado por Dios, quedaba reducido a una mujer regordeta, entrada en años, con gafas para leer y un abrigo amarillo canario con zapatos y guantes abotonados a juego. Otros decían que no, que era el auténtico nazi McCoy; que los fascistas británicos que se habían visto obligados a pasar a la clandestinidad después de la guerra seguían creciendo y alimentándose de agravios, como gusanos blancos en la oscuridad. En Yorkshire construirán las cámaras de gas, créeme.

También había una tercera visión de la situación: que eran sólo matones adolescentes que disfrutaban pegando palizas a los negros y los maricas para notar el sabor del Poder Blanco en sus bocas resecas.

Yo no tenía una opinión propia. No tenía los medios para llegar a ninguna conclusión, salvo lo que oía decir.

Nadie de mi familia se había unido nunca a un movimiento o a un partido. Los Kovacs seguían viviendo, tenían la capacidad de adaptarse a las circunstancias, ya fuera abandonando el país, como mi padre, o ideando medios y sistemas para vencer al sistema todo lo que podían, como mi tío había desarrollado el lado proxenético de su negocio, cuando las leyes racistas lo obligaron a dejar la propiedad inmobiliaria. El panorama general no les importaba. No se sentían empujados ideológicamente en ninguna dirección particular, comunista o sionista; se trataba sólo de mantenerse a flote, hasta que pasara la riada, como creían que al final pasaría. Incluso en los trabajos forzados, mi tío nunca participó en los planes para huir o amotinarse. La característica de «alerta al número uno» estaba demasiado profundamente arraigada en él y no era dado a gestos románticos o quijotescos.

Por todo Londres empezó a aparecer una insignia con este diseño; en la ropa, prendida en las solapas, los vestidos, los jerseys, las camisas:

Liga Antinazi.

Al principio no tenía ni idea de qué significaba y tuve que preguntárselo a alguien en la parada del autobús. Sacó un panfleto de la mochila, donde lo explicaban todo.

Me pareció que lo mínimo que podía hacer, para vengar los atroces sufrimientos de mi tío, era unirme a esta organización, a esta liga, y luchar contra los fascistas aquí en Londres.

Fue toda una revelación. Como si antes hubiera tenido los ojos cerrados y la paranoia de mis padres tuviera fundamento.

Me enviaron a ponerme delante de los *pubs* y repartir mis propios panfletos, que eran acogidos con reacciones diversas. De cerca, la naturaleza humana no es necesariamente agradable de ver. Ves a ese hombre de aspecto respetable, que viene caminando hacia ti con su perro, al que le gotea la nariz y que cojea de una pata; un perro al que él le da una palmada y le dice: *Pobre amigo mío, parece que vienes de la guerra, ¿eh?* Así que, aunque te dan miedo los perros y, en especial, no te gusta como huele éste, que está enfermo, te inclinas para acariciarle el áspero pelaje, te obligas a sonreír y le entregas un panfleto a su dueño. Él lo examina y luego te dice que esos inmigrantes de piel oscura, monos que apenas acaban de bajar de los árboles, van a hundir a la raza blanca, que Enoch Powell tenía toda la razón del mundo, y te pregunta si sabías que metían sus zurullos apestosos en el buzón de las ancianas, te informa de que, cuando su perro *Buster* se pusiera mejor, lo azuzaría contra ellos, que lo estaba entrenando para oler a los negratas, ja, ja.

Llegaba a casa y me encontraba a mi madre, que me daba hojas de papel cubiertas de mensajes escritos con su letra extraña, recta, del centro de Europa: *Mick ha llamado, dice, urgente que vayas al Red Lion con los panfletos y se los des a Claire. Y Dave tiene el dinero para dártelo y que se lo des a Steve, que lo necesitan para pagar a la imprenta. Y el sábado tenéis que reuniros en una esquina, que dice que ya sabes cuál es, en Old Street.*

—¿Quién es toda esta gente, estos Micks y Daves, y de qué clase de familia vienen? ¿Una buena familia? ¿Lo sabes? ¡Vivien, estoy hablando contigo!

A Sándor sólo le preocupaba proteger a Eunice.

—Tiene que venir a vivir aquí, conmigo —decía—. Wood Green, donde está su piso, no es un buen barrio para ella. Allí, esa gente está por todas partes. Pero no quiere venir, no quiere vivir conmigo, dice que no es respetable. ¿Qué puedo hacer?

—¿Era así en Hungría con la Cruz Flechada? —pregunté.

—¿Así? Ja, ja. De esta gente nunca saldrá nada, son escoria. Les gusta hacer mucho ruido, eso es todo, y los tratas de la misma manera que tratas a la escoria, en todas partes.

—¿Cómo?

—Ya sabes, con sus propias armas.

—¿Cómo?

—Combates el fuego con el fuego, ¿qué más puedo decir?

Le dije que me había unido a una organización.

—Muy bien —dijo—. ¿Y qué hacéis en esta organización?

—Reparto panfletos delante de los *pubs*.

—¡Vaya! Un panfleto. Muy bien. Ya me siento seguro, y Eunice también lo estará cuando se lo diga.

Pero a mí no me importaba. Sólo tienes que recordar cuatro cosas sobre el Frente (aunque casi treinta años después no consigo recordar qué decían tres de ellas; sólo lo que ellos decían de sí mismos: *El Frente Nacional es un frente racial*. Todavía no sé la diferencia entre racista y racial, aunque estoy segura de que me lo explicaron). El contenido de mis panfletos hablaba por sí mismo, yo no tenía nada que añadir. En la calle, con los panfletos, podía hablar con cualquiera, mientras no me apartara de lo que había en el papel y no me desviara hacia otras discusiones. Esta insistencia tajante en un único tema no me resultaba fácil; me decían que me alejaba de lo importante, que me dejaba llevar con demasiada facilidad a donde querían los demás. Pero seguí adelante. Salía cada día, de lunes a viernes, a repartir panfletos. Recogía los que tiraban al suelo, recuperaba los que había en las papeleras, los alisaba y, al volver a casa, los planchaba para poderlos distribuir de nuevo al día siguiente. Iba a todas partes con aquellas hojas de papel, a cualquier sitio donde me enviaran. Incluso al otro lado del río, al sur, a Lewisham, Brixton, Tooting, Morden, lugares que, para mí, eran sólo nombres en el mapa del metro. El mundo se abría, radialmente, desde Benson Court, y el bloque de pisos de Marylebone High Street se convirtió en un agujerito, un punto, una intersección.

Tenía la suciedad de Londres metida debajo de las uñas, y el polvo de las aceras, bajo la suela de los zapatos. Eran mis calles, era mi territorio. La ligera pendiente de una colina, bajo las losas de hormigón de la civilización, una colina con un viejo arroyo, un prado enterrado bajo el tráfico, se metió dentro del sistema de navegación de mi propio cuerpo. Sentía que tenía el derecho, por fin, a decir que éste era mi sitio.

Pertenecer a un lugar, esto sí que es importante. ¡Ningún Kovacs lo había sentido antes!

Llegó una mañana en que tenía el secador en la mano mientras alisaba mi mata de pelo negro, mirándome al espejo y pensando: ¿cómo sería si no tuviera esta jungla alrededor de la cara? Y toda esta maldita ropa vieja. Claude se reía de ella. Pensaba que era muy rara, y comprendí que lo que había empezado como forma de liberarme de mis padres se había convertido en afectación.

Era una maniobra complicada la que estaba intentando. Siempre que trato de describir esta parte de mi vida a alguien, noto que no lo entiende o, quizá, yo no sé cómo explicarme adecuadamente. Yo era una especie de embrión que no consigue decidir si va a ser un pollo, una zanahoria o un bosquimano. Adquiere plumas, luego se vuelve de color naranja, luego le crece piel. Recuerdo aquel joven ser, frágil e inseguro, con un poco de humor y otro poco de compasión. Puedo comprender a la joven Vivien, aunque los extremos a los que llegó al intentar formarse como persona ahora me parecen absurdos. Pero eso es ser joven: eres libre de ser ridícula, de llevar ropa horrible porque es la última moda, y de adoptar actitudes y poses. Te ves en esas viejas fotos y te dan escalofríos, cuando lo que deberías hacer es tocar el brillante papel con el dedo y tratar de revivir dentro de ti la ingenua audacia que se tiene a los veinte años.

Claude decía:

—¿Por qué no me dejas que te corte el pelo? Puedo hacerlo. Se me da bien.

Decía que aquella maraña negra lo sacaba de quicio, no podía verme la cara. Nuestra relación era erótica, y nada más. Estaba claro que éramos objetos sexuales el uno para el otro. Él leía los panfletos que yo le daba y los contemplaba con muy poco interés. La política le daba dolor de cabeza.

—Tenemos unos cuantos de ésos, allá en casa —dijo, finalmente, cuando lo presioné—. Todos tienen una cabeza que parece que se la hayan hervido. Muchos de ellos tienen perros y, ya te lo dije, no aguanto a los jodidos guau-guau.

La nuestra no era una relación de intereses compartidos ni de intercambio de ideas; ni siquiera hablábamos nunca de música. Claude era un tragapastillas, un adicto a las anfetas y, aparte de sus peces de colores, no tenía ninguna afición. La humedad pantanosa de la isla de Sheppey le corría por las venas, así como el afilado instinto de sus antepasados gitanos. Siempre estaba alerta para sacar partido.

Si algo le interesaba, era su propio cuerpo. Estaba ahorrando para que le hicieran un tatuaje; ya había dibujado bocetos experimentales en un cuaderno que no me quiso enseñar.

—Será algo grande —decía—, me cubrirá todo el hombro; de eso estoy seguro. No te puedes quitar un tatuaje, así que tiene que dar justo en el blanco. Tienes que estar seguro del todo, pero cuando haya reunido el dinero, lo estaré.

Tenía una fuerte curiosidad sexual, se pintaba la cara, usando el pequeño espejo de mi polvera dorada, y su dureza masculina se disolvía en una androginia perturbadora. Cuando estaba en el trabajo, vestido con su uniforme de revisor, yo me ponía sus tejanos y su chaqueta de cuero y, cuando él volvía a casa, tenía que suplicarme que me los quitara para que pudiéramos ir al *pub* a tomar algo. No era porque no quisiera que me vieran vestida de aquella manera, sino porque no tenía otra cosa que ponerse.

—¡Cómprate tus propios tejanos, coño! —me decía—. Te sientan mejor que esos vestidos andrajosos.

De modo que quería cortarme el pelo, estaba seguro de que podía hacerlo. Me senté al borde de su cama, con una toalla alrededor del cuello, y él se arrodilló detrás de mí, con un par de tijeras, cogió aquella melena densa y áspera y la cortó. No había espejo en la habitación, sólo pelo por todas partes, pelo esparciéndose por el suelo, flotando como si fueran trozos muertos de mí misma. Se me metían pelos dentro de las grietas de mi cuerpo, en la boca, las orejas, la nariz, debajo de las uñas y dentro de los calcetines, incrustándose entre los dedos de los pies. Había pelos flotando en la superficie del acuario. Cuanto más corto iba quedando mi pelo, más llena me sentía de una emoción reprimida y llorosa, como el prisionero al que liberan después de veinte años de cárcel; estaba libre, por fin, de la chica neurótica y un poco demente, cuidadosamente alimentada en los polvorientos pasillos de Benson Court.

El espejo de mi polvera no podía hacer justicia a la violenta transformación que me había caído encima: los dos dedos de aureola negra, la oscura sombra del labio superior, los ojos bordeados con *kohl*, el tajo rojo de la boca.

—¡Fantástico! —dijo Claude—. Ahora sí que estás genial. Tendrías que comprarte unas botas. Vete a que te vean los peces.

Nos acostamos, forcejeando y revolcándonos en su estrecha plataforma. Yo me quedé dormida un rato. Puede que las serpientes, las mariposas y otras cosas que cambian de una forma a otra tengan un periodo de descanso después del agotador esfuerzo hecho para modificarse, tanto por dentro como por fuera. Dormí profundamente, uno de esos descensos directos a una negrura sin sueños.

Cuando me desperté, Claude estaba revolviendo en mi bolso y me quedé observándolo un rato, con los párpados casi cerrados. Sacó y metió el lápiz de labios de su estuche, se miró la cara en el espejo de la polvera, y luego examinó todo lo que había dentro de la cartera. Pensaba que iba a coger los ocho billetes de una libra que mi tío me había pagado, pero se limitó a contarlos, lamiéndose la punta de los dedos, y luego los devolvió a su sitio, con cuidado. Me dije que hoy no tocaba robar cadáveres; luego fingí que me despertaba, estirando los brazos hacia él, y él dejó el bolso y volvió a echarse a mi lado, acariciándome el pelo de un lado para otro, como si fueran limaduras de hierro.

A mi tío se le metió en la cabeza que quería celebrar una fiesta de cumpleaños para mí, en su jardín. Iba a cumplir los veinticinco. Su plan era hacer venir a algunos obreros para que limpiaran el terreno, arrancaran las malas hierbas y los brotes de árbol, podaran los arbustos y montaran un toldo. Incluso pensó en contratar una banda de baile para la ocasión o, si eso no podía ser, tomar prestado el gran sistema de sonido que utilizaban en las clases de baile. El plan de la fiesta de cumpleaños era parte de su lado exhibicionista, del hombre que, en un tiempo, fue dueño de una casa en Millionaires' Row, que había volado en primera clase a Nueva York en 1961 y que había visto actuar a Eartha Kitt en el Carnegie Hall. El gusto por el lujo, los pasteles de nata y la putas entradas en carnes ya estaba allí antes de que lo convirtieran en esclavo en Ucrania, pero cuando dejó de ser esclavo, volvió con furia. Tenía hambre, codiciaba la vida y las posesiones materiales. Comida, lujos, carne. Luego, de nuevo, catorce años en prisión. Su existencia era una serie de cielos e infiernos.

Por eso soñaba con mi fiesta de cumpleaños. Ya no era millonario; incluso cuando lo fue, la mayoría de su dinero sólo existía sobre el papel; pero no era pobre y no tenía nada en qué gastarse el dinero. Se podían decir muchas cosas de mi tío, pero nunca fue avaro. No era el dinero lo que quería, sino lo que se podía comprar con él. La riqueza, por sí misma, no le interesaba.

No creí que hablara en serio sobre la fiesta hasta que llegaron los obreros con sierras mecánicas, guadañas, un lanzallamas, enormes bidones de plástico llenos de herbicidas y tijeras de podar. Arrasaron con los dientes de león, las margaritas, los ranúnculos, los arbolitos jóvenes, la hiedra que se aferraba a todo, las hileras de menta que enviaban sus brotes subterráneos a través de la valla, la propia valla con sus tablas podridas. Lo único que quedó fue la tierra desnuda, con unas pocas matas de hierba herida, sangrante, el matorral de lilas y un fresno. Al día siguiente, después de que esta política de tierra quemada concluyera, volvieron, cavaron un agujero y plantaron un cerezo, que prometieron que florecería a la primavera siguiente.

No sé si Eunice intentó disuadirlo de sus ideas cada vez más complicadas. Él se sentía dolido por sus celos. Yo era lo único que tenía; era la que lo redimiría, no sólo relatando su historia, el libro que imaginaba, de verdad, que lo imprimirían, lo publicarían y lo venderían en las librerías, sino mediante la permanencia de su recuerdo en otra mente, la idea de que era un padre para mí, en igual medida que su hermano. O más incluso. Porque debió de comprender que yo estaba más cerca de él en la escala del derroche y las ansias de vivir que el pálido joyero, con gafas, con el traje grisáceo, que contaba sus días a través de la tierra fantasmal de la pantalla de la televisión.

Y tenía razón. Soy como él. Tengo todos sus defectos.

Así que los planes para la fiesta tomaron cuerpo. Se contrató un entoldado; Eunice organizó el *catering*.

—¿Te importa —me preguntó mi tío— si invito a algunos de mis socios? Quiero que vean a la secretaria tan guapa que tengo y el libro tan estupendo que va a sacar de mí. De mi vida.

—Claro que no —dije, divertida ante aquel desmedido orgullo.

A mí, la fiesta me parecía una farsa; no sabía si vendría alguien. Pero Sándor estaba invitando a todo el mundo: Jim, el de las clases de baile, y el profesor con el bolso reversible de piel de cocodrilo.

—Vamos a tener un tango de exhibición —afirmó.

—¿Qué te vas a poner? —preguntó Eunice—. Tienes más aspecto de *beatnik* que nunca.

—Bueno, por supuesto —intervino mi tío— que te llevaremos a la tienda para comprarte un vestido. Especial para la ocasión.

—No hace falta —dije—, ya tengo un vestido, el que me compró.

—No, no, es preciso que tengas un vestido nuevo. Ah, por cierto, ¿invitarás a tus padres?

—¿Por qué no?

Aunque nunca habían sido amigos, ni siquiera en la infancia, creía que deberían reunirse de nuevo. Y entonces descubrí que esto era exactamente lo que mi abuela habría querido, y que me tocaba a mí, la siguiente generación, cumplir sus últimos deseos.

Fue la muerte de su madre, en noviembre de 1956, lo que lo trajo aquí, a Londres, no el levantamiento fracasado contra los tanques soviéticos. Un tumor se había desarrollado, sin que nadie se diera cuenta, en el pecho de mi abuela; ninguna mano la tocaba ni acariciaba desde que se habían llevado a su marido para hacer trabajos forzados en 1939. Yacía en el hospital, enferma y frágil, y ordenó:

—Hijo, vete a buscar a tu hermano, vete y quédate con él; mis dos hijos deben estar juntos. Ve —dijo—, ve.

Atesoraba las cartas que mi padre le enviaba a partir del final de la guerra, en las cuales se limitaba, prudentemente, a hablarle de cosas generales y evitaba cualquier mención a su vida en Londres, para evitar el lápiz del censor. Era la primera vez que Sándor mencionaba, aunque indirectamente, que tuviera una sobrina, esperando a ver si mordía el anzuelo, pero no lo hice, no en aquel momento. Estaba digiriendo la información de que mi abuela lo había sabido todo de mí desde mi nacimiento hasta que tenía tres años, cuando ella murió. Tenía un retrato mío en un marco de plata, encima del pequeño escritorio de su piso, y se lo llevó con ella al hospital oncológico. Sándor dijo que yo estaba allí, con ella, cuando murió; los dos estábamos allí, él y la pequeña. Todavía conservaba la fotografía, pero no el marco, claro; tuvo que abandonarlo cuando se fue, pero seguía llevando el retrato en el bolsillo de la chaqueta, junto al corazón, cuando abandonó Budapest.

Me lo enseñó una semana más tarde, después de la fiesta; un trozo de papel con los bordes desiguales, y yo en él, una niña con la cabeza redonda y el pelo negro, en brazos de mi madre, en la salita de Benson Court. Había olvidado lo luminosos que eran los ojos de mi madre y el suave brillo de su pelo. Una mano, sin cuerpo, con unas uñas muy cuidadas se apoya en su hombro: mi padre. No tengo ni idea de quién hizo la foto.

El 1 de diciembre, dos semanas después de morir mi abuela y de que su hijo mayor la acompañara al cementerio, sabiendo que ya no estaba atado a nadie, que no quedaba nadie vivo que hubiera sido, una vez, un Klein, que viniera de Mád y que no se hubiera «ido por la chimenea», se internó en la nieve con un grupo de otros refugiados y cruzó la frontera con Austria, mientras el ejército disparaba contra ellos cuando iban adentrándose entre los árboles. Dijo que había sido fácil para él: «Sólo un paseo en el bosque, comparado con lo que hicimos durante la guerra y, esta vez, con un buen abrigo y botas».

Cayó una tormenta de nieve que borró sus huellas. Más adelante se veían las luces de un pueblo; amainó el viento y todo quedó en silencio. Alguien dijo que le parecía haber visto un águila, y todos se rieron. ¿Cómo podía haber allí un águila, que era un pájaro de los libros y los cuentos de hadas? Un niño se secó la nariz con la manga, y su madre lo regañó por estropear una chaqueta buena con mocos. Mi tío pensaba en todas las chicas con las que se había acostado, y en sus nombres y el orden en que aparecieron. La que llevaba una peluca, porque se le había caído el pelo, la que tenía un pie tullido, la de la mano deforme, y de repente cayó en la cuenta de que le atraían las mujeres que estaban ligeramente desfiguradas, que no eran totalmente perfectas o completas. Se preguntó por qué. Pero no era de carácter introspectivo, y abandonó la idea.

Cruzaron la frontera. Mi tío vio Occidente por primera vez. Le dieron un traje nuevo. Pasó un par de semanas en un campamento de refugiados; luego Viena y el viaje en un vagón de ferrocarril hacia lo que nunca antes había visto, la costa. El mar. Gris, con surcos. Inestable. El ferry, el desembarco en Dover, y el tren de vapor hacia el norte, a Londres. Un hermoso día, luminoso, despejado, lleno de escarcha, frío, dijo. Abrumado por todo lo que veía por la ventana, el vapor que se hinchaba contra el sol de color limón, y dentro del vagón, el asiento de felpa de color granate en el que se sentaba, húmedo debido a su excitación.

¡Casas!

—Todas tenían jardín, podía verlos —dijo—, porque llegaban hasta las vías del ferrocarril, algunos con árboles frutales, otros con rosales, y otros que estaban abandonados y llenos de maleza, como si nadie los cuidara. Las ventanas largas y las casas altas. Nunca había visto nada parecido en Hungría, sólo bloques de pisos alrededor de un patio, donde todos están enterados de los asuntos de los demás. Más tarde oí la frase que dicen aquí: «El hogar de un inglés es su castillo». Tenemos un castillo en Buda, donde antes vivía el rey, supongo. Pero en Inglaterra, cada hombre puede ser un rey, hasta yo. Eso es lo que comprendí, antes incluso de llegar a la ciudad.

»Miraba las casas, las devoraba con los ojos. Quería saber de quién eran y quiénes eran los que vivían en ellas y cuánto pagaban de alquiler y a quién se lo pagaban. ¿Qué leyes gobiernan estas transacciones? ¿Cuánto dinero podía sacar de ellas alguien como yo? Éstas eran las ideas que me pasaban por la mente mientras el tren me acercaba cada vez más a mi nueva vida. Había también muchos gatos en los jardines que veía desde el tren. Y ardillas, subiendo y bajando de los árboles, y nidos de pájaros, muy claros, en las ramas desnudas. Todo me maravillaba.

El mejor momento para estar aquí era justo después de la guerra. Si el tío Sándor no hubiera sido desmovilizado en 1944 y enviado de vuelta a Budapest, si lo hubieran liberado los británicos o los norteamericanos y lo hubieran enviado a un campamento de personas desplazadas, quizá hubiera llegado a Inglaterra diez años antes de lo que llegó. Me dijo que, por aquel entonces, podías ir a la sala de subastas de Queen Victoria Street y comprar una casa por diez libras, hasta por cinco. Así era en aquellos días. Comprabas a precios tirados y vendías caro. Era un filón, y no había impuestos sobre la plusvalía. Si Sándor hubiera estado en Londres entonces, se habría convertido en millonario en propiedades y, para cuando lo metieron en la cárcel, ya se habría retirado. Pero al llegar en 1956, hizo unas cuantas preguntas, le dieron unas cuantas respuestas y se formó una opinión sobre cómo un hombre como él —un refugiado sin nada— podía ganarse bien la vida, podía incluso prosperar y hacerse rico.

Fue un encuentro casual en la calle lo que lo condujo a su nuevo género de actividad comercial. A mi tío siempre le gusta estar en el centro de las cosas, donde está la gente; allí es donde se ven las oportunidades, no quedándose sentado en una habitación amueblada contemplando las cuatro paredes. Descubrió que el lugar donde había que estar era Picadilly Circus, donde estaba la estatua del niño con la flecha, esa que todo el mundo admiraba tanto, o también Oxford Circus, donde se encuentran cuatro calles importantes y cada una tiene grandes tiendas y mucha gente; gente con dinero en el bolsillo, gente que quería hacer compras; allí había oportunidades, todo el mundo lo sabía.

En Regent Street, alrededor de las cinco de la tarde de un sábado de invierno, justo antes de Navidad, Sándor se tropezó con un joven que vendía ositos de cuerda, que sacaba de una maleta.

Aquel pobre tipo no tendría más de veintidós años, veintitrés máximo, ya era calvo y llevaba una peluca horrible. Con su traje y sus zapatos de ante azul y suela de crepé, iba dándole cuerda a los ositos, que corrían por la acera entre las piernas de la muchedumbre que se había reunido para mirar. A mi tío no le interesaban esas cosas infantiles, pero no tenía nada mejor que hacer. Vio cómo el chico vendía los ositos con mucho éxito; los vendía fácilmente. Pero el muchacho, por su parte, vio que Sándor lo miraba y mi tío comprendió enseguida que lo tomaba por un policía, porque empezó a meter los osos a toda prisa en la maleta, presa del pánico.

No lo hacía muy bien. Había osos caídos patas arriba en la acera. Algunas cabezas y brazos se rompieron porque era evidente que eran basura barata y, en todo caso, probablemente robados. La visión de los ositos con los brazos y las piernas rotos, decapitados, asustó a los niños y algunos rompieron a llorar.

—Quiero que me devuelvas el dinero —exigió una mujer, mientras intentaba arrancar el osito comprado de manos de su hijo, pero una vez que un niño tiene un juguete, no lo suelta, y ahora había muchos gritos y llantos, y entretanto el chico de la peluca corría de arriba abajo tratando de recoger todos los osos.

Con su inglés muy elemental, Sándor le explicó que no era policía, y para demostrárselo se puso a gatas y empezó a ayudarlo a meter los osos de nuevo en la maleta. Juntos, los dos procuraron volver a colocar las cabezas y los brazos en su sitio y a darles cuerda con la llave para ver si seguían funcionando; ahora tenían un montón de osos dando vueltas y, naturalmente, descubrieron que el mejor idioma para entenderse no era el inglés ni tampoco, claro, el húngaro que el chico desconocía por completo, sino su *mama loshen*, su lengua materna, la que aprendieron cuando eran niños, el uno en el pueblo de Zémplen, el otro en Bethnal Green; la lengua que se habla, o se hablaba, ahora ya no, en todos los países de Europa, cruzando todas las fronteras, y así un inglés y un húngaro podían hablar el uno con el otro. En *yiddish*.

El chico se llamaba Mickey Elf. Fueron a un *pub* a tomar algo y mi tío le explicó su situación, para que Mickey supiera desde el principio que, aunque Sándor era el inmigrante, el refugiado, mientras que Mickey era el nacido aquí, el patrón sería él. Así que empezaron juntos, Mickey se ocupaba de una cosa, y mi tío de la otra. Mickey tenía todos los contactos.

Siguiendo el consejo de Mickey, mi tío montó una agencia de alquileres, algo que cualquiera podía hacer, podías llevarla desde una habitación amueblada, pero el dinero estaba en ser propietario de las casas y cobrar el alquiler. Mickey le explicó que se podían comprar casas muy baratas, pero el problema eran los inquilinos protegidos, los que la ley amparaba: no los podías echar ni subirles el alquiler. Había que encontrar medios para sortear este problema, pero mi tío dijo que siempre había sistemas, claro que los había. Lo único necesario era cerebro, y él lo tenía.

Lo que yo sabía, lo que sabía cualquiera que hubiera seguido el juicio —o que hubiera leído sobre él en la prensa, mirando el rostro de la maldad— era la miseria, las paredes que rezumaban condensación, los niños que morían de bronquitis, el frío glacial que hacía tiritar y que soportaron, como inquilinos del tío Sándor, los primeros recién llegados del Caribe.

—Déjame que te diga a quién nadie le quería alquilar nada —me dijo—. A la gente de color, los antillanos que bajaban de los barcos que venían de sus islas, los que traían aquí para conducir los autobuses y todo eso. ¿Por qué? ¿Por qué no querían alquilarles nada? Su dinero era del mismo color que el de todos los demás, no había nada diferente. El billete de diez chelines era del mismo color marrón en manos de un inglés que en las de un jamaicano.

»Prejuicios. Eso es todo. Llegaban a la estación Victoria, el mismo sitio al que llegué yo, por cierto, y les amontonaban todo el equipaje junto al andén, y los rateros y ladronzuelos, los buenos ingleses, iban y compraban un billete de andén y hacían su agosto. Llegaban con grandes esperanzas en el corazón, ¿y con qué se encontraban? Letreros: "Gente de color, no", "Perros, no". Estos letreros, yo los conocía por mi propia experiencia, aunque tengo la piel clara.

»Nadie obligaba a la gente de color a entrar en mis casas. No tenía que enviar a ningún matón a buscar clientes. Todos conocían mi nombre, el nombre de Sándor Kóvacs era tan familiar para ellos en aquellos días como el de Duke Ellington o Sonny Liston. En el juicio, un caballero antillano trató de hablar en mi favor: "Era un salvador y la gente lo respetaba", eso es lo que dijo, y ni siquiera era uno de mis inquilinos, sino lo que llaman un asistente social. ¿Y qué si les cobraba un alquiler más alto del que habría pagado un inquilino de una vivienda protegida? ¿Es que soy una entidad de beneficencia?

»Un piso, una habitación sin amueblar, no podías echar al inquilino, podían quedarse allí toda la vida y ni siquiera podías aumentar el alquiler sin ir a un tribunal. Era la ley. Un piso amueblado, eso era diferente, a los inquilinos de pisos amueblados les podían cargar el alquiler más alto que aceptara el mercado y podías echarlos con un mes de aviso, y si no se iban, podías enviar a la policía para que los echara.

»Dime, ¿qué antillano tiene muebles propios? No viene aquí con una mesa y una cama. Yo se lo proporcionaba todo: la cama, la mesa, los fogones para que pudiera cocinar el arroz y los guisantes. Puede que el colchón huela a orines. ¿Y qué? En el sitio de donde yo vengo, ni siquiera había un colchón. Déjame que te diga algo: durante la guerra, las habitaciones que alquilaba habrían sido un palacio para mí. Me llamaron parásito. Escucha, los parásitos eran los aristócratas, los propietarios, sentados sobre el culo cien años, esperando a que los alquileres subieran. Yo, en cambio, al principio trabajaba todas las horas del día, cobrando los alquileres y vaciando los contadores del gas, vaciaba los peniques en cubos y los cargaba hasta casa, en el autobús, antes de tener coche. Así eran las cosas.

»Más tarde contraté cobradores. Siempre empleaba a su propia gente, antillanos, igual que ellos. Les daba un trabajo cuando todas las puertas se les cerraban en la cara. Les decía que el alquiler eran seis libras, que ellos se quedaran cinco chelines. ¿Entiendes?, van a comisión, tienen un incentivo. En el juicio dijeron que amenazaban a los inquilinos si no pagaban puntualmente. ¿De quién era la culpa? Yo nunca amenacé a nadie. Es de su propia gente de quien tendrían que quejarse, no de mí.

»Por supuesto, cuando los antillanos se instalaron, los inquilinos blancos, los que pagaban una libra a la semana y encima se quejaban, unos alquileres tan bajos que ni siquiera vale la pena cobrarlos, pusieron el grito en el cielo. ¿Cómo me atrevía a darles a esa gente de cara oscura por vecinos? Tocan música toda la noche, beben ron, dan fiestas. Animales.

»¿No les gusta?, les decía. Pues váyanse a otro sitio.

»Entonces me acusaron de obligarlos a abandonar su casa, de meter a chulos y prostitutas en casas respetables. Ésta es otra cuestión. A estas alturas, ya me conoces. Sabes que siempre he llevado esa clase de negocio.

—Pero ¿y su hermano? —interrumpí—. ¿Cómo fue la reunión? Mi tío se enfadó mucho.

—No —dijo bruscamente—. No resultó bien. —Y alargó la mano para parar el magnetófono y decirme, así, que la sesión se había acabado y que era hora de que empezara a pasar las cintas a máquina.

El día antes de mi fiesta llegó un nuevo grupo de obreros y cubrieron el jardín con un toldo carmesí, que proyectaba un tembloroso brillo rosado sobre todas las cosas cuando el suave viento hacía ondear la lona. Se subieron en escaleras y adornaron la carpa con guirnaldas de flores y con el número 25 hecho con cartón dorado, y en un extremo colocaron una arcada de flores y tres peldaños de madera, pintados de color dorado, que llevaban a un estrado con un trono dorado, por encima del cual había una corona suspendida de un cable unido a una polea. Las mesas de caballetes, con manteles blancos, estaban llenas de cubos de hielo, copas, platos y cubiertos alquilados. Había mesitas pequeñas y sillas esparcidas por todas partes; cada silla tenía un lazo dorado y un 25 dorado con una borla plateada. Le habían pasado el rodillo al desigual suelo y habían extendido planchas de césped de plástico.

—Mira todo esto —dijo mi tío—. ¿Has visto alguna vez una cosa igual? ¡Magnífico! Además, no creo ni que vaya a llover. Una hermosa noche, dicen que hará.

—Lo has hecho muy bien, Sándor —dijo Eunice—. Es como un palacio de cuento de hadas. Mucho mejor que la celebración del jubileo.

—Eso fue para la reina, pero esta chica también es una reina. Espera a que oscurezca; hay farolillos de papel, pero con velas de verdad dentro. ¡Y la comida! Suntuosa. ¿Suntuosa es una palabra?

—Sí, es una palabra —respondí.

—¿Lo ves? Mi inglés mejora todo el tiempo. ¡Qué suerte tuve al encontrarte en el parque!

—Sí, qué coincidencia. —A estas alturas, Sándor y yo sabíamos, creo, lo que el otro sabía. Dos gatos nos habían comido la lengua; tenían sus garras bien clavadas en ella, pero esta noche sería la noche de las revelaciones, la reunificación de los dos hermanos, y los secretos que estaban ocultos saldrían al descubierto.

—¿Quién ha organizado todo esto? —pregunté, mirando alrededor y acordándome del Hotel Negresco y su exhibición de opulencia.

—¡Harrods, por supuesto! La mejor tienda del mundo donde, como te dije, puedes comprar cualquier cosa que quieras: un gato, un perro, una carpa. Se han cuidado de todo, una gente muy, muy estupenda. Y tengo una sorpresa. Una enorme sorpresa para ti, Meiranda.

—Ah, sí, Miranda —dijo Eunice, volviéndose hacia mí—. En beneficio de la cual es todo esto. Porque es su cumpleaños.

—No pasa cada día que alguien cumpla veinticinco años —dijo mi tío—. El día que yo cumplí veinticinco, eso fue un asunto diferente.

—Y ni siquiera eres familia, ¿no es verdad, Miranda? —añadió Eunice, taladrándome con sus ojos negros.

—Pero esta noche conoceremos a su familia. Has dicho que van a venir, ¿eh?

—Sí, vendrán.

—Estupendo. Qué sorpresa se llevarán —afirmó mi tío.

—Desde luego. Por cierto, ¿quién se sentará en el trono?

—Tú, claro. Tú eres la reina.

Lo miré, aterrada. Un frío pavor me inundó.

—¡Yo no voy a sentarme ahí!

—No seas tonta, ¿quién, si no, tendría que sentarse?

—No lo sé, pero yo no.

—¿Por qué no?

—¡Me da vergüenza!

—¿Tienes miedo de ponerte colorada porque la gente te mire? ¡No te preocupes, aquí estás entre amigos!

—A mí no me importa sentarme en un trono —dijo Eunice—. No volveré a ver los veinticinco, pero si un hombre me quiere tratar como a una reina, no lo desprecio.

Empecé a sentir pánico. ¿Podía no presentarme a mi propia fiesta, ya tan avanzadas las cosas, e impedir que otros asistieran?

—Y tenemos un vestido nuevo para ti —dijo Sándor—. Espera a verlo, es una belleza. Eunice lo encargó especialmente.

—Sí, de Italia.

—¿Dónde está? —pregunté, mirando alrededor.

—Hice que te lo enviaran —respondió mi tío.

—¿Adónde?

—A tu casa, claro.

—Pero usted no sabe mi dirección.

—Querida mía, tengo colegas; lo saben todo de cualquier persona. —Me cogió la mano y me la besó, con los ojos húmedos. Entonces no me quedó ninguna duda.

Todo el mundo iba a venir a la fiesta para conocer al hombre misterioso, con la gran biblioteca, que había sido mi jefe durante los dos últimos meses. Mis padres habían aceptado asistir; Gilbert, el humorista, también se presentaría; la bailarina y el plutócrata estarían aquí, con toda seguridad, porque les encantaban las fiestas de cualquier tipo, en especial aquellas donde conocerían jóvenes, sin compromiso, y ella tendría ocasión de rememorar sus días *en pointe*. Varios de mis compañeros de la Liga Antinazi habían aceptado la invitación, y claro, el adlátere de mi tío, Mickey Elf, con su esposa Sandra. Sólo Claude no podría venir, porque tenía el turno de noche; llegaría cuando estuvieran tirando a la basura la última botella vacía de ginebra, pero tenía un regalo para mí:

—Porque tengo un salario —dijo—, y puedo permitírmelo. Es una sorpresa.

Tantas sorpresas.

Me fui a casa a principios de la tarde y me encontré a mi madre en el recibidor, con una caja en las manos.

—Ha llegado algo para ti, ¿qué es? —preguntó—. Me muero de ganas de que lo abras.

—Creo que es un vestido.

—¿Quién te ha comprado un vestido?

—Un admirador.

—¡Tú y tus secretos!

—No me hables de secretos —dije, abriendo la caja—. Tú eres la de los secretos, no yo.

Mis padres llevaban varios días preocupados por la fiesta; cómo llegarían hasta allí, qué se pondrían y si era apropiado llevar algún tipo de regalo para el anfitrión, quizás una caja de After Eight o de bombones Black Magic, que habían visto en las tiendas y que consideraban muy refinados y de clase alta. Mi madre encontró un vestido de lino de color crema, de sólo dos temporadas antes, en la tienda Oxfam. Ató una cinta a su bastón marrón, con punta de goma:

—Porque es muy feo y viejo. A veces me da vergüenza llevarlo. —La miré mientras anudaba los extremos del satén blanco para hacer una lazada, la mujer que toda su vida había tenido que soportar el estigma de su invalidez. Levantó la mirada—. Ya está —dijo—, así queda mucho más bonito, ¿no te parece?

Hasta aquel momento no había comprendido lo mucho que mi madre debía de odiar el símbolo de su impedimento de toda la vida. Pensaba que, porque llevaba aquellos chalecos de fieltro marrón, no le importaba su aspecto, que se vestía sólo pensando en lo práctico. Me sentí violenta por no haberme dado cuenta nunca antes de que aquel feo bastón siempre iba con ella y que debía de hacerla sentir fea, además.

Me vio la cara.

—¿Qué? ¿No te gusta? ¿Sería mejor quitarlo?

—No, déjalo. Lo anima un poco.

—No quiero dejarte en evidencia delante de tus amigos y de ese hombre importante que te contrata. Para eso, tu padre ya se basta él solo.

—Nunca me dejarás en evidencia —dije—. No pienses eso. Cuando tenías mi edad, ¿odiabas tener que llevar siempre el bastón?

—Pues claro, ¿qué chica joven no lo odiaría?

—¿Te volvía tímida con los chicos?

—Sí.

—¿Cómo fue que conociste a papá?

Hizo una pausa y luego sonrió. Tenía unos labios preciosos, que dicen que he heredado de ella. Su cara lavada tenía un lustre sano que se había apagado con los años, arrugándose profundamente, pero aquellas ocasionales sonrisas la iluminaban,

—Déjame que te cuente un secreto, pero no se lo digas a tu padre; sólo te lo digo porque es un día especial. No fue a Ervin al que conocí primero de la familia; fue a su terrible hermano. Pasó junto a mí cuando yo estaba en un café con unas amigas y me saludó, levantándose el sombrero, así sin más. No era un saludo dirigido a las otras, sino a mí. Mi bastón estaba apoyado en la mesa, o sea que no fue un error. Lo sabía. Me quedé muy sorprendida y me sonrojé, pero él se acercó y me pidió que aceptara tomar un helado con él, al día siguiente. Bueno, ¿sabes?, nadie me había prestado una atención de esa clase antes, así que fui. ¿Por qué no? Para mí era una aventura. Fui yo sola, tenía dieciocho años.

—¿Adónde fuisteis?

—Ah, a un café junto al río, donde te podías sentar fuera, tomar helados, mirar hacia Buda, al otro lado, y a los botes que pasaban por el río. Bueno, con sólo unos minutos hasta una inocente podía ver que era un mal hombre, un mujeriego, que no era para mí en absoluto, pero ¿quién apareció entonces, sino Ervin? Y él nos presentó y entonces Ervin, bueno...

—¿Así que conociste a Sándor antes que a papá?

—Sí, sólo un día antes. Pero tengo que reconocer que si no lo hubiera conocido, entonces tampoco habría conocido a tu padre y ¿dónde estarías tú ahora, eh?

—En ningún sitio.

—Exacto.

—Y luego, claro, Ervin tuvo la sensatez de sacarnos de Hungría, justo a tiempo. Sándor no tiene esa sensatez.

—¿Qué aspecto tenía?

—Era feo, pero muy atractivo al mismo tiempo. Verás, era un chulo, sabía cómo hablar a las mujeres.

—¿Por qué crees que te saludó levantándose el sombrero y te invitó a un helado?

—No lo sé. Es una persona complicada.

—¿Qué viste en papá?

—Tenía unos ojos muy bonitos. Incluso detrás de las gafas. Los ojos de un hombre que mira.

A la mañana siguiente, durante el almuerzo, me dieron mi regalo de cumpleaños: un collar de aljófares.

—Porque sabemos lo mal que lo estás pasando —dijo mi padre—, y necesitas algo especial. No creas que no sabemos o que no nos importa por lo que has pasado. Una cosa tras otra.

—Exacto —dijo mi madre.

El collar de perlas era un símbolo del amor que mis padres sentían por mí, un amor extraño y mal expresado, pero amor de todos modos. Y el amor es más fuerte que la muerte, como dicen las Escrituras, y más poderoso que la tumba. ¿No es así?

No fui a casa de Sándor hasta última hora de la tarde. Me dijo que tenía muchos asuntos entre manos. Más sorpresas, sin duda. Mi madre se lavó el pelo y yo la ayudé a peinarse. Durante unos minutos experimentamos con un poco de maquillaje, pero las dos estuvimos de acuerdo en que estaba mejor sin y se lavó la cara para quitárselo.

—Soy una persona poco atractiva —dijo—. Así es como soy.

Cuando mi padre llegó a casa del trabajo, cogió unas tijeras y salió al jardín comunitario, por vez primera desde 1944, la última noche en el refugio antiaéreo subterráneo. Cortó una rosa amarilla —un capullo a punto de abrirse—, la llevó arriba, en el ascensor, con el tallo espinoso envuelto ligeramente con un trozo de papel higiénico, luego se sentó a la mesa, le quitó pulcramente las espinas, y la colocó en un vaso de agua, para ponérsela más tarde en el ojal.

—Vaya, eso sí que ha sido un esfuerzo —dijo mi madre.

El jardín estaba esperando. Tuve que reconocérselo a mi tío. Había hecho un trabajo fabuloso en la organización de un espectáculo. En nuestro honor siguió haciendo buen tiempo; era una noche de verano templada y agradable, sin demasiada humedad, una noche para llevar los brazos al aire, quizás con un chal ligero, y con todas las posibilidades de que la fiesta fuera un éxito total. Recordé un comentario que Claude había hecho unos días antes: dijo que el ferrocarril funcionaría a la perfección, si no fuera por los pasajeros.

Los tres estábamos debajo del entoldado de color rosado, esperando nerviosamente a que llegaran los primeros invitados, mi tío y Eunice cogidos de la mano. Por un segundo lo vi, en sus buenos tiempos, con la casa en Bishop Avenue y todas sus caras chucherías, la cadena con diamantes del reloj, los zapatos de gamuza. Le susurró algo a ella, y ella se rió.

Pasaron los minutos, y los tres sentíamos el pánico de quien da una fiesta a la que no se presenta ningún invitado, aunque yo sabía que mis padres venían de camino, que se estaban dirigiendo a la estación de metro.

Pero entonces aparecieron dos figuras, un individuo con aspecto de gnomo, con una peluca escandalosamente evidente, acompañado de una rubia, de cara rubicunda, varios centímetros más alta que él, vestida de terciopelo azul eléctrico.

—Ah, Mickey —dijo mi tío, dándole un abrazo—. Elegante y madrugador.

—Un poco, un poco.

—Hace poco que ha desayunado —dijo Sandra—. Pescado frito frío y kétchup. ¿A esto lo llama desayuno? ¿Tengo que pasarme todo el día friéndole pescado?

—Proteínas —replicó Mickey—. Te dan energía. Y el pescado es alimento para el cerebro.

—Todos sabemos quién tiene cerebro aquí, ¿no es verdad, Sammy?

—Pero tu Mickey tiene buen corazón, Sandra, y eso cuenta mucho.

—Tú debes ser la chica del cumpleaños —dijo Mickey—. ¿Puedo darte un beso?

Le acerqué la mejilla. Su aliento olía a whisky y platija con salsa de tomate.

—¿En qué andas metido, Mickey? —preguntó mi tío.

—En esto y aquello, de aquí para allá.

—Anoche durmió en el trastero —dijo Sandra.

—Trabajo, preciosa, no quise despertarte.

—¿Qué guarda en el trastero? —pregunté.

—De todo —respondió, escueto—. ¿Hay algo para beber por aquí?

—Claro —contestó mi tío—, y ni siquiera tienes que servirte tú, tenemos camareros que te traerán lo que quieras.

—Qué vestido tan elegante —me dijo Sandra, cuando los hombres se fueron a poner en marcha el servicio de bar.

—Es un regalo de Sándor; lo eligió Eunice.

—Esa *shvartze** tiene gusto, lo reconozco. Mira este vestido

* Mujer negra, en *yiddish*. (N. de la T.)

que llevo. Sólo tres libras y unos cuantos chelines extras para los arreglos. Mi Mickey lleva su mejor peluca. La hicieron especialmente para él. Un precioso tono castaño y un aspecto muy natural, ¿no crees?

—Pero se sigue viendo que es una peluca —dije yo.

—Pues claro. Si te gastas todo ese dinero, quieres que se vea en algo.

El jardín tenía ese aire de excitación latente, de un espacio que está a punto de llenarse, aunque algunos nunca lo hacen y se hunden en una triste desesperanza. Llegó Jim, el de la clase de tango, y luego una pareja a la que yo no conocía, y después más bailarines de tango. Todos mostraron admiración por el entoldado y los adornos, y al poco entró una pareja de la Liga Antinazi. Al principio los camaradas de la Liga miraron alrededor desconcertados, abrumados por lo decadente del toldo y el bufé, y, claro, por el horrible trono y los 25 de oro y plata. No creo que reconocieran siquiera a mi tío; hacía mucho tiempo, ellos eran niños y, además, ¿quién esperaría tropezarse con el asesino de niños negros en glaciales cuartos amueblados, con una mujer como Eunice del brazo?

Luego, al ver al grupo de tango que contemplaba admirado la decoración, gravitaron hacia ellos y pronto formaron un animado grupo que discutía la situación política.

—Entraban en la tienda —dijo Jim—. Aterrorizaban a los niños que compraban sus caramelos y a la anciana con la revista. Tendríais que ver cómo vestían, con los pantalones arremangados hasta media pantorrilla y aquellas enormes botas con cordones y la cabeza pelada.

—Tienes que entender —dijo Dave— que Tyndal y esa turba utilizan a estos chicos de los barrios de viviendas de protección oficial para traer de nuevo la ideología nazi, explotando a la clase obrera. No son sólo racistas, son fascistas y, esta vez, en lugar de los judíos, es la gente como vosotros los que estáis en primera línea. Y tenemos que contraatacar en todas las ocasiones que podamos.

—¿Por qué no viene la policía y los arresta?

—Porque la policía está de su lado. Los apoyan, tienen miembros en la policía.

—Pero el Gobierno no permite…

—Ah, el Gobierno, esos traidores a su clase. ¿Creéis que les importa la clase trabajadora? Mirad todo el desempleo que hay…

—Y dicen que les quitamos su trabajo. Yo tengo una tienda.

—Exacto. Pero en este país, los negros siempre os habéis llevado la peor parte. Mirad lo que pasó cuando vinisteis, las terribles viviendas.

—Ah, sí, fueron malos tiempos, pero…

El jardín se iba llenando. Los invitados circulaban, charlaban, comían y bebían. Yo no perdía de vista la puerta, esperando que aparecieran mis padres. Llegó Gilbert, y la bailarina con el plutócrata, trayendo sus regalos.

—Esto es para morirse —dijo Gilbert, mirando alrededor—. ¿De qué va lo del trono?

—Se supone que yo me sentaré allí, y luego imagino que todos cantarán «Cumpleaños feliz».

—¿No vas a hacerlo, verdad?

—¡No!

—¿Cómo te vas a librar? Parece muy decidido. Es Sándor Kóvacs, ¿verdad? Me acuerdo que le hice una caricatura durante el juicio. Comiéndose bebés. Lo saqué de Goya, claro.

—Sí, es él.

—Así que es para él para quien trabajas. Fascinante.

—En realidad, sí que es fascinante, en cierto sentido.

—Siempre me he preguntado si tu familia tiene alguna relación de parentesco con él.

—Sí. Es el hermano de mi padre.

—¿Y quién es aquel duende de la peluca, el que va con la rubia pechugona?

El lazo del bastón marrón de mi madre entró en el jardín para poner a prueba el inestable suelo. Sólo una vez antes los había visto en una situación así, en mi boda, y la enormidad de la ocasión los había dejado tan abrumados que apenas empezaban a disfrutar cuando se acabó, y los recuerdos que pudieran haber tenido, cualquier posibilidad de revivir indirectamente el placer que pudieran haber sentido, quedaron borrados casi de inmediato, al principio mismo de la luna de miel. Por eso vi que esta vez estaban decididos a sacar todo lo que pudieran de la fiesta, aceptar copas de vino y hacerlas girar entre los dedos, aunque no tomaran más que un pequeño sorbo, y comer lo que les dieran sin arrugar la nariz ni hacer averiguaciones desconfiadas sobre el contenido y la preparación de lo que había en sus platos.

Mi padre me vio y sonrió. Fue una sonrisa de alivio, de saber que no estaban en una casa extraña, totalmente entre desconocidos.

—¡Mira! —exclamó mi madre.

—Precioso —dijo mi padre, con lágrimas en los ojos—. Nuestra hija en este escenario… como el país de las hadas. Hicimos una hija, ¿no es verdad, Berta? Y mira lo bien que lo ha hecho, incluso después de toda la tragedia.

Mi madre levantó su bastón adornado con cintas.

—Mira, allí.

—¿Qué?

—¿Es que no te has limpiado las gafas antes de salir? Mira adonde te señalo.

El bastón estaba levantado hacia mi tío, que estaba de pie, rodeando con el brazo la cintura de Eunice y hablando con un par de hombres de caras carnosas y manos que daban la impresión de ser incapaces de sostener las copas de vino sin hacerlas añicos sin querer.

En ese momento, una hilera de niños pasó junto a nosotros, dirigidos por una mujer que era, evidentemente, su maestra, porque uno de los niños decía:

—Señorita, señorita, tengo que ir al lavabo.

Mis padres se aplastaron contra la pared.

—¡Ya están aquí! —exclamó Sándor—. Por fin. Ya podemos empezar. Ahora, jovencita que hoy cumples veinticinco años, todo comienza.

—Ven —dijo Eunice y me cogió con fuerza por la muñeca—. Ven conmigo.

Me arrastró hacia el trono y me obligó a subir los escalones.

—¡Siéntate! —dijo. La polea descendió y la corona bajó hasta mi cabeza. Algunos invitados aplaudieron.

—¡Bravo! —exclamó el plutócrata, y la bailarina vino corriendo hasta el pie del trono e hizo una reverencia, alzando ligeramente la falda de su vestido de fiesta. Más aplausos. Los niños se habían colocado formando un semicírculo delante de mí, y mi tío se adelantó y levantó las manos. Estaba utilizando toda su fuerza de voluntad para impedir que le temblara el labio inferior.

—Milords, damas y caballeros —gritó—. ¿Me oyen todos? ¿Sí? Grito todo lo que puedo. Bien, no creo que tengamos un lord aquí esta noche, pero si hay alguno, es muy bienvenido. Éste es un gran día para mí. Algunos de los que estáis aquí me conocéis y otros no, algunos estáis pensando: «Espera un momento, reconozco a ese hombre». Sí, soy Sándor Kóvacs, del que leísteis cosas en el periódico, el mismo.

Hacía muchos años que el nombre de mi tío había aparecido en cualquier periódico. Era un hombre olvidado. A mis camaradas de la Liga Antinazi les costó unos minutos recordar que ése era el monstruo que sangraba a los inmigrantes, pero los activistas siempre tienen a mano algún eslogan, que llevan con ellos como si fueran granadas de mano, listas para ser lanzadas contra cualquier enemigo que se presente.

—¡Basura racista! —gritó Dave, levantando el puño cerrado.

—No hay ninguna necesidad de decir esas cosas —dijo Jim, suavemente, pero Eunice tenía algo más que eslóganes a mano.

Le arrebató a Dave el plato de comida de la mano y lo tiró dentro de una maceta con una palmera.

—¿Aceptas la comida de alguien y lo insultas a la cara?

—Era un salmón muy bueno —dijo Mickey—. Vaya desperdicio.

—Pues cógelo y cómetelo —dijo Eunice—. Y tú —le espetó a Dave—, cierra la boca y escucha lo que Sándor va a decir; puede que aprendas algo.

A mi tío no lo iban a parar. Había visto demagogos pronunciando discursos en diversos momentos de su vida, antes y después de la guerra. Sabía que debes seguir adelante y dejar atrás las interrupciones malintencionadas, que ya sabía que las habría. Los únicos invitados en los que estaba interesado eran su hermano y su cuñada, a quienes no podía ver bien del todo, en medio de la multitud, allá hacia el fondo del jardín, cegado por la luz de los focos que caían sobre el estrado. Eran su público, y los jóvenes, hombres y mujeres, con su ropa ridícula y sus panfletos infantiles, eran como una mota de pelusa que un hombre bien vestido se sacude del traje. Su única preocupación era el coro de escolares, cuya maestra, con el rostro demudado, trataba de llevárselos fuera del jardín sin que él se diera cuenta, pero que encontró el paso bloqueado por Mickey Elf, que le recordaba que le habían pagado en metálico por el trabajo y que no le gustaba la gente que no cumplía su contrato, aunque llevara gafas en la nariz y un estuche de música en la mano.

—Desde que salí de la cárcel —siguió diciendo mi tío— me han pasado dos cosas maravillosas. La primera es que he encontrado, por primera vez en mi vida, el amor de una mujer, de una mujer buena que ha sufrido más de lo que merecía. Me enamoré de ella por su belleza, su elegancia, su gusto exquisito (excepto en lo que se refiere a mí, claro; esto es algo desconcertante y no sólo para vosotros, ja, ja). Pero también me enamoré de ella por su ánimo, su fuerza y dignidad y su lealtad.

Señaló a Eunice.

—Es ella. ¿Todo el mundo la ve?

Eunice iba vestida primorosamente, como siempre, con un traje de cóctel negro y zapatos de tacón alto, con un lacito en la parte de atrás de cada tacón. Pero su cara, levantada hacia el estrado, con un toque de colorete en cada mejilla, irradiaba un brillo interno, como si hubiera una luz de color rubí encendida en su interior. Experimentamos una felicidad así, una o dos veces en toda la vida, cuando creemos (por lo general, equivocadamente) que todos nuestros problemas han quedado atrás y que el futuro será lo que siempre habíamos esperado. No he olvidado, nunca, su cara de aquella noche; lo que significaba para ella recibir el reconocimiento público de las cualidades que tanto se había esforzado por convertir en reales y permanentes: la manicura a última hora de la noche, cuando estaba tan cansada que los ojos se le cerraban y tenía que quitarse el barniz que ya se había puesto, porque se le había corrido y tenía que volver a empezar de nuevo; las clases de elocución; las revistas de moda que compraba en lugar de discos y que estudiaba cada noche para que cuando una clienta le preguntara cuáles eran las últimas noticias sobre el largo de las faldas pudiera contestarle sin vacilar.

Si mi tío hizo una cosa buena en su vida, fue aquel discurso; lo que le dijo al mundo sobre Eunice. Y luego fue más allá.

—Así pues, esto es lo primero. Delante de todas estas personas declaro mi amor por mi hermosa novia, Eunice. Excepto que ya no es mi novia, es mi prometida, porque esta mañana le he pedido que se casara conmigo y ha aceptado, y todavía no tenemos el anillo, pero llegaremos a eso en un momento.

La cara estupefacta de Jim. La mano en la cabeza, sosteniéndola, como si tuviera miedo de que se le cayera. Eunice, viendo por primera vez lo que debería haber sabido, lo que era obvio, incluso para mí, cuando lo conocí en la clase de tango, cuando me cogía con fuerza mientras bailábamos, pero con los ojos siempre fijos en ella. ¿Cómo podía competir con el hombre que le compraba regalos deslumbrantes y la llevaba a restaurantes caros?

234 • LINDA GRANT

Pero mi tío no había acabado sus revelaciones.

—¿Cuál es la segunda cosa que celebramos aquí hoy? —preguntó sonriendo—. Mirad a otra persona, la persona sentada en el trono, como una princesa.

Yo me quería morir.

—Tengo una sobrina y hoy cumple veinticinco años, y es un ser humano hermoso. ¿Cómo es? Es inteligente, curiosa, escéptica, con una alta moralidad y muchas otras cualidades. No le gusta ver injusticias; intenta corregirlas. Ésta es la clase de joven que es. Y aquí veo, en algún sitio, oculto en la oscuridad, como siempre, a mi hermano Ervin. ¡Mira lo que has hecho, mira a esta hermosa hija, Vivien! Un homenaje a ti, un homenaje. ¡Niños! Cantad. Ya.

Los niños levantaron la cara, abrieron la boca y trinaron juntos: «And I think to myself what a wonderful world». Cuando llegaron al final, pasaron directamente a «Cumpleaños feliz». Fue una actuación impecable. Aplausos. Luego rompieron filas y se dirigieron hacia el pastel de cumpleaños que estaban sacando en una mesita con ruedas. Yo intentaba bajarme del trono. Una vez más, Eunice me cogió por la muñeca, como una maestra que arrastra a un niño desobediente cogido de la oreja.

—Vas a cortar el pastel —dijo—. Hazlo bien.

—Enhorabuena —le dije con voz entrecortada—. Por el compromiso.

Mi tío me tendió un cuchillo de sierra.

—Haz el primer corte —pidió.

Yo miraba alrededor, tratando de ver a mis padres. No se me había ocurrido que la reconciliación se produjera así. Esperaba hacer una presentación discreta, precedida de explicaciones y ruegos. Iba a invocar las palabras de mi abuela, su sincero deseo de ver a sus dos hijos juntos de nuevo. Les recordaría todos los fantasmas que no podrían descansar mientras hubiera mala sangre entre hermanos. Los imaginaba deteniéndose y luego cayendo el uno en brazos del otro, llorando de alegría, como en esos programas de televisión que reúnen a parientes que se han perdido de vista hace mucho tiempo. Pese a todo, trataba de vencer mi sangre Kovacs; ansiaba un final feliz, cuando la historia debería haberme enseñado que lo máximo que se puede esperar es una tragicomedia.

Corté el pastel y luego corrí a buscar a mis padres, pero Sándor había llegado antes que yo.

—Ervin —dijo—. Has venido. Mi hermano pequeño. —Cogió a mi padre entre los brazos y lo estrechó con fuerza.

De repente recordé que se me había ocurrido decirle que mi padre tenía cáncer.

—¡Tú! —exclamó mi padre.

—Sí. Soy yo. Soy tan feliz de verte. Tienes… —Escudriñó la cara de mi padre buscando señales de enfermedad—. No, tienes un aspecto fantástico; vivirás para siempre, nos despedirás a todos. Ya sabes lo mucho que dura una verja que rechina.

Comprensiblemente, mi padre lo interpretó mal, pero Sándor siguió adelante.

—Vaya, ¿no hace ya cuatro años que me viniste a ver a la cárcel y me trajiste una foto de Vivien al graduarse en la universidad? Quiero que conozcas a mi prometida, Eunice, y quiero pedirte, como hermano, que hagas su anillo de compromiso, antes de que te falle la vista.

—Encantada de conoceros —dijo Eunice, tendiéndoles la mano.

Yo había visto a mi padre callado, pero no sin habla. Los ojos le daban vueltas detrás de las gafas, como si fueran tiburones nadando en círculos.

—¿Tú eres el hombre de la biblioteca? —preguntó mi madre.

—¿Qué biblioteca?

—Vivien nos dijo que iba cada día a catalogar una biblioteca.

—No, no hay ninguna biblioteca, Berta. Sólo le estoy contando la historia de mi vida para que pueda escribir un libro.

—¡Un libro! —exclamó mi madre, horrorizada.

—Sí, yo no tengo una hija como vosotros. No tengo nada que me prolongue en el futuro; quiero dejar las cosas claras.

—Eso podrías haberlo hecho en el juicio.

—No. Desde el principio, el principio de todo.

—¿Qué principio? —preguntó mi padre, que había recuperado el habla por fin.

—¿Sabes que me pregunta cosas que ni siquiera sé que recuerdo, por ejemplo del pueblo? ¿Te acuerdas del pueblo, Ervin? ¿Te acuerdas del día en que nuestro padre se peleó con el abuelo? ¿Te acuerdas de la hermosa *shul*?* ¿De los leones de piedra? Ah, que momentos tan estupentos he pasado volviendo a los días en que éramos niños.

El temor cruzó el rostro de mi padre.

—¿Qué derecho tienes de contarle todas esas cosas? ¿Quién te ha dado permiso?

—¿Por qué? No hay ningún secreto. He disfrutado recordando y contando.

—¿Qué mal hay en hablarme del pueblo? —pregunté—. Era interesante.

Mi padre se volvió hacia mí.

—Te hemos dado la vida, te hemos criado, te hemos protegido de todos los monstruos, de toda la suciedad que hay en el mundo…, de su suciedad.

—¿Qué suciedad?

—¿Te ha dicho lo que hace para ganarse la vida?

—Claro.

—¿Así que tú —le dijo mi padre a Eunice— eres una de sus chicas? No, no, estás un poco entrada en años para eso. Puede que estés retirada.

Vi cómo la cara de Eunice se volvía de color ceniza, como si la hubiera consumido el fuego y no quedara nada más que los carbones muertos y fríos.

* Sinagoga, en *yiddish*. (N. de la T.)

—Tú, *klipe** insignificante —dijo mi tío, con la cara teñida de repente de sangre oscura.

—Tú y tus nombres —replicó mi padre.

Los dos hombres se enfrentaron. Giraron el uno alrededor del otro, como luchadores. Vi cómo mi tío reunía toda su energía; las cicatrices de la espalda, los pulmones destrozados, todo hizo un esfuerzo para volver a tomar la forma de un cuerpo que pudiera combatir contra un enemigo mortal. Y mi padre subiendo rápidamente, como el mercurio sube disparado por el termómetro y salta por arriba como una fuente de plata, incapaz de seguir contenido en el tubo de vidrio.

No creo que mi padre hubiera tocado nunca a otra persona que no fuera su esposa y su hija desde que se despidió de su madre con un beso en la estación de Budapest. Incluso estrechar la mano a alguien era un tormento para él; lo detestaba. Sándor tenía matones que le hacían el trabajo sucio, pero era un hombre blando, un mujeriego. Así que ahora estos dos enemigos eternos recurrían al medio más poderoso que tenían para infligir un duro castigo al otro.

—Te voy a matar. Te enterraré en el suelo como si fueras un tesoro que nadie encontrará nunca porque no habrá un mapa —fue el primer asalto de mi tío.

—Ya, claro, y mientras estás cavando, ojalá cagues gusanos verdes —replicó mi padre.

—Espero que tus problemas sean tan graves que sangren por sus propias heridas.

—Ojalá conviertas en cenizas tu propio negocio y te olvides de asegurarlo primero.

—Ojalá te recorra un rayo por dentro.

—Que tengas un lamento en el vientre.

—Y pimienta en la nariz…

---

* Espíritu maligno, en *yiddish*. (N. de la T.)

—Por favor —dije, aterrada por esa catarata de maldiciones—. Basta. Yo sólo quería que fuerais amigos, hermanos. Mi abuela quería que los dos os reunierais.

—¿Qué sabrás tú de tu abuela? —preguntó mi padre, agarrándome con fuerza por la muñeca, que ya estaba dolorida por la fuerza con que me la había cogido Eunice—. ¿Qué te ha contado?

—Me ha dicho que era…

—Si alguien tiene que decirte algo de tu abuela, soy yo.

—Pero tú nunca me dijiste nada.

—Podías haberlo preguntado.

—¿Y qué me habrías dicho?

—¡Nada! ¿Qué tiene ella que ver contigo?

—¿Lo ves, Ervin? Esto es lo que la empuja a los brazos de su tío. Porque es una chica lista, con curiosidad, quiere saberlo todo.

Mi madre estaba inclinada sobre su bastón marrón, deshaciendo el lazo de satén blanco.

—Por favor —le dijo a Eunice, que estaba allí, en silencio, con la cara todavía gris—. Cógela.

Eunice cogió la cinta y la retorció entre las manos.

—¿Por qué se la das? —preguntó mi padre.

—Es algo bonito y está claro que aquí tenemos a una señora elegante a la que le gustan las cosas bonitas. ¿Para qué quiero yo una cosa bonita?

—Berta, ¿estás loca? ¿De qué estás hablando?

Pero mi madre se dio media vuelta para mirar hacia el jardín, donde los invitados, sin darse cuenta de nada, continuaban pasándolo bien. Estaban bajando el trono del estrado elevado y Fabian había subido los tres escalones con una mujer joven. Levantó la mano, igual que hacía en clase. Empezó a sonar la música, el sonido oscuro, nocturno, del tango.

—Mira —dijo mi tío—, ya empieza la exhibición de tango.

—La cara de mi madre era de piedra, como la Esfinge de Giza.

—¿Para qué es esta fiesta? —preguntó mi padre—. ¿Para pasarme por la cara tu vida sexual?

—Vete de aquí —dijo mi tío. Se volvió hacia mí—. Tu padre no tiene ni un sentimiento humano. Nunca lo ha tenido. No puedes reconciliarnos. Gracias por haberlo intentado.

—Sí, nos vamos. Ven, Vivien. Y que una maldición caiga sobre ti, Sándor, que tu boda sea en malahora.

Mi madre cogió a mi padre del brazo y dirigió el bastón hacia la puerta. Alargó el brazo, cogió la rosa amarilla que él llevaba en la solapa y la tiró al suelo. Mi tío se inclinó, la recogió y se la metió en el bolsillo.

—La próxima vez que nos encontremos será en la *yane belt*, ese lugar, el otro mundo. Adiós —le dijo a mi padre—. Y tú, Berta, ¿qué cadenas te di, que tienes que arrastrar toda la vida, cuando ya tienes tu propia carga que llevar? Te pido perdón. Ojalá lo hubiera sabido.

Miré alrededor, a toda la gente que reía, bebía vino, comía salmón, seguía el ritmo de la música con los pies, a las dos figuras, inclinadas la una sobre la otra, en el pequeño estrado. El brillo escarlata se fue haciendo más y más profundo en la cara de todos, mientras el cielo, rojo y ondulante, se movía por encima de nosotros. Sacaron farolillos de papel y encendieron las velas que había dentro. Nuestros mayores muertos, allá en Hungría, nos observaban, prestaban mucha atención a esta importante escena, conmigo en el centro; veían el daño que yo había hecho.

Mis padres se fueron; los invitados se quedaron y yo también. Le pedí perdón a Eunice por lo que mi padre le había dicho.

—Es imperdonable —dije.

Pero ella tenía sus propias cuentas que saldar.

—¿Por qué le mientes a Sándor? ¿Por qué no le dijiste enseguida quién eras? ¿Lo estabas espiando?

No sabía cómo decirle lo que era estar sin trabajo, sola, sintiendo que tu vida ha sido un fracaso antes de empezar. Pensé que se mofaría de estas pequeñas tribulaciones, que me señalaría mi vida de privilegio, con el título de la Universidad de York y la tesis incompleta, inacabada debido a mi propia falta de entereza. Así que sólo le hablé de la biblioteca, del libro, de la fotografía.

—¿Y sigues creyendo que es malvado? —preguntó—. ¿Qué opinas ahora?

—No, no creo que sea malvado.

—Bien. Porque tú no sabes lo que es la maldad.

La fiesta seguía muy animada. La gente comía, bebía, bailaba; dentro de los farolillos, las velas se abrían paso al exterior quemando el papel pintado. Se encendieron luces de colores en las esquinas del toldo. Los del grupo de tango se turnaban para sentarse en el trono y pronto los antifascistas agotaron los eslóganes y empezaron a unirse a ellos. La lluvia no empezó hasta la medianoche; las primeras gotas cayeron en silencio y luego empezaron a golpear con fuerza contra el techo de lona. Seguimos bailando, sin hacerles caso. La lluvia se fue haciendo más y más fuerte, y ahora la lona empezó a hundirse bajo el peso del agua acumulada, pero nadie se fue. Mi tío subió los escalones, se sentó en el trono, hizo sentar a Eunice en sus rodillas y empezó a besarla. Alguien empezó a tirar comida. Los merengues volaban por el aire como ángeles brumosos.

Al final, los invitados empezaron a marcharse, bebidos, gritando, felices. Aparte del encuentro entre los dos hermanos, la fiesta había sido un enorme éxito. Llegó Claude, montado en su bicicleta, sudando y mojado, con el pelo empapado y pegado a la cara.

—¿Cómo ha ido? —preguntó—. ¿Te lo has pasado bien, cumpleañera? —Era hora de decirle quién era yo, mi verdadero nombre, Vivien Kovacs, y mi parentesco con el «especial Señor K».

—Ya sabía quién eras —respondió—. Supuse que había alguna relación de familia, y luego vi tu tarjeta de la biblioteca, con tu nombre de verdad, en la cartera. Una letra era diferente, pero suena igual, así que pensé que debía de ser el mismo.

—¿Por eso te acuestas conmigo?

—No. Sólo me acuesto con las chicas que me ponen. No me follaría a una fulana vieja y rica si no tuviera buena pinta. Bueno, te he traído un regalo. Toma. Espero que te guste; es mejor que la mía, mejor calidad.

Una chaqueta de cuero.

—Póntela, quiero vértela puesta. No sé si he acertado con la talla. —La piel crujió cuando metí, vacilante, los brazos en las mangas—. Venga, súbete la cremallera. Sí, fantástica. —La risa brusca. Me acarició los pechos debajo de la chaqueta—. Bien, ahora nos la quitamos otra vez.

Aquella larga noche no debería haber acabado como lo hizo: yo, resbaladiza de sudor, con el cuerpo magullado, las manos aferradas a sus brazos, clavándole las uñas mientras su boca me recorría por todas partes. Tendría que haber recordado a los malditos muertos; tendría que haberme puesto a pensar en lo que había hecho, en la catástrofe que había causado, la ruptura final entre los hermanos y el insulto a Eunice. No me merecía aquel desgarrador placer. Pero lo acepté.

Todavía conservo la chaqueta. Está doblada, dentro de un cajón, en algún sitio de casa. Ya no me va bien, olvido lo delgada que estaba. No sé qué hacer con ella, ¿cómo puedo tirarla? De vez en cuando me la pongo, con los zapatos rojos de lagarto que Alexander me compró, y pienso cómo puede ser que esas prendas hayan sobrevivido, cuando todos los que tuvieron algo que ver con ellas han desaparecido o están en paradero desconocido.

Cuando mi padre salió del jardín de Sándor con mi madre, con la cara negra de rabia como si se la hubiera chamuscado en los fuegos del infierno y el brillo carmesí del toldo reflejado en los cristales de sus gafas, supe que no volvería a pasar otra noche en el dormitorio de mi infancia. Sólo volví a Benton Court para recoger mis cosas.

Mi madre fue a la puerta cuando oyó mi llave en la cerradura. Era a primera hora de la tarde, la hora en que habría vuelto después de una sesión con Sándor, entrevistándolo.

—¿Y ahora qué te pasa? —preguntó.

—No puedo seguir viviendo aquí.

—Ya veo.

—La pintura te está quedando bien —dije, mirando el taburete y las tres sillas de la cocina que habían salido de golpe de aquel color marrón suyo y que ahora parecían saltamontes erguidas sobre sus patas plegables.

—Sí, tenías toda la razón; el verde es un color alegre.

—Lo siento.

—¿El qué?

—Ser tan irreflexiva. Tendría que haber sabido que no daría resultado.

—Tenías tus razones, supongo.

—Me dijo que mi abuela quería que los dos hermanos se reunieran, y pensé...

—No seas absurda. Tu padre nunca dejó de ver a Sándor; intentó ayudarlo, lo fue a buscar a la estación cuando llegó, ¿sabías eso? Le había encontrado un trabajo.

—¿Qué clase de trabajo?

—En una fábrica. Hacían persianas, creo. Él no lo aceptó, prefirió seguir como antes, ser un delincuente.

—No es de los que trabajan con las manos.

—Exacto, demasiado bueno para él. Siempre prefirió seguir el camino ostentoso, sin importar lo que costara.

—Pero en una fábrica...

—¿Qué? ¿Crees que podía conseguir un trabajo detrás del mostrador del Banco de Inglaterra? ¿O que tu padre podría organizárselo para que dirigiera una agencia de encuentros para señoras casadas? Era una buena fábrica, con un buen sueldo, cerca de las marismas de Hackney, me parece. Tenía que poner la pintura.

—Pensaba que tenía los pulmones mal. ¿Los productos químicos no serían perjudiciales para él?

—Puede que Ervin no lo pensara, pero Sándor podría haber sido más amable, en lugar de decir las cosas que dijo.

—¿Qué cosas?

—¿Por qué husmeas en las conversaciones de los demás? ¿Cuándo te hemos criado para que lo hagas? Lo único que te diré es que tu padre nunca fue un mal hermano, nunca. Fue a verlo a la cárcel. No con frecuencia, pero fue.

—¿Por qué no me lo dijisteis?

—Fue sólo porque tratábamos de protegerte de Sándor. Queríamos que tuvieras un buen principio, que fueras una persona respetable. Era lo único que deseábamos para ti. Conseguimos un certificado de la Iglesia para que fueras una persona como es debido desde el primer momento.

—Pero ¿cómo podía hacerme daño?

—No se trataba de daño, sino de la mala influencia y de que los demás pensaran que no éramos una buena familia.

—Ahora está sentando la cabeza. ¿Qué opinas de Eunice?

—Oh, ella. Es una señora, cualquiera puede verlo.

—Aparte de papá.

—Sí, aparte de él.

—¿Cómo pudo decirle aquello? Fue espantoso. Me dieron ganas de vomitar, quería golpearlo, fue algo tan vil...

Pero mi madre se encogió de hombros y dijo:

—Tu padre no es como las demás personas. Dice lo primero que se le ocurre. Tampoco es como tú, no tiene experiencia de estar en compañía. Nunca entró en la sociedad como los demás. Ya ves cómo vivimos, era sólo de esperar.

—¿Te arrepientes de haberte casado con él?

—¿Arrepentirme? Pero ¿de qué hablas? Pues claro que no. Que idea tan absurda. Yo quiero a tu padre.

—¿Qué quieres decir con que lo quieres? ¿Qué significa exactamente?

—Significa que lo conozco, Vivien. Lo conozco, con todos sus defectos. Eso es amor.

—¿Y qué hay de sus virtudes? ¿Dónde están? —Porque para mí, mi padre era la caricatura grotesca de un ser humano, un misántropo de espíritu mezquino. Lo odiaba.

—Prueba a ir a trabajar durante cuarenta años, haciendo lo mismo cada día, trabajando hasta que los ojos te duelen y se llenan de lágrimas, los huesos se ponen rígidos, tienes las manos llenas de espasmos y tienes que meterlas en agua caliente, en el asqueroso fregadero del cuarto de atrás, antes de marcharte por la noche. Cansado, no tienes ni idea de qué quiere decir cansado.

Dio media vuelta, se metió bruscamente en su habitación y cerró la puerta. Me quedé allí, mirando el taburete verde, la ventana que daba al bloque de pisos del otro lado, la persiana bajada de la ventana de enfrente, los grifos, los fogones, los cacharros.

Mi tío me dio un piso, sin tener que pagar alquiler («¿Te crees que le voy a cobrar a la familia?», dijo), el mejor piso de todo aquel sitio, aparte del suyo. Debió de echar a alguien a la calle para dejármelo a mí: les pagó y les dijo que se fueran, o envió a alguno de los «contactos» de Mickey para hacer que se marcharan. Sé que quienquiera que fueran, se marcharon deprisa y corriendo; dejaron la cama sin hacer, las sábanas manchadas y llenas de migas, como si los hubieran despertado a media noche.

Fue en esa habitación donde empecé a leer de nuevo. Un panfleto dice poco, un libro está lleno de pensamientos, de ideas, y caes presa de sentimientos complicados; no hay anestesia en las páginas de una novela. Con frecuencia es incómodo, como si fueras igual que la princesa del cuento, durmiendo encima de los colchones, colocados sobre un guisante. Los libros que leía eran sobre tierras lejanas, lugares donde había templos, campos de arroz, gongs de bronce, asesinos ocultos en las montañas, lejanos golpes de Estado.

Pero la historia de los Kovacs, nuestra historia en Hungría, continuó invadiéndome, y los muchos muertos y sus vidas pasadas se alojaron en los rincones oscuros de la habitación. En pocas semanas, había pasado de ser una chica sin historia a otra cuyo pasado era lo que los maestros querían decir cuando se referían a ello, una historia de libro. Las diversas decisiones tomadas por mi tío y mi padre —uno para sobrevivir pese a tenerlo todo en contra, el otro para existir en una media vida— me exigieron preguntarme qué habría hecho yo en su lugar. No tenía, de forma innata, el instinto despiadado de mi tío, su cerebro calculador de comerciante, preparado para traficar con cualquier mercancía, incluyendo los seres humanos. Pero tampoco podría haber soportado los decenios de autoinmolación que mi padre se había impuesto; su abyecta rendición a cualquier autoridad me exasperaba. Yo quería vivir. Sólo quería vivir.

Y si la vida te llevaba a unos márgenes inciertos, extraños, a los lugares donde la gente se esfuerza para expresar todo su ser, a través de la ropa, del sexo o de cualquier otra forma que adopta una individualidad así, entonces allí es adonde yo iría.

Así que dedicaba las mañanas al magnetófono y la máquina de escribir, las tardes a quedarme tumbada en la cama leyendo, el principio de la noche frente a los *pubs*, repartiendo panfletos, y las noches con Claude, si tenía turno de día. No me engañaba sobre lo que estaba pasando: no teníamos una relación, copulábamos; eso era todo, un sexo ardiente y apresurado, muy necesario. Sin embargo, me había comprado la chaqueta de cuero y le había costado mucho, lo había sacado de lo que tenía ahorrado para el tatuaje. Sabía que yo podía permitirme comprármela, si hubiese querido, pero después de verme con la suya puesta, no pudo quitarse la idea de la cabeza. Había algo en mí vestida de cuero.

—Eres alguien diferente con esa piel —dijo—. Parece que seas la dueña del suelo que pisas. Algo que no te pasa cuando llevas esos viejos y mohosos vestidos tuyos.

—¿Qué hay de malo en mis vestidos?

—Huelen.

—¿A qué?

—A vieja. A orines de vieja.

¿Qué quería de mí? Siempre tuve la impresión de que pensaba que yo estaba en camino de conseguir el dinero de mi tío. Había conseguido que le arreglara la ventana. ¿Qué más podía hacer por él? Puede que el viejo mochales me diera un cheque enorme, de miles, o que la diñara una noche y me lo dejara todo. Tal vez sus ambiciones eran más modestas y era sólo la idea de pasear por

Londres con una «chica rica y pija» del brazo lo que atraía al chico de Sheerness.

O más sencillo todavía. Claude era víctima de sus propias hormonas. Los hombres como él tienen que gastar mucha energía cada noche, buscando una chica para llevársela a casa, y si son inteligentes, comprenden que es importante llegar a un arreglo para conseguir que sea algo disponible regularmente. Yo no pensaba en mí como su novia, pero era su chica. Su chica habitual. Puede que hubiera otras, no estoy segura. No me importaba y él debía de saberlo. Teníamos una situación que nos iba bien a los dos. Satisfacía una necesidad; ésta era su razón de ser.

Dar de comer a los peces tropicales y las horas que pasaba tumbado en la cama, mirando cómo nadaban, fluorescentes, por el acuario, absorbía su tiempo libre, cuando no estaba trabajando o follando. Lo que le gustaba de ellos era su existencia corta y sin propósito y sus excepcionales colores y dibujos. Comían y daban vueltas detrás del cristal, sin ningún propósito. Observar a los peces permitía que su imaginación volara libre, mientras trabajaba en el diseño de su tatuaje. Soñaba con ese tatuaje, tanto despierto como dormido, mirando los peces o yendo a trabajar al amanecer, en bicicleta, por las calles desiertas del norte de Londres.

Antes de marcharse de Sheerness se había comprado un cuaderno de dibujo, que guardaba bajo llave en la maleta. No me permitía verlo, y yo tampoco quería hacerlo, porque odiaba los tatuajes, detestaba la idea de que le desfiguraran el cuerpo con tintas de colores, de que le grabaran imágenes en la piel, con unas agujas. «¿Qué hay de malo en un tatuaje?», me preguntaba. Yo pensaba que eran vulgares, pero no se lo podía decir, así que le preguntaba si dolía. Él creía que quizá sí, y reconocía que se sentía curioso y preocupado por el dolor y por si podría soportarlo. Le importaba estar preparado y no fallarse a sí mismo gritando o

incluso desmoronándose y echándose a llorar (en especial delante de quien se lo hiciera, que daba por sentado que sería un tipo
duro). Empezó a llevar a cabo cautos experimentos para poner a
prueba su umbral de dolor, apagando un cigarrillo en el dorso de
la mano para ver cuánto aguantaba sin gritar. Yo tuve que salir de
la habitación y esperar en el pasillo cuando lo hizo. Cuando volví a entrar, el ascua había chamuscado la carne y dejado un círculo de piel ennegrecida, carbonizada, y él alargó la mano y se rió,
una risa que sonaba como un perro con la pata atrapada en una
trampa.

Aquella noche gimió en sueños, buscó mi pecho y apoyó el
dorso de la mano quemada en él, como si tuviera poderes cura-
tivos.

Sólo porque le prendió fuego vi, finalmente, lo que había dentro de la maleta. Pasaba por un periodo incendiario, buscaba pájaros muertos y los incineraba en piras de hojas. Hablaba de incen-
diar los lugares más importantes de Londres. Le hablé del Gran
Incendio, cuando la ciudad quedó reducida a cenizas. A veces creo
que habría disfrutado con un súbito episodio incendiario, como la
tormenta de fuego después del bombardeo de Dresde, y pasearse
por toda la superficie calcinada y ennegrecida de una ciudad vacía.
Era un poco raro, supongo, pero yo había crecido entre gente rara,
no era nada nuevo para mí. Sólo me separaban unas semanas de mi
época de romper vasos a mordiscos.

Cogió la maleta y la sacó al jardín para hacer un altar, en el cual
colocó un pequeño montón de sacrificios: su gorra de revisor, por
cuya sustitución tendría que pagar, un par de calzoncillos, una de
las blusas de satén de la señora Prescott.

La ropa no estalló en llamas, como él había esperado, sino que
empezó a arder lentamente, apestando a productos químicos, sobre todo la gorra. Al final, la blusa se transformó en cenizas, pero
la gorra se mantuvo firme, sin perder la forma, tostada y chamus-
cada; unas chispas brillaron brevemente en el momento culminan-

te. Claude se aburrió, cerró los ojos y se durmió. Yo continué contemplando las ofrendas quemadas. Al cabo de unos minutos, la maleta se incendió.

Lo zarandeé para despertarlo.

—¿Querías quemar la maleta? —le pregunté, riendo.

—¡Hostia puta! —dijo, y la cogió para sacudirla y apagar la pequeña hoguera, pero el asa era de metal forrado de piel y se había calentado. Soltó un grito y la dejó caer. No había agua cerca para apagar el fuego.

Tuvimos que esperar casi una hora antes de que la maleta estuviera lo bastante fría para llevarla dentro. El calor había retorcido la cerradura y tuvo que usar su navaja para forzarla. Estaba desesperado por averiguar si el contenido estaba a salvo.

—Pero ¿qué guardas ahí? —le pregunté—. ¿Qué es tan importante?

—Son mis cosas —dijo.

La maleta estaba llena de pequeños tesoros desconcertantes: una edición de bolsillo de *El último mohicano*, de James Fenimore Cooper, con el lomo muy gastado, que dijo que había leído muchas veces y que, dio a entender, contenía todas las lecciones importantes de la vida. Yo no la había leído y lo único que sabía era que tenía que ver con los pieles rojas. Un brazalete de chica, hecho con esas cuentas de plástico de colores que se enchufan unas en otras. Una postal con el castillo de Edimburgo. Plumas de mirlo, sujetas con una goma elástica. Cartas con el membrete de Sheerness. Una bolsa de caramelos.

Pero no eran las cartas, la postal, el libro, el brazalete ni los caramelos lo que sacó ansiosamente de la maleta. Sacó el cuaderno de dibujo, con espiral, y comprobó cada página para asegurarse de que no hubiera resultado dañado. Allí estaban los diseños de su tatuaje, desde los primeros, toscos intentos con anclas de marino o corazones rubí con un nombre inscrito dentro (HELEN, su madre, dijo, aunque no es que sintiera nostalgia de la vieja bruja, pero había que poner algo), hasta los bocetos cada vez más ambiciosos y complicados, bastante bien ejecutados, con bancos de peces nadando alrededor de la parte superior de un brazo, algunos de los cuales reconocí de la pecera. Hasta que, finalmente, volvió la página, y allí estaba su diseño definitivo. La versión acabada.

—¿Qué te parece? —preguntó.

No podía apartar los ojos del dibujo, por más que quisiera mirar a otro lado, a su cara. Me esforzaba por ver si había algún error, si mirándolo desde otro ángulo la forma se reemsamblaría y se convertiría en algo más inocuo, pero aunque mis ojos iban y venían por el dibujo, todo seguía igual, anclado a la hoja de papel por sus cuatro puntas.

—Es una esvástica.

—Sí, lo sé.

—¿No comprendes lo que es?

—Sí, es una forma.

—No sólo es una forma. ¿Sabes qué simboliza?

—Pues claro que lo sé. No me hables como si fuera idiota.

—Es un símbolo del fascismo.

—Puede ser el símbolo de lo que tú quieras, pero yo creo que es la hostia. Tiene mucho poder; por eso llevaba años de existencia antes de que los nazis se apoderaran de ella. Los indios, los de la India, no los de América, fueron los primeros en usarla. Me parece alucinante, me entusiasma.

—No seas tan ingenuo. En estos tiempos sólo tiene un significado, y tú lo sabes.

—¿Y a quién le importa?

—A mí.

—¿Por qué? ¿Por qué tendría que importarte?

Discutimos mucho tiempo. Él saltó por la ventana y se fue al jardín, donde se quedó fumando debajo del cerezo recién plantado. Lo veía a través de la ventana abierta, sentado en el duro suelo, rodeando con las manos las delgadas rodillas, con aquella dureza frágil que me atraía, aquella boca que tenía que besar. Era una forma en el jardín, una forma llena de sangre y hormonas.

No iba a contarle la verdad sobre mi tío, sobre quién era ni de dónde venía, sobre sus años de esclavitud. No era asunto de Claude. Tampoco le iba a hablar de lo que era sentirse judío, porque yo no me sentía judía. La aldea de Zémplen, el abuelo con los rizos cayendo por delante de las orejas, la sinagoga que mi tío y mi padre recordaban (pese a que mi padre lo negara) eran como cuentos populares de otro siglo.

Mis padres pensaban que esta isla, esta Gran Bretaña, era un oasis de tolerancia y juego limpio, pero al otro lado del Canal, un paraje inhóspito de grandes ideas se podía hinchar hasta convertirse en una ideología, y en cuanto alguien tiene una ideología, siempre anda a la busca de enemigos. Cuando eres el enemigo de una persona con una ideología, estás en un grave aprieto. Pero yo sabía algo diferente, aprendido mientras repartía los panfletos. Sabía que personas corrientes, que no tenían ideas, sino sólo sentimientos, podían ser igualmente peligrosas.

Por supuesto sabía que Claude no era nazi, pero lo que me perturbaba y me asustaba era descubrir que yo no tenía poder para cambiar su manera de pensar, que se resistía a la lógica, incluso a comprender. Vivía en su propio planeta, y en él fijaba sus propias reglas. En Claudilandia una esvástica podía significar lo que tú quisieras, era asunto tuyo asignarle tu propio significado, decía él, aunque no con estas palabras, pero eso es lo que quería decir. Su tatuaje tenía un significado simbólico sólo para él. Le dije que era solipsista y nihilista, y se rió durante más tiempo del que nunca le había oído reír antes, al oír unas palabras tan duras e importantes aplicadas a él. Me hizo escribirlas en su cuaderno de dibujo y luego practicó copiándolas, con diferentes caligrafías artísticas.

Pero me negué a acostarme con él, y le sorprendió y enfureció que los dibujos de un cuaderno le negaran lo que necesitaba cada noche.

Después del éxito de la fiesta de cumpleaños, mi tío y su futura esposa empezaron a planear su boda. Ella había encargado un traje de seda para él, a Italia, y para ella, un vestido, cuyos detalles eran un secreto muy bien guardado, pero que se creía que venía de una de las grandes casas francesas. Lo único que mi tío tenía que hacer era extender el cheque, y a él le producía un gran placer hacerlo. Habían vuelto a contratar el entoldado y a la empresa de *catering* para finales de septiembre. Había una fecha. La boda era una realidad.

E incluso antes de la boda, Eunice se trasladaría a vivir con mi tío; vivirían juntos, «como marido y mujer», como ella decía. Ya dormían juntos tres noches a la semana, y fue durante esas noches cuando mi tío pensó en serio que así era como debía ser estar casado, irse a la cama con la cara de una mujer junto a la tuya en la almohada y besarla mientras ella dormía. ¿Cómo podía un hombre que no llevaba en la sangre el someterse a un jefe rendirse a otro ser humano, aunque tuviera unos pechos encantadores y oliera a flores y especias? Sin embargo, el cuerpo de ella le daba calor mientras dormía.

Además, estaba el asunto de los cabezas rapadas de Wood Green, que aterrorizaban a todo el mundo con sus desfiles, sus feas cabezas rasuradas y sus horribles botas de cordones, con los pantalones arremangados para que se viera el cuero marrón y los ojetes. Si se casaba con ella, Eunice dejaría atrás todo aquello para siempre. Tendría que hacer algunos arreglos, por ejemplo, tirar la pared medianera con el piso de al lado para conseguir más espacio; podía permitirse perder seis libras de alquiler a la semana.

—¿Y ella qué piensa? —le pregunté cuando me contó su plan de casarse con ella.

—Bueno, verás, Eunice no tiene una opinión favorable del matrimonio. Lo intentó una vez, y fue un desastre. Es una mujer independiente, así que si quieres lograr que se comprometa, tienes que ofrecerle algo que todavía no tenga. Y el dinero no basta, porque puede ganarse la vida ella sola.

Pero finalmente lo había conseguido, había superado sus propios miedos a perder su libertad. Era un paso enorme para él, así sería para el resto de su vida —un hombre casado—, pero lo iba a hacer porque no podía dejarla sin protección en Wood Green, y ni siquiera se atrevía a sugerir la idea de que vivieran juntos en concubinato. Sin la boda, aunque fuera en un juzgado, sin un anillo de compromiso, un vestido, un pastel y un discurso, Eunice no cedería. Y el anillo era la declaración de que iba absolutamente en serio y no trataba de engañarla.

«No veo ningún anillo», le había dicho ella cuando le propuso matrimonio, mientras almorzaban en un restaurante italiano el día de mi fiesta de cumpleaños, un almuerzo ostentoso, con vajilla de plata y un carrito con los postres, y la opción de que hubiera un camarero junto a tu mesa, flambeando un solomillo de ternera sobre una llama, delante de tus ojos. Sabía qué impresionaba a las mujeres. Nada en mi tío fue nunca mezquino.

Para rescatar a Eunice de los cabezas rapadas de Wood Green, necesitaba comprar un anillo de compromiso, porque ya no había ninguna posibilidad de que mi padre lo hiciera.

Sándor tenía muy buen ojo para las joyas, pero quería contar con la opinión de una mujer, así que me pidió que lo acompañara a Harrods para elegirlo. La compra no la iba a hacer realmente allí; ya no tenía la cantidad de dinero que se necesita para pagar diez o veinte mil libras por un anillo; los alquileres de sus dos casas de

Camden lo mantenían cómodamente, dejando espacio para derroches como el de mi fiesta de cumpleaños, pero había un límite en sus activos líquidos.

Su plan era elegir unos cuantos anillos apropiados y luego describírselos a Mickey, que buscaría por ahí un par de semanas y luego aparecería con algo parecido, o incluso exactamente igual; no una falsificación, eso era absolutamente impensable, pero no tenía por qué serlo. Porque en el Londres de Mickey, que desde su local en Dalston se extendía millas y millas a la redonda en todas direcciones, hasta los barrios periféricos del norte y el sur (pero no fuera de las carreteras orbitales, más allá de las cuales había cosas que no comprendía ni quería comprender, como vacas, ovejas y pájaros), había todo tipo de personas que podían conseguirte casi todo lo que quisieras; por ejemplo, un trozo de roca lunar o, más tarde, pedazos del Muro de Berlín.

Era verdad; mi tío quería que mi padre hiciera el anillo. Se veía pagando generosamente a su hermano por su tiempo y su trabajo, alabando la exquisita calidad de su labor, pero Ervin se había negado.

—Te lo vuelvo a decir —declaró Sándor, mientras íbamos en el autobús a Knightsbridge—. Lo veré en el otro lugar. Entonces hablaremos.

—¿Qué es ese otro lugar? —le pregunté.

—Es donde hacen el balance final. El recuento de los días.

—¿Cómo crees que saldrás parado? ¿Tienes miedo?

—En absoluto. Al Experto no le interesan las cosas de las que se preocupan aquí, en esta vida. Ve las cosas de una manera diferente. No estoy preocupado. Quiere saber no cómo vivió un hombre, sino si vivió. ¿Desperdició los dones que el Experto le había dado, o hizo el mejor uso que pudo de ellos?

—Entonces, ¿crees en Dios?

—¿Quién ha dicho nada de Dios?

—¿No es de eso de lo que estamos hablando?

—No.

Pero este enigma de las creencias de mi tío sigue sin resolverse, porque el autobús entró en Sloane Street, nos bajamos y fuimos caminando hasta Harrods, y él se iba parando ante los escaparates de todas las tiendas de Brompton Road, soltando exclamaciones de admiración al ver los productos de lujo.

Los anillos estaban colocados en lechos de terciopelo y satén; levantaban la cabeza hacia la luz y hundían sus aros de oro y platino, profundamente, en el lujo azul y blanco de sus opulentos cojines.

Yo podía nombrar todas las piedras; crecí en este negocio. Había diamantes, zafiros, esmeraldas, rubíes, y luego las gemas menores —granates, ópalos, amatistas, topacios—, pero a mi tío sólo le interesaban los zafiros.

—El azul es un color aristocrático, ¿no crees? —dijo—. Me habla de calidad, pero puede que esté equivocado. ¿Qué piedras lleva la reina en la corona?

Al vendedor le encantó que le hicieran esta pregunta y se lanzó a pronunciar un discurso erudito sobre el tema, porque había más de una corona. Miramos atentamente los anillos y mi tío preguntó los precios, una pregunta simbólica, a fin de establecer nuestras credenciales como compradores de buena fe, no de los que hacen perder el tiempo. Discutimos si preferiría un solitario o un grupo, una piedra cuadrada o en forma de rombo. ¿Qué engarce y qué material?

Mi tío exclamó:

—¿Ves cuál es mi maldición y mi bendición? Te enamoras de una mujer con elegancia y estilo y todo tiene que ser exactamente como es debido; de lo contrario, lo mira con desprecio. Quiero que sea perfecto, ¿lo entiendes, Vivien? Quiero que abra la caja y se quede sin aliento, porque esto es lo que ha estado esperando toda su vida, desde que era una niña e iba a la escuela en Tiger Bay y leía cuentos de princesas.

»Mira —susurró—. Éste.

Un solitario tallado en cuadrado, de color azul claro, en un aro de platino.

—¿Qué te parece?

—Es perfecto.

—¿Elegante?

—Sí que lo es.

—Lo pensaremos —le dijo al vendedor—. Gracias, nos ha sido de gran ayuda.

—¿Cómo vas a encontrar algo así? —le pregunté, mientras recorríamos los pasillos.

—Bueno, Mickey tendrá que hacer todo lo que pueda. Se las arreglará, nunca me ha defraudado. ¿Vamos a tomar un café?

—¿Vas a fotografiarlo o algo así?

—¿Para qué? No hay necesidad. Lo recuerdo exactamente. La imagen está ya dentro de mi cabeza. La tengo.

Subimos en el ascensor hasta la cafetería. Las mesitas estaban dispuestas como si fueran debutantes esperando a que las sacaran a bailar.

—Esto es muy agradable —dijo mi tío—. En un café es importante saber en qué mesa tendrás el mejor servicio, y lo sé porque en un tiempo fui camarero. La manera en que tratas a un camarero también es muy importante, si quieres que te ofrezca los mejores pasteles.

Los pasteles, elaboraciones de nata espesa, que ya parecían exhaustos bajo la brillante luz de las arañas, nos fueron ofrecidos en una bandeja de plata.

—¿Tienen algo especial hoy? —le preguntó mi tío a la camarera, y le ofreció una sonrisa; estaba sobre todo en sus ojos más que en sus labios, y parecía dirigirse a ella con todo un discurso compuesto de calidez, comprensión y humor, una sonrisa que lo sabía todo sobre los pies hinchados y el tragarse las respuestas a los insultos.

—Iré a ver, señor —dijo, y le hizo un guiño. Volvió con una segunda bandeja, más pequeña, donde había pasteles más recientes—. Les recomiendo la *roulade* de frambuesa y chocolate.

—Pues eso será lo que tomaremos —dijo mi tío—. Siempre acepto la recomendación del personal. Porque ustedes saben, ¿verdad? Cada uno es un experto, o una encantadora experta. Gracias, querida. Que tenga un día feliz. ¿Lo ves? —dijo, volviéndose hacia mí—. Conseguir el mejor servicio no cuesta más que unas pocas palabras.

—¿Habéis fijado fecha para la boda? —pregunté. No diré que estaba bajo el embrujo de mi tío, pero me sentía atraída por alguien que establecía sus propias reglas y no se asustaba de nadie. Las personas así, a las que no les importa lo que opine la sociedad ni lo que diga de ellos, están llenas de energía y hacen que el mundo marche. Mi marido era así.

—Pronto. Sólo que Eunice quiere tener tiempo para los preparativos; las mujeres son así, tienes que aceptarlo. ¡Ah, este pastel! Es bueno. No estaba en la bandeja, ¿verdad? La primera bandeja. Vivien, en la vida siempre hay la primera bandeja que es para la gente corriente que no sabe que hay algo especial esperando, ahí detrás. Siempre. Lo aprendí hace mucho tiempo. Espera la bandeja especial.

—Pero la vida no son pasteles.

—No, claro que no, pero el principio es el mismo. Tienes que saber que hay algo más, algo mejor, que está oculto para ti, que no quieren que descubras, que tienes que pedir y, a veces, tienes que ir y cogerlo. Tu padre nunca supo esto; fue su mayor defecto; no dejes que sea el tuyo.

—Hace poco mi madre me dijo que te había conocido antes que a mi padre.

—Es verdad. Me alegro de que se acuerde. Una pobre chica, con su bastón, una chica bonita que no tenía ni idea de que lo era, el bastón se encargaba de apalizarla, si alguna vez se decía a sí misma que lo era. Además, era inteligente. Ya sabía yo que era justo lo que le convenía a Ervin.

—¿Los presentaste a propósito?

—Pues claro. Todo estaba arreglado. Ervin no sabía que iba a conocer a una chica; yo sólo le dije que viniera a tomar café conmigo a orillas del Danubio, pero éste era mi plan, reunirlos. Necesitaba una chica, y era demasiado cascarrabias para buscarla él mismo.

Sentí que todo había sucedido ya, que los vivos éramos sólo sombras de los sucesos reales, débiles siluetas proyectadas a través de las décadas.

—Pero ¿por qué? —exclamé—. ¿Por qué ella tenía que ser un sacrificio humano? ¿No se merecía algo mejor?

—No, no, no lo entiendes. Ella lo elevó a su nivel, no al contrario. Lo convirtió en un ser humano.

—No creo que eso sea verdad. Me contó que él solía cantarle canciones de las películas estadounidenses.

—¿De verdad? No lo sabía.

—Dice que, por entonces, él era diferente.

—Bueno, puede que lo conozca mejor que yo; yo sólo lo conocía como hermano. Y como hombre de mediana edad que insulta a su futura cuñada. Deliberadamente, como viste. Pero nunca lo oí cantar ninguna canción, y tampoco supe nunca que fuera a ver películas. Pero siempre eres tú quien hace las preguntas, no yo. ¿Qué haces? ¿Cómo pasas el tiempo?

—Lucho contra el fascismo —dije con cierto orgullo, esperando su aprobación. Esperaba que pensara que estaba haciendo algo, aunque pequeño, para compensar los años que él había pasado como esclavo.

—¿Y cómo lo haces?

—Ya te lo he dicho, reparto folletos.

—Un folleto. Qué bien. ¿Qué pone en el folleto?

Le expliqué nuestro importante mensaje político para los londinenses sobre la amenaza nazi oculta bajo la falsa imagen del patriotismo británico.

—Bien, estoy seguro de que escucharán. ¿Quién podría estar en desacuerdo con un folleto? ¿Y qué hay de ese chico, Claude? ¿Va contigo?

Había tratado de ocultarle mi relación con él. Pensaba que mi tío no entendería qué hacía con un chico vulgar, un chico tosco, como él lo llamaba, con la chaqueta de cuero y el trabajo subterráneo. Pero debió de habernos visto a los dos juntos, volviendo a casa del *pub*, o a mí saliendo a hurtadillas de su habitación, a primeras horas de la mañana, antes de tener mi propio piso en el bloque. Y las esvásticas. Estaba avergonzada.

—¿Estás preocupado por Eunice? —pregunté, cambiando de tema.

—Sí, claro que lo estoy. Por eso tengo prisa para casarme con ella, para que salga de aquel piso y venga aquí, donde estará más segura. No es un buen barrio.

—Dime, Sándor, ¿por qué sales siempre con chicas negras?

—¿Por qué?

Me miró y sonrió, con la misma sonrisa que le había dedicado a la camarera, una sonrisa llena de encanto y, de alguna manera, el labio inferior, el perfil a lo Hitchcock, se suavizó, mostrando una sensibilidad que sólo muy de vez en cuando le había visto antes. Porque podía ser el hombre de negocios frío, la bestia que rugía reclamando sus beneficios, que compraba, despreocupadamente, a crédito las cosas de mal gusto que anhelaba, porque una vez fue un esclavo al que le golpearon en las pelotas hasta que se las rompieron, pero luego, una o dos veces, sus rasgos se derritieron, se reformaron, adoptaron otra forma.

—Hasta que no acabó la guerra, no vi a una mujer de color. Apenas sabía que existieran personas así, excepto en las películas estadounidenses que tu padre dice que iba a ver, aunque yo lo dudo. Pero como esperé demasiado para salir de Hungría, cuando el comunismo nos cayó encima sin avisar, quedamos aislados del resto de Europa. Las bandas de música, Tommy Dorsey, los cantantes, Frank Sinatra, gente así, nunca vinieron al Este. Teníamos amor fraterno, teníamos camaradas y, entre nuestros camaradas, estaban los estadounidenses. Los comunistas estadounidenses. En una ocasión, al café donde me obligaban a trabajar como camarero, vino una comunista que cantaba canciones de amor.

Echó la cabeza atrás y soltó una carcajada.

—Vaya idea, pero sabes, eso es lo que era. Se llamaba Elvira. Llevaba un vestido de lentejuelas y zapatos de tacón alto, cuando las mujeres de Budapest llevaban una chaquetón de hombre y botas de cuero para protegerse del cortante frío del invierno. Elvira, de Kansas City. La mujer más guapa que he visto en mi vida, antes o después de aquel momento. No sé qué pasó con ella; intenté encontrar sus discos, pero no creo que grabara nunca ninguno. Era una auténtica comunista; miembro del Partido. Me aseguré de que tuviera los mejores pasteles, los que guardábamos en una bandeja especial para los oficiales del Partido y los visitantes de Moscú. Desde entonces, perdí mi gusto por las mujeres blancas. Su abuela fue esclava y le dije que, sólo cuatro años antes, también yo era un esclavo. Bebí Tokaj en sus zapatos. Nunca lo olvidaré, en mi pequeño piso, con una botella de vino de los viñedos de Zémplen, bebiendo del talón que olía a su sudor y a todos sus olores y que, sin embargo, era la bebida más dulce de todo el mundo.

Cuando el último tren parte para su destino, cuando los pasajeros han desembarcado en la terminal y las luces del tren parpadean y luego se oscurecen, los trenes siguen su marcha hasta su descanso nocturno.

¿Qué maquinarán, allí abajo, en la oscuridad?

—Quiero hacerlo con mi chica en un tren —dijo Claude.

—Pero ¿qué dices? ¿A plena luz del día?

—Cuando paremos. Te llevaré a las cocheras.

—¿Te permiten hacerlo?

—No, pero tampoco es lo mismo que decir que no puedes.

No teníamos intereses en común, ni vida social juntos; casi siempre nos quedábamos en la cama, mirando sus peces diminutos con sus ojillos como puntos. A veces a un pez le salía un hongo blanco y moría lentamente; en ocasiones saltaban fuera del acuario y caían en el hornillo, con unas intenciones claramente suicidas; era un mundo muy constreñido el de allí dentro.

La muerte de un pez lo alteraba durante días. Envolvía los pequeños cuerpos en un pañuelo de papel y los enterraba en una hendidura superficial que hacía con una cuchara de té en el jardín, pero una semana después, más o menos, los desenterraba y examinaba su esqueleto antes de que se desintegrara. Le entristecía que tuvieran que yacer en el frío suelo inglés cuando procedían de mares lejanos y climas cálidos.

La noche después de acompañar a mi tío a buscar anillos de compromiso en Harrods, donde había visto lo que había para tomar en la bandeja especial, me puse los vaqueros y la chaqueta de cuero y esperé cerca de la medianoche en el andén de la estación de Camdem, dirección norte.

Los últimos pasajeros iban de camino a casa, los pálidos noctámbulos y los cansados obreros nocturnos se dejaban caer contra las paredes; el último tren es una actividad solitaria, con el día que se cierra detrás de ti. Por el túnel llegó un fuerte viento, señal de que se acercaba el tren. El tablero indicador se encendía y apagaba, los trenes iban y venían, hasta que llegó el último tren de todos. Se abrieron las puertas y Claude se inclinó hacia fuera, buscando entre las caras de la multitud y me hizo una señal para que subiera a bordo. Monté ágilmente, con mis botas militares, las puertas se cerraron y nos pusimos en marcha.

—Ven aquí —dijo—, déjame que te abrace, tienes cara de frío. ¿Llevas mucho esperando?

—Estoy bien. —Estábamos en el pequeño espacio que hay entre coches, el suelo movedizo donde los vagones se unen y te parece que podrías partirte en dos, con una mitad del cuerpo separándose de la otra.

—¿Puedo tocar el silbato? —pregunté.

—Claro, ten, adelante, prueba.

Me lo llevé a la boca, todavía caliente de sus labios, y soplé, un pitido fuerte, largo y penetrante.

Íbamos lanzados hacia el norte. Claude recorría los vagones, con la gorra que le hacía sombra en los ojos, la cazadora que le bailaba en los hombros, grises de ceniza. No era guapo; la nariz era demasiado puntiaguda, el pelo demasiado fino, todo en él acababa en punta, excepto la boca, aquellos labios que parecían injertados en su cara no para hablar, sino para chupar, para besar. Pero las chicas que volvían a casa después de una noche de fiesta lo miraban con unos ojos rientes y atrevidos.

Dijo que yo era su chica y yo me reí. Dije que sólo éramos pareja para follar. Así que era verdad, dijo echándomelo en cara, él era demasiado vulgar para mí.

—Estoy aquí, ¿no? —le respondí—. Mírame, tienes tus vulgares manos en mis pechos.

—Sólo quieres un macho duro —dijo.

—Y tú, ¿qué quieres? —pregunté—. ¿Qué fines buscas?

—Voy detrás de tu dinero, niña. ¿Qué te creías?

—Cógelo. Ocho libras al día, es mi fortuna; te lo daré todo.

—Me gustaría ser un mantenido, el juguete de una vieja rica. Una vieja rica como tú. —La risa, súbita y brusca—. Es divertido, ¿no? —No podía apartar las manos de mi pelo—. Déjame que te acaricie, vieja. Eres como la reina de Saba. Está en la Biblia, y el rey le dio oro y regalos. Yo te daría oro, si tuviera dinero.

Deseaba poder enseñarle mi habitación en Benson Court, el cuadro de ballet, el perro de porcelana, los sujetalibros en forma de caballos, la horrible ropa de segunda mano del armario, pero él nunca vería el interior de Benson Court. Ése era su atractivo. Sólo éramos cuerpos en caída libre.

En Golders Green salimos de los profundos túneles a las vías al aire libre. En la superficie, el tren parecía más frágil y vulnerable, como si una criatura subterránea se hubiera abierto paso hasta la superficie y estuviera expuesta a todos sus depredadores naturales.

El tren se detuvo en Hendon, Colindale, Burnt Oak y luego llegó al final de la línea, Edgware. Los pasajeros dormidos se despertaron; pasaron torpemente por los torniquetes de control de billetes y se encaminaron a sus casas.

—Pero tú no te bajes —me dijo—, todavía no hemos llegado.

Aguardamos mucho tiempo, con los vagones esperando vacíos, en silencio, en la oscura estación, antes de ponernos de nuevo en marcha, maniobrando lentamente para dirigirnos hacia el sur, luego ganando velocidad; negras siluetas de los árboles, casas en los terraplenes por encima de nosotros y, más arriba, una sensual luna de verano.

—Hay trenes que se supone que están encantados, ¿lo sabías? —dijo—. Continuamente mueren pasajeros en los trenes, y algunos trenes han matado a gente; son trenes asesinos, pero no se sabe cuáles son; cambian de número.

—¿Cómo matan a la gente?

—Los suicidas se tiran delante de ellos y la sangre corre por las vías.

Entramos en las cocheras de Golders Green. Oí los pasos del conductor resonando a lo largo del puente mientras se marchaba a casa. Estábamos solos en medio del silencio. Claude comentó que, fuera, los zorros se movían sigilosamente entre la maleza; que él, a veces, los veía.

—Así que sólo estamos tú y yo, niña —dijo, quitándose la gorra y la chaqueta—. Me gustaría que estuviéramos en marcha, pero no me podía arriesgar.

No había ningún sitio donde tumbarse más que el suelo, una superficie cubierta de envases de patatas fritas vacíos, periódicos rotos, bolsas de plástico, colillas, envoltorios de chocolate, un chupete, una cartera a la que habían vaciado, un sombrero, un zapato, una camisa, billetes de metro rotos. Abrió las ventanas para dejar entrar el aire de la noche.

—Bájate la cremallera del pantalón —pidió. Él se bajó la suya, alargó las manos y me bajó los pantis; luego se cogió de las correas que bajaban desde el techo del vagón. Estaba tan oscuro que apenas podía verlo; era una forma y una voz resonante—. Bésame un poco y luego métetela dentro. —Me aupé hasta agarrarme a sus delgadas caderas con las rodillas. Nos quedamos allí, suspendidos, él del techo y yo, de él. Cuando acabamos, me limpió los muslos con su chaqueta.

No dije nada. Era su fantasía, no la mía. Sentía que habíamos ido demasiado lejos. Como el metro que abandona el camino que tiene designado en el mapa, habíamos emprendido un viaje hacia lugares desconocidos. Lió un cigarrillo a oscuras. Me senté.

—¿Te importa si me siento en tu falda un momento? —preguntó.

—Vale.

Su cuerpo era tan ligero como el de un pájaro o un fantasma.

—Estás muy delgado —dije, sosteniéndolo con cuidado para que no se rompiera—. No comes lo bastante para vivir —añadí, acariciándole la cara.

—Estoy vivo, ¿no? —replicó, apartando la cara.

—Te estás consumiendo; estabas mucho más fuerte en primavera. Esas tabletas que tomas son pastillas adelgazantes, ¿lo sabías? Los médicos las recetan para eso; por eso no tienes hambre.

—Vivo del aire —afirmó. La voz salió de la pequeña ascua que brillaba en la oscuridad—. Eso es lo que me dijo mi abuela una vez. Es gitana y son parientes de los duendes. —Se echó a reír—. Me gustaría formar parte del otro mundo. A veces creo que no pertenezco a éste.

Yo sabía que lo nuestro casi se había terminado, pero eso no significaba que alguna vez dejara de desearlo o que la ternura que, a veces, mostraba dejara de conmoverme o llegarme al corazón, un corazón que se iba curando con unas callosidades invisibles.

—¿Nos contamos un secreto? —propuso—. La noche es para eso, ¿no?, para contar cuentos.

—De acuerdo.

—¿Quién empieza?

—Fue idea tuya.

—Bien. Ahí va uno. —Empezó a hablar, en voz baja, rápida, como si diera caza a sus pensamientos para matarlos—. Pasó cuando era niño y acababa de empezar a ir a la escuela de los grandes, ¿vale? Y teníamos que llevar unos calcetines largos de color gris, que nos llegaban a las rodillas. Así sabías que estabas en la escuela de los mayores, por los calcetines. Cuando volví a casa el primer día, mi padre me envió al patio a limpiar los platos de los perros.

—¿Qué clase de perros? —Sabía que les tenía miedo. Me había dicho que el olor le daba ganas de vomitar.

—Dos chuchos con dientes afilados y pelo apelmazado. Además, tenían el morro negro y los ojos siempre les lloraban. No sé para qué los quería mi padre, porque nunca los llevaba a pasear ni nada, sólo los tenía encadenados; pero venía de Irlanda, de algún sitio en el campo, y decía que un hombre no es un hombre sin un perro.

»Así que me inclino para coger los platos y un perro, *Alf* lo llamaba mi padre, igual que un tío de la calle, levanta la pata y se me mea encima. Notaba cómo iba cayéndome por los calcetines, caliente, húmedo y apestando a ese olor a amoníaco, muy amarillo. Y entré corriendo en casa, chillando como un loco, y mi madre estaba allí, riendo y riendo. Me dio un beso, me quitó los calcetines, los lavó y los secó durante la noche delante del fuego. Pero cuando fui a la escuela al día siguiente, todavía se notaba el tufo, y todos los chicos me insultaban, así que en la pausa para tomar la leche, me escapé.

—¿Adónde fuiste?

Apoyó la cara contra mi mejilla y la besé, como se besa a un niño.

—Allá abajo, por donde entran los barcos; a unos barracones que conocía. Dormí con los vagabundos y me dieron sidra. Sólo tenía once años, pero me gustó el sabor y la sensación que te daba cuando te llegaba a las venas. Eran buena gente, no me molestaron, aunque apestaban, claro, pero yo también apestaba. Era como un gato que se ha vuelto salvaje, ¿sabes qué quiero decir? ¿Alguna vez te has sentido así, como si no pertenecieras a nada ni a nadie? Pensaba que podía quedarme allí para siempre y no volver a la escuela nunca más, pero al final vinieron a buscarme, con un policía y una mujer de los servicios sociales, y tuve que volver a casa. Mi madre tiró los calcetines y me compró otro par, pero yo continué pensando que la gente podía oler aquel orín de perro, que me seguiría a todas partes, toda mi vida.

—Hueles fantástico —dije—. ¿Lo sabías?

—Sí, las chicas me lo han dicho siempre. Pero nunca acabas de creerles, ¿verdad? Me lavo mucho, para estar seguro.

Se abrieron las puertas y, al fondo, los equipos de limpieza empezaron su tarea, con bolsas de basura, fregonas y trapos. Se levantó.

—Ya tenemos que irnos —dijo—. Podrían denunciarme. Me ha gustado sentarme en tu falda; lo volveremos a hacer alguna vez.

Todavía era sólo la una y media, teníamos la larga noche por delante.

—¿Adónde vamos ahora?

Dijo que podíamos empezar a volver a casa caminando cuando se hiciera de día, pero que antes podíamos tomar un té en la cantina.

—Y ahora puedes contarme una historia. Que sea buena, ¿vale, niña?

Recuerdo la consulta con azulejos en las paredes, la sala de espera verde, las chicas asustadas, la mano de mi madre secándome el sudor de la nuca, el autobús, el olor de los asientos de plástico, el insoportable dolor. Pero ¿quién puede recordar realmente el dolor? Es imposible; no lo recuerdas; sólo tienes miedo de que vuelva. Estos pensamientos son como puntos; con ellos coses un recuerdo, y la carne sana y se convierte en una cicatriz. La cicatriz es el recuerdo.

Mi madre me trajo una taza de té a la cama.

—Debes tener cuidado al lavarte —dijo—; no debes coger una infección. Ese sitio ahí abajo ha quedado abierto, al aire.

El té sabía a limaduras de hierro.

—No puedo beberme esto.

—¿Un vaso de agua?

—Mejor. —Pero cuando me la trajo, era aceitosa y repugnante.

¿Qué sabe el cuerpo? Comprende muy bien que lo han invadido, sea una célula fusionada o un tubo que aspira el núcleo de materia viva. Nunca dejará que lo olvides. Había agujeros en mi cuerpo. Espacios vacíos, deficiencias. Intentaba no prestarles atención.

—Cierra esa jodida boca, ¿quieres? No puedes matar a un bebé.

—No maté a un bebé.

—Sí que lo hiciste. Está muerto, ¿o no? Si no está muerto, ¿dónde está? ¿Dónde está el bebé? Viv, enséñame a tu bebé.

—Para ya.

—¿Que pare qué? Mataste a tu pequeño y quieres que sienta lástima de ti, ¿es eso?

—Pero te he contado la historia. ¿No comprendes que tenía que hacerlo? ¿Qué elección tenía?

—Siempre hay una historia; la gente está llena de excusas. Las oyes todo el tiempo: me dijo que se casaría conmigo, pensé que no te podía pasar la primera vez, putillas estúpidas.

De un manotazo tiró una bolsita de azúcar al otro lado de la mesa; se esparció desde arriba sobre las sillas de plástico, el suelo de vinilo granate, la mesa de formica.

—Mira lo que me has hecho hacer. —Tenía una cara enfermiza bajo la luz fluorescente; parecía medio muerto de hambre, enloquecido.

Recordé la mano en su espalda, cuando su padre lo empujaba colina arriba hasta la iglesia.

—Algún cura te ha estado llenando la cabeza de basura —dije.

—El infierno es un lugar real. Sólo porque los curas hablen de él no significa que no sea verdad.

No lo conocía en absoluto. No comprendía nada de él; era una masa de materia opaca, dentro de una cazadora de cuero y una camiseta. Detrás de sus ojos, había, oculta, una persona complicada. No había llegado a él en absoluto.

—Me voy —dije—. Me voy a casa. Estás loco.

—Estupendo. Ya nos veremos. —Empezó a liar otro cigarrillo, pero le temblaban los dedos. Cuando me volví al llegar a la verja, estaba de pie, mirándome, como si de repente perteneciera a otro tiempo, a otra dimensión, enmarcado en un rectángulo, con la luz detrás de él, un cuadrado de luz en la absoluta negrura de las cocheras, como uno de esos fantasmas que él creía que recorrían los trenes vacíos por la noche, los fantasmas de los suicidas.

El cielo se fue iluminando gradualmente al irse disipando la oscuridad sobre Londres. Una ciudad de torres y campanarios, líneas de ferrocarril, horadada por túneles y, cuanto más cerca estaba de casa, más rápido andaba, hasta que eché a correr y atravesé corriendo Chalk Farm; amaneció un día completamente brillante, con el sol saliendo a lo largo del estuario.

Corrí, pasando junto a fábricas, talleres y locales. Se me transmitió la energía de Londres; toda la energía y vitalidad de una ciudad que se despierta se levantó dentro de mí y mis ideas se aceleraron todavía más.

Si me hubiera quedado con mi niña, a estas alturas tendría todo lo necesario para ser una persona real. Cabeza, piernas, brazos, manos, pelo, y estaría comenzando a desarrollar pies y huellas dactilares. Su cerebro estaría empezando a recibir mensajes y a formar recuerdos de su tiempo en el útero, que más tarde olvidaría, porque todo el mundo los olvida. Ingeniosamente, iría creciendo, concentrada en quien iba a acabar siendo, mientras su ADN se decidía por los huesos largos y el pelo rubio de Alexander, o por mis piernas cortas y mi bigote oscuro. El ADN estaría decidiendo qué iba a enviar al futuro; el código podía retroceder hacia el este, al pueblo del Zémplen, con los rabinos y las ciruelas, o a las poblaciones rurales del oeste de Inglaterra, con sus iglesias y sus robles. Mi cuerpo sería una máquina muy activa, dedicada a producir a esa persona completamente nueva.

El año que viene, por esta época, habría estado paseándola en su cochecito por Regent's Park, más allá de la rosaleda. Le habría enseñado el lago con las aves acuáticas y le habría explicado la vida interior de un ganso, tal como su padre la entendía. Me inundó una oleada muy intensa de pesar, una sensación muy virulenta de que había hecho algo malo y de que Claude, a su manera, simple y cruda, tenía razón; sus duras palabras me hirieron hasta lo más hondo.

Por fin llegué a casa y entré en mi pisito; me dejé caer en la cama, sin lavarme, completamente vestida y me quedé dormida. Soñé con mi pequeña. Se llamaba Gertrude. ¡Qué nombre tan estúpido! Tenía los ojos azules y llevaba un vestido de terciopelo. Me cogió de la mano.

—Mamá —dijo.

—¿Sí, cariño?

—¿Cómo te llamas?

Intenté decírselo, pero tenía la lengua de madera. Intenté darle forma con los labios, y cuanto más lo intentaba, más éxito tenía. Sí, ciertamente podía oírme.

—Vivien —decía mi tío—. ¡Vivien! Son las diez. ¿Todavía estás durmiendo?

—Tú y ese chico os habéis peleado —dijo—. Lo veo escrito en toda tu cara.

Reconocí que sí. Se le iluminó la cara. Dijo que se libraría de él; unas cuantas libras y se marcharía al día siguiente. Pero le dije que Claude tenía derecho a vivir allí y, claro, puso los ojos en blanco.

—Tú y tus derechos. Dime —pidió—. ¿Qué has visto en ese personaje? Es indigno de ti, una chica con un título como el tuyo.

¿Cómo podía explicarle a mi tío el impulso erótico que me arrastraba hacia él?

—Oh, ya entiendo cómo fue. No te avergüences. No hagas que esa parte de tu vida te convierta en prisionera y exiliada, como hizo mi hermano. Vale, te mereces un pequeño juguete después de todo lo que has pasado. Pero ahora el juguete se ha roto, lo tiras y pasas a otra cosa.

—¿Es eso lo que las mujeres son para ti?

—En el pasado, sí. Pero he cambiado. Es verdad, incluso un sinvergüenza como yo puede cambiar sus franjas.

—Manchas.

—¿Qué manchas?

—Un leopardo no puede cambiar sus manchas, así dice un refrán inglés.

—No lo sé; nunca he visto un leopardo, así que no tengo opinión sobre si puede cambiar las manchas o no. Pero yo he cambiado. Voy a ser un hombre muy diferente, ya lo verás.

Estábamos en su piso, debajo del mural, tomando café, él en su trono de pavo real y yo delante de él, con mi camiseta y mis vaqueros, las piernas dobladas y las manos cogiéndome las rodillas como si estuviera protegiéndome el abdomen de un asalto externo.

No estábamos grabando la historia de su vida; él vio que yo estaba agotada y quería que conservara las fuerzas para un favor que tenía que pedirme: ¿querría ir por la mañana a Wood Green para ayudar a Eunice a embalarlo todo? Se trasladaba a vivir con él, a su piso, por fin. Ya le habían llevado las cajas, y la camioneta de la mudanza iba a ir al día siguiente; ella se había tomado el día libre, pero reconoció, a regañadientes, que se iban a necesitar dos pares de manos.

—¿Por qué precisamente yo? —pregunté—. No le caigo bien.

—Es sólo porque no te conoce y, a decir verdad, no eres una persona fácil de conocer. En eso eres igual que tu padre, aunque en ninguna otra cosa, no me malinterpretes. No tienes su personalidad, en absoluto, gracias a Dios.

—¿Por qué soy difícil de conocer? No lo entiendo.

Sonrió.

—Bien, ¿cómo tengo que llamarte? ¿Miranda? ¿Vivien? ¿Cómo? ¿Sabes?, eres una chica a la que le gusta mostrar una cara diferente cada cinco minutos, como si fuera un vestido nuevo, cuando no necesitas hacerlo en absoluto, porque eres encantadora como eres, con tu propia cara. Y todo porque no tienes confianza; no confías en tu propio instinto, por si acaso te lleva por un camino equivocado, hacia el desastre. Sé que eso es lo que sientes. Te miro cuando estamos grabando. Por dentro estás insegura y tienes que hacer preguntas. ¿Por qué y por qué y por qué? Te escondes detrás de eso, de tus porqués. Crees que si preguntas por qué, ganas un poco de tiempo. ¿Eras así de niña? Porque te recuerdo, ¿sabes?, de pie junto a la puerta, con una cara que era toda ojos y yo intentaba darte chocolate, pero tu padre me lo arrancó de la mano como si fuera veneno.

—Sí, yo también me acuerdo; es el recuerdo más claro que tengo de mi infancia. —Iba archivando estos comentarios sobre mi personalidad para examinarlos más tarde, cuando tuviera un poco de tranquilidad. Los encontraba muy sorprendentes, incluso alarmantes, porque pensaba en mí misma como en alguien que constantemente se esfuerza por aferrarse a la razón y la lógica frente a mis irracionales padres y sus viejos rencores, inseguridades, neurosis e ideas estrafalarias.

—¿De verdad? ¿Qué recuerdas de mí? —Se inclinó hacia delante en su trono de mimbre, impaciente.

—Me acuerdo de tu traje azul, tus zapatos de ante y tu reloj de diamantes, y de la chica con la que ibas, con su chaqueta de piel de leopardo y su sombrero. Os miré desde la ventana cuando os ibais; os parasteis en la acera y ella tenía chocolate alrededor de la boca.

Sonrió.

—Sí, aquella chica. No sé qué pasó con ella, vienen y van. Tampoco sé qué pasó con el traje ni con el reloj. Pero que niña tan bonita eras. Nunca he tenido hijos, en todo caso, no que yo sepa.

—¿Desearías haberlos tenido? —pregunté, porque entonces no sabía nada de la esterilidad de mi tío. Su cara perdió la vivacidad. Le aparecieron sombras grises en las arrugas de la cara.

—Durante muchos años pensé en un hijo. Es normal que un hombre quiera tener un hijo, pero luego ves una hijita y tus deseos se convierten en algo diferente. Te das cuenta de que la manera en que tratas a una mujer es la manera en que los hombres tratarán a tu hijita en su propia vida. Esta idea te puede golpear en la cabeza como una tabla de madera. ¿Sabes?, nunca fui cruel con las mujeres, sólo imprudente. No se debe ser así con la gente. No quiero que seas imprudente, y por eso no me gustaba que estuvieras con ese chico. Era un juguete para ti. Pero basta, no es asunto mío. Sólo expreso una opinión y eso es todo. Es la hora de las noticias.

Puso en marcha la televisión. Estaban entrevistando a John Tyndall, líder del Frente Nacional, que hablaba de la «raza blanca». Me miré las manos para ver de qué color eran; de un marrón oliváceo sucio. Lo flanqueaban sus partidarios; todos los hombres llevaban camisas blancas y corbatas oscuras, y parecía que les hubieran hervido la cabeza para que aflorara toda la sangre.

—Mira esa mierda congelada —dijo mi tío—. ¿Sabes?, no estoy preocupado por mí mismo; es por Eunice. Ella me pone enfermo de preocupación; lo que le vaya a pasar a ella. Esos tipos con las botas de cordones están por todas partes, ¿quién puede controlarlos?

—Bueno, yo voy a una manifestación la semana que viene —dije orgullosa.

Se echó a reír, con el labio inferior flojo temblándole en la cara y los ojos castaños llenos de un escéptico regocijo.

—He visto manifestaciones. La gente desfila agrupada con pancartas en las manos; lo vi en Budapest en 1956. ¿Alguna vez da resultado?

Pero, a pesar de sus bravatas, tenía miedo. Vi cómo empalidecía a la luz de los rayos catódicos de la pantalla y sus manos se aferraron a los lados del trono de pavo real.

—¡Eunice! —exclamó cuando las filas de los racistas que desfilaban cruzó la pantalla—. ¿Qué va a suceder? —preguntó, volviéndose hacia mí—. ¿Qué vais a hacer?

Intenté explicarle que había días en que me costaba mucho librarme de mis folletos y otras veces en que los cogían con tanto entusiasmo que parecían arrancármelos de las manos; me daban las gracias, me bendecían, sólo por estar allí, demostrando que si llegaban a haber problemas, habría algunas personas que darían la cara por sus principios.

—Pero qué tonta eres —exclamó mi tío, desesperado—. Con tanto cerebro que tienes en la cabeza, con tu Shakespeare, y mírate, vestida como un chico y con tu precioso pelo desaparecido.

—Lo voy a dejar crecer de nuevo —dije—. Ya no quiero ser una punki.

—Bien. Eso me alegra. ¿Seguiremos con las grabaciones? Todavía no te he contado nada importante, nada de lo que hice y de lo que me hicieron. No lo sabes, sólo sabes el principio. ¿Me das un beso?

—Pues claro. —Lo besé en la frente suavemente y él me cogió la mano y posó los labios en ella. Sentí aquellos labios húmedos en la piel, la presión de sus dedos en la muñeca, el blanco de las uñas. Mi tío, mi propia sangre, que había sufrido y había hecho sufrir a otros. Repugnancia y empatía, ésos eran mis sentimientos. Me quitó una mota blanca de pelusa o de yeso del pelo.

—Estás llena de polvo —dijo, y me acarició tímidamente la mejilla—. Déjalo crecer de nuevo, ¿quieres?, tu precioso pelo. Déjalo que sea como quiera; cuando te vi de pequeña te salían tirabuzones de la cabeza. Igual que a mi madre, exactamente igual. Ella trataba de dominar los rizos, igual que tú, pero nunca ganó por completo la batalla. Las chicas que más me gustan tienen el pelo rizado.

Seguimos viendo las noticias, pero él había perdido interés. Anoté la dirección de Eunice y me dio las gracias. Me gustaría haber llegado, finalmente, al meollo de la historia, saber cómo había comprado las casas del oeste de Londres y empezado a alquilarlas. Había muchas preguntas que quería hacerle sobre lo que hizo y ver cómo se podía defender, pero resultó que ésta fue la última conversación que tuvimos, sentados en su piso, delante del mural, con las palmeras balanceándose en la pared y el sol brillando en la arena pintada.

Tenía un plato en las manos, con un trozo de pastel de queso con fresas, cubierto con un glaseado rojo, que había ido a comprar a Swiss Cottage, pero que apenas había probado, porque aunque hablaba mucho de los pasteles y hacía todo lo que podía por obtenerlos, creo que era su idea del pastel lo que lo obligaba, porque su estómago no podía soportar tanto azúcar y grasas. Treinta años después, todavía puedo verlo, sentado delante del mural, con el plato de pastel de queso, mirándome con una cara de tímido cariño y anhelo; luego los ojos castaños se le empañaron y se puso a frotar con el pañuelo los cristales de sus gafas para leer con montura de carey de imitación.

Siempre me imaginé que Eunice debía de vivir en un piso recargado, lleno de adornos, y así era; había comprado unas cuantas cosas bonitas: cuadros y ornamentos, cortinas de terciopelo y violetas africanas en macetas de plástico, pero era como una pulcra habitación de hotel, como si sólo volviera para comer, ver la televisión y dormir, y su vida real, la exposición pública, la hiciera en la tienda o del brazo de mi tío. Su hogar era como un sitio en el cual la mejor muñeca de una niña está cuidadosamente guardada en su caja original, envuelta en papel de seda rosa. Vivía detrás de la puerta de una casa victoriana con un polvoriento cristal de colores. Era sólo la puerta lo que le interesaba, la barrera de separación entre ella y el mundo.

Señaló al otro lado de la calle, a los bloques de pisos.

—Allí vive una clase diferente de personas. —Dijo que había un montón de chicos malos, delincuentes de poca monta, ladrones de pisos, receptadores de mercancías robadas y chicos desmandados e impertinentes que no tenían ningún respeto a sus mayores.

Un día, cuando ella se dirigía hacia la estación del metro, uno de ellos le arrancó el bolso y huyó corriendo; y lo llevaba todo allí: el monedero, las llaves, el lápiz de labios, la tarjeta de la Seguridad Social. Buscó por el vecindario y acabó encontrándolo en un basurero, sin nada dentro, y tuvo que correr con todos los gastos de cambiar las cerraduras.

—Y luego llegaron cosas todavía peores —dijo—. Los chicos blancos, con las botas y la cabeza rapada.

Entonces le hablé de mis actividades en la Liga Antinazi, con la esperanza de que una reacción favorable hiciera que yo le cayera bien, pero sin mucha confianza en que pensara mejor de la organización que mi tío.

—Bueno —respondió—, es bueno que adoptéis una postura respecto a esto; tenemos que mantenernos unidos, nosotros y vosotros, los hebreos. Pero esos de las botas no hacen ningún caso de un folleto.

—¿Qué crees que tendríamos que hacer? —pregunté. Porque yo, por lo menos, estaba ahí fuera en las calles, en lugar de esconderme dentro de casa.

Se encogió de hombros.

—Bueno, ya sabes, éste es el único momento en que alguien como Mickey Elf tiene su utilidad.

Pensaba que era un personaje extraño y que la estrecha amistad de mi tío con él era desconcertante, pero ella me recordó que su relación se remontaba a mucho tiempo atrás, cuando Sándor llegó a Londres y mi padre no fue nada agradable ni acogedor, y le ofreció un puesto en el que tenía que trabajar con las manos, cuando estaba claro que mi tío era un hombre con un cerebro para los negocios. Mickey lo había ayudado a empezar. Mickey tenía las conexiones, Mickey le había dicho lo que podía hacer, lo que cualquiera podía hacer, si estaba dispuesto, o en el caso de mi tío, si apenas tenía otras opciones.

Le pregunté cómo era posible reclutar precisamente a Mickey en la lucha contra el fascismo. Me respondió que había ayudado a Jim con los que lo molestaban en su tienda; no habían vuelto a asomarse por allí.

—¿Aquel tipo con figura de enano y un peluquín horrible ha derrotado a los cabezas rapadas? —pregunté. Me dijo que no, que no fue el propio Mickey, claro que no; fueron sus contactos. Conocía a mucha gente. No decía que estuviera bien. No lo estaba, pero era una manera, y a veces una manera es la única manera.

Tenía todas las cajas etiquetadas para saber por adelantado qué iría en cada una. Lo había hecho todo según un sistema que había aprendido durante sus muchos años en el sector detallista, pero sólo me permitió embalar cosas corrientes como sábanas, paños de cocina, cojines, cuchillos y tenedores, algunas latas de comida y paquetes de sopa en polvo. Su ropa se la reservó para ella, doblándola con dedos ágiles y colocándola en maletas, como si se tratara de un niño delicado.

La monotonía de mi tarea era balsámica, porque me permitía hacer las paces con todas las ideas enfrentadas que se revolvían furiosas dentro de mi cabeza desde la pelea con Claude. Había sacado no sé qué idea de su padre irlandés, un viejo hipócrita, porque Claude era hijo único, así que debían de estar desafiando a la Iglesia de una u otra manera. ¿Cómo iba a saber yo que mi historia de la muerte de Alexander en la mesa del restaurante y del aborto cuando volví de Londres lo pondrían tan histérico? Allí en la cantina parecía estar medio loco.

Sabía que habría sido muy diferente con Alexander. Nos habríamos sentado tranquilamente a la mesa de la cocina, juntos, y lo habríamos hablado de una manera racional, y él habría dicho, cariñosamente, creo:

—Mira, Vivien, es tu propia decisión, por completo; tu propia elección. Por supuesto, yo tengo mi opinión, pero es tu cuerpo, no el mío.

Y estos tópicos serían las ruedas sobre las que seguiríamos adelante, estos acuerdos mentales comunes, el lenguaje mutuo de la gente educada. Pero yo estaba muy lejos de todo aquello.

Cuando acabamos de empaquetar y yo estaba agotada, sólo entonces Eunice me preparó una taza de té.

—No tengo un pastel para ofrecerte, como Sándor —dijo—. Me gusta cuidar el tipo. —Pero luego me hizo una oferta, una propuesta tan sorprendente que tuve que reevaluar completamente, desde el principio, a la mujer que estaba allí sentada, con sus suaves pantalones de color beis, sus zapatillas de casa de terciopelo bordado y una blusa de seda de color café, tomando té en una taza de porcelana fina decorada con capullos de rosa.

—¿Te apetecería compartir un canuto? —Sacó un papel de plata con un poco de hachís y empezó a liar un porro—. Me gusta fumarme uno al final del día; es relajante, mejor que una copa de vino. A Sándor no le gusta. Lo probó una vez; le di unas caladas, pero sólo le dieron náuseas; no tiene la constitución adecuada.

Mi tío había hecho comentarios despreciativos sobre los adictos a las drogas; drogotas, los llamaba. Le gustaba tener el control todo lo posible, y dejarse ir, aparte de con los pasteles y las mujeres, era una idea peligrosa, porque dejarse ir era rendirse al poder de otro, y él sólo estaba dispuesto a hacerlo en el caso de Eunice. Pero éste era el único vicio de Eunice, así que se lo perdonaba, porque sólo bebía unos pocos sorbos de vino y controlaba cuidadosamente lo que comía.

Era el último canuto de Eunice. Había decidido que no introduciría drogas en su nuevo hogar, porque la policía siempre andaba a la busca de un pretexto para arrestar a su prometido, que todavía estaba en libertad condicional, no por algo que hubiera hecho, sino por rencor, según dijo. A Eunice le gustaban tan poco los policías como a mi tío.

Compartimos el hachís en silencio. Por más que intentaba relajarme y centrar la atención en los capullos de rosa de la parte exterior de la taza que seguía sosteniendo en la mano derecha, y mientras los capullos iban aumentando de tamaño y de intensidad de color hasta que empezaron a parecerse a rosas de dibujos animados con unas pinchos gigantes y tener un aire ligeramente tonto, no conseguía eliminar de mi mente, como si fuera un comentario continuo, la idea de mi hijo que no había llegado a nacer. Pensaba en si realmente yo había hecho algo malo y si el niño iba a negarse tercamente a marcharse; o si se quedaría, en espíritu, como un fantasma. Luego, los pequeños ojos azules de Alexander me miraron desde el cielo, con los labios crispados en una sonrisa. Los muertos se reunieron a mi alrededor, apretadamente: mi pequeño, mi abuela con el bulto en el pecho, mi abuelo en la fosa de cal viva. Hablaban en lenguas extranjeras; incluso Alexander empezó a hablarme en latín, y el bebé balbuceaba, acusador.

—Es una mierda muy fuerte —dijo Eunice—. ¿Qué le mezclan, opio?

—No me encuentro bien —dije.

—No, no tienes buen aspecto. Ve a acostarte.

Me llevó a su habitación y me tapó con una manta.

—Duerme hasta que se te pase —aconsejó—. Te despertaré dentro de un par de horas.

Me hundí en un sueño agotado, atestado de imágenes llenas de colorido, hasta que Eunice me despertó con la orden de ir a la cocina y comer un huevo escalfado con una tostada. El ojo amarillo me miraba desde el plato, pero cuando me lo hube comido me sentí mucho mejor, alerta y llena de energía. Era hora de irse. Eunice quería acompañarme hasta la estación del metro, pero le dije que no era necesario, que estaría bien.

—Gracias por venir —dijo—. Sé que fue idea de Sándor. Quería que nos conociéramos mejor. Bien, veo que eres una buena trabajadora y que tienes el corazón donde debe estar, aunque tengas fe en un folleto. Si no me trasladara mañana, te diría que eres bienvenida a mi casa, cuando quieras.

—Después de mañana seremos vecinas —dije.

—Sí, así es.

—Y quiero pedirte disculpas, de nuevo, por lo que mi padre te dijo. —Pero comprendí que no debía haber abierto la boca, porque aquel insulto pertenecía ahora a la categoría de sucesos de los que no se debe hablar, unos sucesos que ella sospechaba que sólo se mencionaban para causar turbación. Asintió, cortante, y abrió la puerta.

Le dije que, al día siguiente, estaría en la casa de Camden para ayudarla a desembalar, pero me contestó que no sería necesario.

—Sándor estará allí y no necesito más ayuda que ésa.

Con todo, intenté acercarme para darle un beso en la mejilla y ella permaneció rígida, aceptando el contacto de mis labios, pero sin ofrecer los suyos.

Cuando doblé la esquina, al final de la calle de Eunice, frente a un cruce sucio y ruidoso cerca de la estación del metro, vi una banda de chicos que se acercaban desde la dirección contraria formando una columna de a cuatro. Alguien extraño, que no estuviera familiarizado con la ropa de la época, finales de la década de 1970, pensaría que íbamos vestidos casi igual, pero no del todo, porque yo había adoptado el estilo punki de Claude fuera del trabajo, un estilo que tenía ciertas diferencias codificadas importantes con la ropa de los cabezas rapadas. Por ejemplo, ellos llevaban botas de piel con cordones; nosotros, botas de lona; ellos llevaban los vaqueros arremangados hasta media pantorrilla; nosotros, ajustados vaqueros pitillo; ellos llevaban tirantes para sujetarse los pantalones; nosotros, no; nosotros llevábamos los pelos de punta y, aquel verano, eran cada vez más altos hasta convertirse en crestas Mohawk, teñidas de rosa y azul, y ellos se rapaban la cabeza; nuestras joyas eran imperdibles y ellos no llevaban ninguna. Había todas estas diferencias que podías ver de inmediato, y ellos sabían y yo sabía que éramos enemigos.

Nunca antes había visto cabezas rapadas tan de cerca. Podía oler la piel de sus botas y ver la piel rosada de su cuero cabelludo.

Me cogieron el bolso, me lo arrancaron de la mano y empezaron a volcar el contenido al suelo. Puede que hubiera algo más mezclado con el hachís, aparte del opio que sospechábamos, porque en lugar de hacerme un ovillo y morir sin armar alboroto, allí en aquella esquina, o volver corriendo a casa de Eunice, empecé a gritarles, llamándolos fascistas y sucia escoria. Les quité el bolso de las manos y empecé a golpear a uno de ellos en la cabeza con él. El cierre de metal le dio en un lado de la cara y le hizo un tajo en la mejilla. Él gritó que estaba sangrando, y se puso a secarse la sangre con un pañuelo. Los otros empezaron a reírse de él y a llamarlo llorica por quejarse por un corte de nada hecho con un bolso de chica. Se inclinaron y empezaron a atarse los cordones de las botas. Yo recogí mis cosas, que estaban esparcidas por la acera y las volví a meter en el bolso.

Cuando me inclinaba, sentí el golpe de una bota en la parte baja de la espalda y caí de cara contra el cemento. El suelo me rasguñó la piel de las manos y empezaron a correr gotas de sangre por ellas.

Los cabezas rapadas se quedaron allí, riéndose; luego me cogieron el bolso y me metieron el billetero dentro de la boca, porque era una sucia puta judía que adoraba el dinero, dijeron. Pero no importaba lo que me llamaran, porque en cuanto liberé la mandíbula, seguí chillándoles, llamándolos con todos los nombres que hay bajo el sol, hasta que se aburrieron y se marcharon; entonces corrí tras ellos, y ellos volvieron y me pegaron de nuevo. Pero en mi cólera, apenas sentía los golpes y seguí insultándolos con todo lo que se me ocurría, en venganza por lo que sus antepasados le habían hecho a mi tío. Cuantas más cosas les decía, más fuertes eran las patadas, pero mis piernas eran de hierro y no sentía nada. Mi boca vomitaba una ira abrasadora como si fuera Dios lanzando plagas sobre los enemigos de su pueblo.

Al oírme llegar, mi tío llamó a la puerta, pero no le contesté. No quería ver a nadie; estaba hecha polvo, dolorida, atontada. Llegué a casa de manera vergonzosa, temblando a lo largo de la barandilla como un animal golpeado. Él llamó:

—Vivien, ¿estás ahí?

—Sí —dije—, estoy aquí.

Mi voz sonaba como un trozo de hojalata roto.

—¿Estás bien?

—Sí, estoy bien.

—¿Qué ha pasado? ¿Alguien te ha hecho daño?

—No.

—¿Seguro?

—Sí, seguro.

—Vale, vale. Hasta mañana por la mañana.

La puerta de la calle estuvo abriéndose y cerrándose toda la tarde. Oí llegar a Claude, el crujir de su chaqueta de cuero, una tos, una leve pausa al pasar por la puerta de mi piso. Lo oí abrir la puerta de su habitación y cerrarla. Un par de horas más tarde se volvió a abrir; lo oí subir y llamar a la puerta de Sándor. Hubo una conversación, pero no pude entender lo que decía ninguno de los dos; luego Claude regresó. La cama se hundió al dejarse caer encima. Pensé en él, allí tumbado, mirando sus peces, sus pequeñas y sencillas vidas.

Finalmente, después de unas pocas horas de sueño irregular, vi que tenía los vaqueros rotos en la rodilla y que la chaqueta de cuero estaba desgarrada. Me desnudé y vi que en los brazos y en las piernas, cubiertos de pelos oscuros, cortos y ásperos, me estaban saliendo unos morados enormes y que tenía una uña negra. Me metí en la bañera, pero el agua caliente me dio mucho sueño. Me adormilé durante mucho rato, mientras el agua se enfriaba, hasta que alguien golpeó en la puerta y me preguntó si me había ahogado allí dentro y, con pesar, me obligué a salir, me envolví en la pequeña y delgada toalla y me sequé. Mi cuerpo desnudo tenía un aspecto tan frágil y estropeado que pensé que se podría doblar y meter en una caja de cerillas. Me eché a llorar.

Por fin se hizo de noche. Me acosté y empecé a leer un soneto, pero después de unas pocas palabras, me quedé dormida. La cálida humedad de la toalla me sostenía. Estaba profundamente dormida, soñando. Sueño mucho, siempre lo he hecho, los sueños vienen a mí fácilmente. Me encanta soñar.

Sándor en la oscuridad. Los ojos muy abiertos. Piensa en lo que ha visto, la visión no lo abandona. Refulge con un brillo metálico.

¿Cómo proteges a los que amas? No lo sabe, nunca ha tenido ocasión antes. Su hermano pequeño huyó de él, su padre estaba absorto en sus libros; su madre, muy lejos, y además, cuando lo piensas, más a salvo que él, incluso cuando ella estaba en peligro. Ahora, de repente, todos son vulnerables: su sobrina, su novia: ¿qué puede hacer un hombre como él?

El cerebro de mi tío es bueno para los cálculos. Es verdad que hizo que sus matones pegaran palizas a sus inquilinos si no podían o no querían pagar, pero siempre emplea matones de entre la misma gente que sus inquilinos. A él le disgusta la violencia, no estará presente cuando les peguen. Es asunto de ellos cómo consiguen el dinero, él mira hacia otro lado; no me involucréis. No veo lo que hacéis. Eso es lo que le dijo a Mickey, que tenía los contactos.

Pero ahora algo se está aflojando en su interior; aquel fuerte empuje que lo había acompañado toda su vida, ayudándolo a mantenerse a flote, el trabajo salvador que había hecho en sí mismo durante cuarenta años… ya no está seguro de que importe. Recuerda la tarde de diciembre en que vio a Mickey en la calle por primera vez, las luces de los escaparates iluminadas, llenas de cosas bellas que no podías comprar en la Hungría comunista, y los osos de cuerda dando vueltas por la acera como si tuvieran que ocuparse de sus propios asuntos. Con el pensamiento, me dice que le gustaría volver a ver aquellos osos. No tenía ningún oso así cuando era niño y crecía en el Zémplen. Los juguetes que teníamos estaban hechos de madera y no se movían, los movías tú mismo, con la mano, soldados y cosas así. Caballos con colas de paja. Un oso de cuerda, eso sí que habría sido un milagro.

Echa de menos el pueblo, las calles tranquilas, los carros fuertes, las ciruelas en los huertos y las uvas madurando en las vides, el olor de las manos de su madre el día de colada, el jabón de lejía: todos estos recuerdos que habían permanecido dormidos en su interior durante muchos años y que habían sido traídos, resistiéndose, a la superficie, por el aparato con las cintas chirriantes, la máquina de escribir, el papel.

Pero ¿qué puedes hacer? Lo ves delante de los ojos, todavía con ese brillo metálico. No te deja en paz este tormento. Incluso una mente sana te juega malas pasadas; lo aprendió en la cárcel, porque, como todo lo que sabe, las lecciones siempre las ha aprendido a las malas.

Cuando me hube bañado y secado, y estaba en la cama, durmiendo, mientras las luces de sodio de la calle entraban, bruñidas, a través de las cortinas corridas, las ramas del cerezo en flor del jardín eran negras y misteriosas, las luces de tráfico se volvían rojas, ámbar, verdes, para nadie, y yo soñaba con parques de atracciones, caballos de madera encabritados con crines doradas, oí mi nombre. Llegó como una aguja al rojo vivo.

Vivien ayúdame dónde estás Vivien.

¿Se había caído?

Puse en marcha el temporizador de la luz y crucé el pasillo tambaleándome. Su puerta esta abierta. «Ayúdame», gritaba.

En la habitación la bombilla estaba partida en pedazos: el temporizador de fuera iluminó la escena y luego la devolvió a la oscuridad. Vi un bulto junto a la cama, la silueta jorobada de un cuerpo o cuerpos. El acuario estaba roto y los peces yacían en charcos de agua boqueando y muriendo. Mi tío estaba junto a ellos, en el suelo, y Claude estaba encima de él, pero era Claude el que gritaba mi nombre.

—Coje el cuchillo —gimió, y la sangre gorgoteó en su garganta.

Vi el cuchillo en el suelo, a pocos centímetros de la mano de mi tío. Me incliné para recogerlo, la hoja estaba negra y embadurnada. La última vez que lo había tenido en las manos fue para cortar mi pastel de cumpleaños.

—¿Qué sucede? —dije.

—El cabrón ha intentado matarme. Estaba dormido cuando entró y me clavó el cuchillo en el cuello; mira lo que ha hecho; ayúdame.

—No llames a la policía —pidió mi tío—, por favor. Vivien. Nada de policía.

—Viv, me estoy desangrando; por todos los santos pide una ambulancia.

Mi tío levantó la mirada hacia mí: el labio inferior temblaba descontrolado y la chaqueta del pijama estaba subida hasta los hombros. Vi las famosas cicatrices de su espalda, líneas blancas cruzándose y volviéndose a cruzar, hundidas en la piel gris, llena de manchas.

—¿Qué has hecho? —exclamé, horrorizada, porque Claude estaba perdiendo el conocimiento; la sangre gorgoteaba en su garganta.

—Devolví el golpe —dijo mi tío—. Vi lo que era en realidad. ¿Cómo puede vivir? Lo vi, Vivien, lo vi.

—No sé lo que viste. Voy a pedir una ambulancia.

—¡La policía no!

Salí al pasillo donde estaba el teléfono público y llamé al servicio de urgencias.

—Necesito una ambulancia —dije. Oí risas al fondo; creo que alguien acababa de contar un chiste antes de mi llamada.

—¿Cuál es la naturaleza de la herida?

—Una persona se ha cortado.

—¿Dónde?

—En la espalda y en el cuello, creo.

—¿Lo han apuñalado?

—Sí.

—Entonces, ¿quiere que envíe a la policía?

—Exacto.

Seguía sosteniendo el cuchillo. Fui a la puerta de la calle, la abrí y me senté en el escalón. Al cabo de un rato empezaron a oírse las sirenas a lo lejos, se fueron acercando y finalmente todos llegaron, subieron corriendo los escalones y cruzaron la puerta, todos aquellos hombres y mujeres uniformados, que me vieron con el cuchillo en la mano, y volvió el miedo, el oscuro terror que recordaba de mi infancia, del mundo fuera de mi pequeña habitación.

Mi tío estaba en una celda y, en cuanto lo vi, supe que estaba acabado. Me di cuenta de que no sobreviviría, y no sobrevivió. El espasmo de rabia que se apoderó de él, que lo hizo bajar las escaleras con el cuchillo en la mano para matar a la bestia —la bestia que vivía bajo su propio techo y ponía la mano en la piel de su propia sangre—, ese irracional coágulo de ira irracional, sin sentido, no sólo venció el cuerpo de Claude, sino el suyo propio: tres derrames cerebrales en veinticuatro horas.

En otro lugar del hospital estaban recomponiendo a Claude. Llegó su familia de Sheerness: la madre, el padre y una chica de su misma edad, que llevaba un bebé en brazos, un bebé que le acercó a Claude y éste le dio un beso en la mejilla. La chica se sentó, le cogió la mano a Claude y le preguntó si ahora volvería a casa, y le dijo que se las arreglarían, ya vería.

—No huyas —le dijo—. No vuelvas a huir. Es nuestro hijo; encontraremos el medio de conseguir un sueldo. Sé que estabas muerto de miedo, pero todo va a ir bien. Míralo, a nuestro hijo; quiere que vuelvas, necesita a su padre.

Sólo lo vi unos minutos. La chica esperó fuera, fumando un cigarrillo, lanzándome miradas de odio. Era muy bonita.

—No sé qué hice —explicó Claude—. Sólo subí a decirle que me iba. Me tomé un montón de pastillas después de que te fueras y estaba harto de todos vosotros. Quería largarme al sur de Londres o algún sitio, conseguir un trabajo en otra línea. Pero no tuvimos ninguna palabra desagradable.

—Yo tampoco sé qué pasó —dije—. Sólo le dije que nos habíamos peleado. No es suficiente para que tratara de matarte.

—Claude no quiere verte nunca más —afirmó la chica, volviendo a entrar—. Va a volver a casa conmigo, ¿no es verdad, cariño?

—No lo sé —respondió él—. Tengo que pensarlo. —Pero la chica le tendió el bebé.

—Míralo —dijo—. Fíjate en lo que te has estado perdiendo. ¿Ves su dientecito?

Claude me miró, impotente, desde la almohada, y supe que yo no podía salvarlo, igual que no había podido salvar a mi tío. Nunca se haría el tatuaje; seguiría escondido en las páginas de su cuaderno de dibujo, y una día ella encontraría el cuaderno y, sin decir nada, cuando él estuviera trabajando, lo tiraría junto con la basura. Él lo recordaría durante muchos años, hasta que, al final, se desvanecería de su memoria. Lo que estaba trastornado en él cedería el paso, supongo, a la bebida o la depresión, lo cual no era difícil en la isla de Sheppey.

Cuando volví al día siguiente, se habían ido todos. Nunca lo he vuelto a ver; sólo lo veo en mis sueños, corriendo por el tren con su gorra y su chaqueta de revisor, abriendo y cerrando puertas, lanzado a través de Londres, arriba y abajo, por debajo del río en aquel largo tubo de metal ennegrecido por el hollín. O en el río aquella noche, en la lenta draga mientras sacaban los cuerpos del agua y él tenía las manos en mis pechos.

—Te daré calor —había dicho.

Mi padre era el único familiar de Sándor, salvo que me cuente yo, así que tuvo que asumir la responsabilidad. Mis padres fueron a la casa y recorrieron el piso, vieron el mural, el trono de pavo real, los muebles de mimbre.

—O sea que así es como vivía —dijo mi madre. Mi padre no dijo nada.

Al cabo de poco se presentó Mickey Elf con el bisoñé alborotado y los ojos enrojecidos.

—Miren —dijo—, no soy de la familia, no es asunto mío, pero si quieren saber mi opinión…

—¿Quién le ha preguntado nada? —le espetó mi padre.

Pero Mickey no le tenía miedo a mi padre; prosiguió, insistente, levantando la mano para arreglarse el pelo.

—Sé lo que él habría querido. Sé exactamente qué buscaba. Confíen el mí, lo sé.

—Bueno —aceptó mi padre—, no se le pueden regatear a un hombre sus últimos deseos. —Pero sólo lo dijo porque no se le ocurría nada mejor.

Se había quedado muy callado cuando le di la noticia. Miró hacia otro lado. Unos minutos después vi cómo limpiaba las gafas con el extremo deshilachado de la corbata.

—Así que está muerto —dijo—. Tenía que acabar así; un asesino en la familia.

Fue un funeral con mucha gente. Mickey y sus asociados cuidaron de todo hasta el último detalle. Hicieron que lo enterraran en el cementerio judío de Bushey. Yo sólo había ido a un funeral, el de Alexander, un servicio anglicano en la misma capilla donde nos habíamos casado, el magnífico ataúd de caoba, con agarraderas de cobre, llevado por seis clérigos y depositado en el altar mientras cantábamos himnos y su padre pronunciaba el panegírico, lleno de elegancia y citas de la vida y las palabras de Jesús. En Bushey, todos nos reunimos en un pequeño edificio destinado a ese propósito, que no era ni una capilla ni ninguna otra cosa que yo pudiera comprender, y le ofrecieron a mi padre un libro de plegarias para decir la oración concreta que decía para el muerto la persona que presidía el duelo, pero que no supo leer.

El ataúd de pino con asas de cuerda bajó a la fosa. Había muchos tipos de los bajos fondos y, claro, la prensa también vino, y publicaron unos párrafos al día siguiente, imprimiendo de nuevo la vieja foto de mi tío, aquel *rostro de la maldad.*

Eunice estaba sola, vestida de negro, con un sombrero negro y un pequeño velo negro y, por vez primera, tenía un aire frágil.

—Ese hombre bueno —dijo—. Ese hombre encantador, y todo lo que sufrió, en la tumba.

—¿A quién entierran allí? —preguntaban los presentes alrededor de otras tumbas. Un reportero les dijo, riéndose burlón, que era un propietario de viviendas de los barrios bajos y un chulo.

Eunice le golpeó las piernas con el paraguas.

—Nadie conocía a ese hombre como yo —dijo desde debajo del velo.

—Yo lo conocía desde hacía más tiempo que nadie, aparte de tu padre —me dijo Mickey Elf—. Lo conocí cuando acababa de bajarse del tren llegando de su viejo país, y lo conocí en los buenos y en los malos tiempos, en las duras y en las maduras.

—Le lavé las heridas de la espalda —dijo Eunice—. Vi lo que le habían hecho al pobre hombre, las cosas terribles que había padecido; oí lo que gritaba en sus sueños. Vi a este hombre, un hombre grande y fuerte, llorando como un niño pequeño en su cochecito.

—Yo lo conocí cuando era el rey, el Rey Kovacs, cuando tenía la casa de Bishops Avenue y toda la gente encopetada venía a sus fiestas. Tenía una piscina y un salón de baile, toda la gente bien acudía allí, las estrellas de cine y los nobles, los tenía a todos.

—No conoces a un hombre hasta que ha estado en apuros —dijo Eunice, señalándolo con su dedo moreno.

Todos se turnaron con la pala y tiraron un puñado de tierra encima del ataúd. Mickey se sacó algo del bolsillo y lo tiró dentro. La gente murmuró:

—¿Qué es eso que le ha tirado?

La oreja marrón de un oso me pasó volando, muy cerca. Algunos de los gánsteres habían comprado, entre todos, la corona más grande que pudieron encontrar, pero Mickey hizo que la dejaran a la puerta.

—Nada de flores en un funeral judío —les dijo—. Nosotros no hacemos las cosas así.

Volvieron luego y la pusieron encima del montón de tierra, donde se quedó marchitándose y pudriéndose bajo el sol y la lluvia de principios de otoño, hasta varios meses después, cuando volvimos para erigir la lápida y encontramos el armazón de metal. Años más tarde volví a Bushey y la tumba seguía allí, señalada, como es costumbre, con guijarros y un ramo de lirios marchitos.

No había ningún sitio adonde ir después, así que cada uno se fue por su lado. Yo volví a Benson Court, con mis padres. Subimos en el ascensor y entré, una vez más, en el piso, con sus olores, su empapelado deslucido y sus accesorios de cocina anticuados, de antes de la guerra, pero en mi ausencia mi madre había estado ocupada de verdad con el bote de pintura verde. Había cubierto todo lo que pudo encontrar a lo que se adhiriera la pintura. El verde te hería los ojos dondequiera que miraras.

Abrí la puerta de mi habitación. Allí la pintura no se había atrevido a penetrar.

—Como ves, lo he dejado todo como estaba —me dijo—. Quería que, si volvías, vieras que no ha cambiado nada.

—Ése es el problema —respondí.

—¿Cuál?

—Que nada cambia.

—¿Qué tendría que cambiar, por Dios?

—Todo. La vida debe cambiar constantemente.

—¿Por qué crees eso?

—Mírate, mira a papá, a los dos, vivís aquí, en este mausoleo, esta inmolación.

—¿Qué quiere decir esa palabra, inmolación? No la conozco. Tu padre y yo llegamos aquí como refugiados y nos hemos construido una vida decente. ¿Qué más quieres de nosotros?

—¿Cómo podéis no querer vivir?

—¿Vivir? ¿Vivir como él, ese desgraciado, en su tumba?

—Yo quiero vivir —exclamé, llorando de frustración.

—Y vivirás, claro que vivirás. ¿Qué crees? ¿Que esto es para siempre, este periodo, este tiempo con todas las muertes? Es sólo un momento, ¿no lo comprendes? Pasará y tú vivirás, créeme, vivirás. —Se apoyó en la pared un momento; luego dejó el bastón a un lado y utilizó mi hombro como muleta, para mantener el equilibrio mientras me daba un beso en la cara y me acariciaba la cabeza rapada con la mano.

Aquella noche, más tarde, le pedí que me contara todo lo que pudiera recordar del tío Sándor en los días en que lo conoció, antes de dejar Budapest. Asintió.

—Era un hombre encantador y peligroso —dijo mientras tomaba una taza de café—. Un hombre que hacía reír a las mujeres, que las escuchaba con comprensión, que penetraba en todos sus secretos para aprovecharse de ellas. Un hombre que no comprendía nada de sentimientos profundos, no hasta después de la guerra; me parece que entonces los entendió un poco. Puede que en una etapa posterior de su vida aprendiera más. Tal vez esas ideas le llegaran tarde y no supiera cómo manejarlas. Me sorprendí mucho cuando vi a aquella mujer tan agradable en la fiesta. No era su tipo, en absoluto. Siempre había preferido las prostitutas.

Mi padre nunca dijo ni una palabra más sobre su hermano. Mantuvo el silencio sobre ese tema hasta el día que murió, pero mi madre me habló de las visitas que mi padre le había hecho a la cárcel a lo largo de los años, para enseñarle fotos mías, cuando me marché a la Universidad de York, cuando me gradué, cuando me prometí a Alexander. Alardeaba de todos mis logros, quería que su hermano supiera que él, el pequeño, callado, trabajador y obediente, había hecho *esto*, mientras que había que verlo a él, el hermano mayor, ostentoso, sentado a una mesa en la sala de visitas de la cárcel. Sin embargo, mi madre dejó entrever que mi padre siempre volvía a casa insatisfecho, como si Sándor, de alguna manera, hubiera conseguido ganarle la batalla de formas que mi padre no podía concretar.

Volví a la casa de Camden Town y decidí quedarme con el piso de mi tío y vivir allí otros dos meses hasta que la casa estuviera tan asquerosa que ya no pudiera seguir en ella.

Al cabo de unos días, encontré las llaves de la habitación de Claude. Alguien había ido y se había llevado la mayoría de cosas. Los restos del acuario roto estaban esparcidos por el suelo, pero los cuerpos de los pececillos habían desaparecido. Sólo la ropa seguía colgada del armario. El uniforme y la gorra, los tejanos, las camisetas, la cazadora de cuero.

El olor de la cazadora era parte de él y de su cuerpo joven. La volví para mirarla; las cremalleras, el cuello, los bolsillos. La hice girar en el colgador. Y entonces vi lo que había hecho. Vi cómo había encontrado un medio para rebelarse contra mí. Había ido a Camden Market, a una de las tiendas que hacen esta clase de cosas, y había hecho que le pusieran un dibujo en la espalda de la chaqueta, un dibujo que él mismo había diseñado, porque lo reconocí, los cuatro brazos hechos con tachuelas metálicas, su propia y decorativa esvástica.

El Talmud dice que en el mundo se crearon 930 clases de muerte. La más difícil es la difteria; la más fácil, un beso. El beso es lo que se llama el *mise binishike*, que es como matas a las seis personas sobre las que el Ángel de la Muerte no ejerce dominio; esa persona muere por boca de Dios. La muerte número 931 fue creada por mi tío. Él se fabricó su muerte.

Historia de mi tío, en sus propias palabras

¿Hay que atormentar a un hombre? ¿Es un hombre menos que un perro? Pega a un perro, puede que se vuelva y te muerda, te lo advierto.

Sí, soy Sándor Kovacs, ése soy yo. Ese del que has leído. Esa persona terrible.

¿Cuáles fueron mis crímenes? Enséñame la lista.

¿Actuar instintivamente, pero con astucia? Sí. Culpable.

¿Poner mi supervivencia personal por encima de la supervivencia de otros? Claro.

¿Y por esto tenían que odiarme, acosarme, malinterpretarme, convertirme en un símbolo?

En aquellos días lejanos, en 1964, justo antes de que me enviaran a prisión, contaron muchas historias sobre mí en los periódicos, incluso en las calles. Algunas me hicieron reír tan fuerte que tenía que sentarme para descansar el pecho, porque desde la tuberculosis, mis pulmones nunca han estado a la altura, y no ayudaba que, por aquel entonces, disfrutara cuando me veían con un puro.

Primero dijeron que había empezado como boxeador profesional en Chicago. También que quizá fui estibador en Polonia o forzudo de circo en Pekín. Luego se volvieron locos del todo y me entero de que soy hijo natural de Joe Louis y Sophie Tucker. Ahora es un juego, eso de salir con las combinaciones más absurdas: Benito Mussolini y Fay Wray, Joe Stalin y Wallis Simpson, la princesa Margarita y Lobby Ludd.

Más tarde intentaron salir del lío, no querían que los tomaran por tontos y dijeron que eran bromas que yo mismo había empezado y que mis socios habían extendido. Pero ¿cómo podían saber nada de mí? Dicen que nunca he concedido una entrevista a la prensa. ¿Y sabéis por qué? Nadie me la pidió nunca. Por eso.

Los otros que no quisieron hablar eran los que llamaban mis víctimas. ¡Vaya víctimas! Sólo una persona habló con la prensa, y ni siquiera me conocía, aquel político, miembro del muy alto y poderoso Parlamento, el galés Clive Parry-Jones, el cruzado solitario; fueron muy amables con él, con esa mierda congelada con la voz resonante y la charla sobre Jesús.

Lo que leí en los periódicos sobre mis propiedades estaba lleno de mentiras. Dice —ese Parry-Jones— que metía a familias antillanas, trece en una habitación, sin cocina ni baño. Hablaba de las ratas, de las cucarachas que se arrastraban por la cara de los niños mientras dormían. Dijo que una rata se lanzó a la garganta de un niño de tres años y se la desgarró; dijo que le pagué a la familia para que callara, que organicé un funeral con un bonito ataúd de caoba del tamaño de un niño y una banda de nativos de Trinidad con fracs blancos y sombreros de copa blancos tocando sus instrumentos de metal, desfilando delante del coche fúnebre por Kensal hasta el cementerio.

Nada parecido sucedió nunca.

Llegué aquí en diciembre de 1956, desde Hungría. Estaba peor que ellos, los negros; era un refugiado, y el telón de acero había caído y se había cerrado detrás de mí; no tenía ningún sitio adonde ir, sino hacia delante; no tenía pasado, sólo futuro. Me acuerdo de todo lo de aquel día, de todo; recuerdo cómo mi hermano vino a buscarme a la estación y cómo me insultó. Recorría las calles sin oír hablar mi lengua; durante seis horas deambulé arriba y abajo. Fui hasta el río, los puentes; nadie se paró, nadie me dijo ni una palabra, ni amable ni áspera. Me sentía solo dentro de mi alma; estaba cansado de caminar; quería rendirme. Tenía un impermeable, una bufanda y una bolsa de cuero, nada más. Vi hombres con sombreros hongo y mujeres con abrigos de pieles; una tienda que vendía pipas, tabaco y puros; teatros; y todo era frío, ajeno y extraño, y tenía hambre.

Finalmente, oí mi propia lengua; me llevaron a un sitio, un albergue para refugiados. Me dieron café, sopa, carne, verduras y una cama. Ya estaba, había llegado. Estaba en Londres, mi hogar. No tengo otro.

Un inmigrante es muy diferente de alguien nacido en el país. No te deben nada, no tienes expectativas. Tienes que coger lo que puedes, en cuanto lo ves. No puedes ponerte a esperar. No a mi edad, ciertamente. Ya tenía cuarenta años cuando llegué a Londres, pero tenía una vista muy aguda y reconocía una oportunidad de negocio. La vida en el Bloque del Este no había eliminado este instinto de mí. No había ningún campamento comunista de reeducación capaz de adoctrinarme, a mí, Sándor Kovacs, que amaba al proletariado y a mi prójimo.

Vine aquí sin nada, y al cabo de unas semanas había puesto en marcha mi negocio. Me compararon con los gemelos Kray, aquellos matones, aquellos cretinos. Eran sólo patanes, hombres a los que les gustaba infligir dolor, y yo no soy así. No estoy de acuerdo con el sufrimiento. Va en contra de mis principios. Los Kray lo tenían todo; tenían una familia, tenían lo que llamaban un distrito, su barrio, donde crecieron. Yo nunca tuve nada de eso.

Recuerdo el día en que dieron orden de que me arrestaran. Iba caminando por el Strand, a comprar puros, era un día de primavera, hermoso y soleado, como hoy, ya ves. El sol cálido en la cara, los árboles verdes que empezaban a crecer exuberantes. Recuerdo días como este de hace mucho tiempo, cuando odiabas el sol por brillar, odiabas el hecho de que a otros les trajera placer, pero tenías que reconocer que también a ti te lo traía, y lo odiabas todavía más por eso.

¿Dónde se esconde Kovacs? Esto es lo que dice en el letrero del *Evening Standard*. Me río. ¿Esconderme? ¿Dónde tendría que esconderme? Un periodista es un mentiroso nato. Es un hombre con imaginación, ¿de qué otro modo se puede explicar la basura que publicaron sobre mí? Dicen que vivo en una casa solariega de Buckinghamshire, defendida por perros pastores alemanes babeantes, a los que mantengo hambrientos. No, no, dice otro. Estoy en un ático de lujo en Chelsea, con puerta de acero. ¿Sabéis lo de Kovacs?, dice un tercero. Está oculto en una barcaza de lujo anclada en medio del Támesis, río arriba, en algún lugar cerca de Chiswick, ¿o es cerca de Teddington Lock? En cualquier caso, tienen que enviar botes especiales de la policía para detenerlo.

Y una noche, en televisión, un hombre del que nunca había oído hablar, Kenneth Tynan, tiene que ver con algo del teatro, creo, como sea, tiene títulos de la Universidad de Oxford, dice que no vivo en ningún sitio, que no existo, que soy un producto de la imaginación nacional, como el monstruo del lago Ness.

Esto fue lo peor de todo. Sentí que el ánimo se me encogía cuando lo oí. Y lo odio. Pero hasta hoy, no comprendo por qué alguien diría algo así, y este es uno de los asuntos que tengo intención de plantear. Tengo que llegar hasta el fondo.

Cuando salí de prisión, hace un año, nadie se acordaba de mí. Una vez, en el autobús, oí que alguien hablaba de mí. ¿Kovacs no murió en la cárcel? No, no, escapó, ya sabes como los Grandes Ladrones del Ferrocarril, como Ronnie Biggs, y ahora vive a lo grande en algún lugar de Sudamérica.

Ojalá fuera verdad.

Porque lo que pasa es que todos se olvidaron de mí. Fue como si yo fuera una moda, como el *hula-hoop* o el yoyó. Lo que llaman un *Zeitgeist*, que es una palabra en alemán; antes sabía esa lengua. Así que puede que Tynan tuviera razón, hasta cierto punto.

Ahora, cuando se lee algo sobre mí, que es muy raramente, sólo soy el propietario de casuchas. Las casuchas (las llamadas casuchas… fueron casas hermosas en su tiempo) de las que yo era dueño fueron derruidas, y en el solar el Gobierno construyó pisos nuevos de trinca. Altos bloques de cemento. Muy bonitos. A mí me parecían casuchas incluso mientras los albañiles los levantaban. Eran prisiones; cualquiera que haya estado en la cárcel podía verlo.

Ésta era la situación del Rey Kovacs. La gente hablaba de lo que yo representaba, pero nadie comprendía qué era ser yo, Kovacs. ¿Cómo podían comprenderlo? En Inglaterra tienen lo que se llama el gobierno de la ley, no la ley de la jungla, que es la que yo conozco. Un gobierno que cree en el progreso social, en reconstruir el espíritu de un hombre para asegurarse de que sea puro y sano, no con una enfermedad dentro de él. Nosotros también teníamos esto, allá en Hungría, después de la guerra, cuando llegaron los comunistas, pero ellos lo hicieron con tanques, y aquí lo hacen desde el púlpito.

Dicen, bah, a Kovacs no le interesa nada de esto. Es tosco y brutal. Él es el impedimento. Hay que librarse de Kovacs si queremos construir esta Jerusalén de la que hablan, esta sociedad justa y equitativa.

En Japón hay un juego con papel llamado *origami*, que vi una vez; alguien me lo enseñó en la cárcel. Doblas un papel y lo conviertes, si eres hábil, en la clase de forma que quieras: un pájaro, un oso, un dragón. Eso es lo que intentaron hacer conmigo. Pero yo no soy de papel; soy de carne y hueso y, pase lo que pase, me niego a que me doblen.

Pero cuando se trata de la clase de hombre que soy en mi vida privada, reconozco que no fui un hijo lo bastante bueno.

No había tenido la intención de pasarme todo el día sentada en el sillón de mi padre en el piso vacío escuchando las cintas, sin comer y sin apenas beber. No había esperado oír una vez más, después de tantos años, aquel acento gutural, el labio inferior colgante que trataba de cerrarse sobre las palabras, su risa sonora, su escepticismo. Oí mi propia voz de treinta años atrás, ¿y era mi imaginación, o el acento sonaba un poco diferente? ¿De verdad hablaba así en aquellos días? ¿Era realmente lo que Claude me llamaba, una niña pija?

Las cintas contenían la prueba del imperecedero legado que mi tío me había dejado: un pasado. Me dio a mis abuelos; el pueblo del Zémplen; los ciruelos; las viñas; las boñigas de caballo en las calles; los cafés de Budapest; a mi madre sentada con su bastón en un café, a orillas del Danubio, con su pelo castaño enmarcándole la cara, sus ojos de pasa, su hoyuelo en la barbilla. Tanto si estos recuerdos son verdaderos como si son falsos (y no tengo motivos para dudar de ellos), este pasado es el único que tengo; no hay otro disponible.

Cuando acabé, lo guardé todo, puse las cintas y el magnetófono en una caja de cartón y me fui del piso, cerrando la puerta al salir. Esperé a que se abriera la puerta del ascensor, con su ruido metálico, y coloqué la caja en el pequeño asiento de piel mientras descendía. En el vestíbulo de entrada quité la tarjeta con el nombre de mis padres de la placa de bronce de su buzón y me pregunté cuándo sería la última vez que vería este edificio, este bloque de pisos caros, de ladrillo rojo, que podría pasarme toda la vida evitando, en mi intento de encontrar un camino diferente, otra dirección.

Era una tarde soleada, justo después de las cinco y media; sombras largas, sirenas a lo lejos, ansiedad y excitación en la cara de los transeúntes. *¿Has oído que han atrapado a un terrorista?* La ciudad seguía nerviosa, asustada, febril; la gente no quería viajar, pero no tenían más remedio que hacerlo; tanto si vas en metro como en autobús, te pillan de todos modos. Fui hasta Seymour Street, hasta la tienda, cargada con la caja. Las últimas clientas examinaban los colgadores de ropa rebajada con una atención frenética.

Los focos del techo le iluminaban el pelo y despertaban reflejos en sus pestañas postizas. No sé cómo mantenía aquella máscara en su sitio, día tras día, la cara de la vendedora profesional para quien el cliente siempre tiene razón, incluso cuando es evidente que se equivoca y el vestido que se prueba le queda demasiado estrecho, y con tacto le sugieres que sí, que está muy bien, pero que quizás haya algo mejor.

La admiraba por su paciencia, por hablar siempre con una expresión cortés, por tolerar a las que la hacían malgastar el tiempo, las que sólo entraban a echar una ojeada, pero una vez me dijo:

—Si una joven se prueba un traje de cóctel que no se puede permitir y, en cualquier caso, nunca la invitan a un cóctel, la dejo que lo haga. Porque, mira, nunca se sabe lo que la vida te reserva, y un día esa pobre chica trabajadora podría entrar con un anillo con un diamante en el dedo, y recordar a la amable vendedora que le dejó que se probara vestidos cuando no se los podía permitir, y debido a ello no la intimida la idea de ir a un cóctel. Por esta razón, vender es una profesión, pero ve y díselo a esas niñas que emplean en Oxford Street, que miran para otro lado al ver a una clienta.

La observé doblando, alisando y envolviendo la última compra del día en papel de seda; las manos con las uñas plateadas seguían siendo ágiles, pero se masajeaba los codos cuando nadie miraba. Recuerdo que mi madre hacía el mismo gesto.

—Así que has vuelto —dijo cuando se marchó la última clienta.

—Sí, te he traído una cosa.

—¿Qué es? ¿Qué llevas en esa caja?

—¿Te acuerdas de la cintas que grabamos?

—¿Las tienes? ¿Con la voz de Sándor?

—Sí.

—¡Sándor vivo en esas cintas! ¡Lo que daría por volver a oír su voz, mi querido Sándor!

—Están todas aquí y el magnetófono también, y lo que estaba escribiendo el día que me lo encontré en el parque. Sus propias palabras.

—Gracias —dijo—. Significa mucho para mí. —Miró la hora—. Son casi las seis —dijo, y cerró la puerta con llave—. Espera, déjame que recoja y luego hablaremos. Estás cansada, mira qué aspecto tienes. Siéntate. —Señaló una butaca de terciopelo amarillo, con brazos dorados.

—Pero eres tú quien debe de estar exhausta; eres tú quien debería sentarse.

—Me siento cuando llego a casa. Es entonces cuando me siento.

—¿Quieres que te enseñe cómo funciona el magnetófono? —pregunté—. Al principio puede ser un poco complicado.

Estaba junto al mostrador, comprobando los recibos.

—Sé hacerlo, no te preocupes. Me entiendo bien con las máquinas. Manejo todas las tarjetas de crédito con el nuevo aparato, no me costó ni un minuto aprender a usarlo.

—He escuchado las cintas esta tarde —dije—. Se acabó todo tan bruscamente; nunca me explicó cómo se convirtió en propietario de viviendas ni qué…

—Lo que le hicieron fue un crimen. Aquel juez, él es quien debería haber ido a la cárcel.

—Pero él…

—Ah, sí, pero. No te creas lo que lees en la prensa. Yo nunca hago caso de esa basura. Una persona que tiene las marcas del látigo en la espalda, que ha sido esclavo, como los esclavos de Egipto, de donde su pueblo realizó su éxodo, es un rey, en mi opinión.

—Los inquilinos, él…

—Voy al cuarto de atrás a preparar un té y, cuando vuelva, te hablaré de esos inquilinos.

—¿Te puedo ayudar?

—No. Quédate sentada. No te muevas; enseguida vuelvo.

Miré alrededor. Había apagado los focos, echado el cerrojo y colgado el letrero de «Cerrado». Era una estancia muy pequeña para pasar la mayor parte de una vida; las paredes pintadas color *eau-de-Nil*, que estaba de moda cincuenta años atrás, cuando abrieron, las pequeñas butacas de terciopelo, las vitrinas, la mesa de mármol donde sólo había un jarrón de crisantemos tempranos de color bronce (una flor que incluso mientras crece tiene aspecto de desear que la corten), los probadores con sus cortinas, colgadores para dejar la chaqueta y un estante para el bolso; viejos perfumes flotando en el aire, una mezcla de los olores de la piel de muchas mujeres: Shalimar, Poison, Air du Temps, Magie Noire, Blue Grass, n° 5.

Durante todo el tiempo que Eunice había trabajado en la tienda con aquella deliciosa continuidad, a mí me habían pasado tantas cosas, tantos giros y cambios, tantas interrupciones.

Había deseado vivir, y había vivido. Había deseado escapar de Benson Court, y había escapado. Estaba en la Fountain Room de Fortnum and Mason, tomándome una copa de helado de crema y frutos rojos *sundae*. Estaba sola, sentada a la mesa. Enfrente, tomándose un té Earl Grey, mi futuro marido levantó la vista del periódico, me vio con una gota de helado en la barbilla, mientras con la cuchara me metía una cereza roja helada en la boca, y se echó a reír. Dejé de prestar atención a mi copa Knickerbocker Glory. ¿Qué había visto que le había hecho reír? Fue mi aire de fervorosa concentración mientras atacaba el *sundae*, y el bigote de nata que punteaba el vello oscuro de mi labio superior. Dijo que era una criatura seria, de piel oscura, con el postre de un niño. Una joven delgada, sola, en un café devorando un helado con toda naturalidad.

—Y cuando acabaste, sacaste una pequeña tabaquera y liaste un cigarrillo con esas manos que parecen demasiado grandes para las muñecas que las sostienen e hiciste sonar los fósforos en la caja. Me dije: «Vaya, aquí tengo una historia».

¿Sabes?, mi vida resultó más banal de lo que nunca esperé, porque, como descubrí, vivir es banal.

Me publicaron un par de reseñas de libros y luego conseguí un trabajo en una revista pequeña, me mudé al piso de Vic, en Clapham, empecé a vestirme como una mujer que se acerca a la treintena; tuve mi primer hijo y luego otro. ¡Hijas! Fue una empinada curva de aprendizaje. Compramos una casa enorme junto al Common, y luego Vic, que diseñaba *software* antes de que nadie supiera qué significa esa palabra, consiguió un trabajo en Estados Unidos. Vivimos en San Luis cinco años. Escribí un par de libros para niños que tuvieron bastante éxito; todavía se venden. Cada pocos meses los busco en Amazon para comprobar su índice de ventas. Vic recibió una cuantiosa liquidación cuando la empresa fue absorbida por Microsoft, y nos trasladamos a Deià, ese pueblo encaramado en las rocas, en la isla de Mallorca, para hacer realidad su sueño de abrir un restaurante. Le encantaba cocinar.

Fue una vida feliz, interrumpida por un par de aventuras, una suya y una mía, pero lo superamos. Luego un día, a la hora del almuerzo, tuvo un ataque al corazón mientras sacaba un costillar de cordero del horno: la grasa de la fuente de metal le cayó encima de los zapatos. Cuando llegó la ambulancia de la ciudad, ya estaba muerto. Eso es todo.

Vendí el restaurante y volví a Londres hace ocho meses. Es cierto que me he descuidado demasiado, las chicas hablan de ello todo el tiempo; me refiero a mis hijas, esas mujeres inglesas, rubias y gordas, sin ninguna de mis ansiedades ni incertidumbres, que se han pasado toda la vida cruzando fronteras sin ningún impedimento. Las observo cuando se visten, veo lo que eligen cuando se miran al espejo. Han dejado atrás la etapa adolescente cuando debes vestirte exactamente como se visten tus amigas, con vaqueros que dejan al aire un trozo desnudo de vientre. Con una seguridad cada vez mayor, están empezando a definirse; Lillian y Rose, cada una va en una dirección ligeramente diferente, predestinadas a su propia pequeña grandeza.

La ropa que vistes es una metamorfosis. Te cambia de fuera adentro. Todas somos prisioneras de esas pantorrillas gruesas o de pechos colgantes, de nuestro tórax hundido, de nuestras mandíbulas caídas. Un millón de imperfecciones nos estropean. Hay profundos fallos contra los que no tenemos la libertad de hacer nada, salvo recurriendo al bisturí del cirujano. Así que lo máximo que puedes hacer es ponerte un vestido nuevo, una corbata diferente. Constantemente nos convertimos en otra persona, y nunca deberíamos olvidar que siempre hay otra persona mirando.

Eunice volvió con una bandeja, una tetera de porcelana, tazas, platillos, un azucarero y una jarrita de leche.

—Confío en que no esperaras galletas —dijo—. Sólo tomo cosas dulces cuando voy a un buen restaurante. Sándor solía llevarme a algunos sitios encantadores, con los postres en un carrito que llevaban hasta tu mesa para que eligieras lo que quisieras. Bien, dime, ¿qué ha sido de ti?

—Ya te lo he dicho.

—Oh, sé lo del restaurante en España adonde iban los ricos. Lo leí en el periódico. Me refiero a por qué te fuiste tan deprisa.

—¿Qué quieres decir?

—¿Por qué no te quedaste en la casa y cobraste los alquileres de Sándor en su nombre? ¿Por qué dejaste que todo se fuera a paseo, se viniera abajo como sucedió, hasta que no quedó nada y las casas se convirtieron en tugurios, tal como eran cuando él las compró y dedicó todo aquel tiempo y dinero a arreglarlas?

—¿Qué tenía eso que ver conmigo?

—Lo heredaste todo, ¿no? Eras su sobrina.

—No, no fue así.

—Pues, ¿quién lo heredó?

—Mi padre.

—¡Oh, él! ¿Por qué no se hizo cargo del negocio?

Sonreí al pensar en mi padre con una cartera de piel colgada del hombro, llamando a la puerta de todos aquellos desconocidos, arengándolos si se retrasaban en el pago del alquiler.

—No era esa clase de persona. Nunca tuvo cabeza para las finanzas, y, ciertamente, no tenía don de gentes.

—Sí —dijo Eunice—. Lo recuerdo muy bien. —Me lanzó una mirada penetrante con sus viejos ojos—. Pero ¿no quería el dinero?

—No. No quería ni tocarlo.

—Qué cosa tan malvada. ¿Por qué no quería aceptar el legado de su hermano?

—Pensaba que estaba manchado. No creía en infringir la ley, por ningún motivo.

—Y tú, ¿qué pensabas?

—¿Sobre qué?

—Sobre infringir la ley.

—No me importan mucho las leyes, pero sigo pensando en los inquilinos.

—Ah, sí, aquella gente. Bueno, ¿sabes?, algunos de ellos vivían de una forma horrible allá en Jamaica. No conocían un retrete dentro de casa ni un lavabo ni nada parecido, y cuando vinieron aquí, no dejaban dormir a la gente respetable con su ruido y sus fiestas en mitad de la noche. Además, algunos de ellos no querían trabajar, sólo estar tumbados, fumando porros todo el día, causando problemas. No digo que haya algo malo en un poco de hierba de vez en cuando, pero luego empieza a haber otras cosas. Las personas decentes que nacieron aquí tenían que mantener a sus hijos alejados de ellos; corrompían a aquellos buenos chicos.

—¿Eso es lo que pasó con tu hijo?

—¿Cómo dices?

—Tu hijo. ¿Lo corrompieron ellos?

—Mi hijo está muerto —dijo concisamente, y se bebió el té como si intentara ahogarlo dentro de ella.

—Lo siento.

—¿Por qué? ¿Por qué tendrías que sentirlo?

—Es horrible que una madre pierda a su hijo.

Se encogió de hombros.

—La muerte es la muerte.

—¿Cuándo murió?

—No hace mucho.

—¿Quién era el padre? —pregunté, sintiendo que entraba en un lugar de su vida que estaba tan oculto a la vista, detrás de los trajes, la laca del pelo y las pestañas postizas que parecía la noche oscura en la que no puedes penetrar.

—¿Eso quieres saber? —exclamó—. ¡Qué pregunta! —Se echó a reír. No creo que la hubiera oído hacer ese ruido antes, una risita gorgoteante en la garganta.

Esperé unos momentos para ver si me lo contaba, pero era evidente que la había dejado sin habla, porque lo único que hizo fue tomarse el té y mirar por la ventana a las transeúntes, la multitud que iba hacia el sur, a la estación del metro. Tenían un aire tan impotente y vulnerable, con sus faldas y vestidos de verano, aquellas telas delgadas, las sandalias que apenas les sujetaban los pies, la ligereza con la que pasaban, casi flotando, evaporándose al caminar entre el vapor del húmedo final de la tarde.

Eunice siguió bebiendo el té en silencio, con una arruga entre los ojos, inclinando la cabeza, según se vaciaba la taza, y aquel gesto que le había visto por la mañana, a través del cristal, el de levantarse la barbilla con la mano, empujándola hacia arriba.

—Jerome —dijo de repente—. Hace mucho tiempo que no pensaba en él.

Esperé a que dijera algo más.

—Bueno, ¿sabes?, fue durante la guerra; yo era muy joven, en Cardiff, y había muchos estadounidenses, claro. Soldados. Así que conocí a Jerome una noche, en el baile. Recuerdo que yo llevaba un vestido de color azul cielo, con una falda corta de tul, que me había hecho con trozos de tela encontrados aquí y allí, porque no se podían conseguir muchas cosas en tiempos de guerra. Jerome me enseñó el último baile de Estados Unidos, el *lindy hop* lo llamaban. Vino directamente a mí y me eligió porque llevaba un vestido tan bonito comparado con las demás chicas de la sala, que tenían un aspecto muy gris. Lo enviaron al frente, pero gracias a Dios no lo mataron y volvió. Así que nos casamos y me fui a vivir con él en Misisipí. Pero no era para nada lo que yo esperaba. No era a lo que yo estaba acostumbrada.

—¿En qué sentido? —Eunice en Estados Unidos. Creía que nunca había dejado estas tierras.

—Yo no sabía nada de casas sin baño en el interior, y cerdos y perros por todas partes, y los blancos que te miraban como si no fueras humana, sino pariente de los cerdos y los perros. Nadie me había levantado la mano antes de llegar a Estados Unidos. ¿Cómo puede alguien pegarle a una persona con una escoba, con la cadena que usas para atar al perro? Tuve que huir con mi bebé, y fue muy duro aquí, sola, tratando de construir una vida respetable con un hijo sin padre que cede a todas las tentaciones. No sé por qué sucedió; era un bebé regordete y encantador que se convirtió en un joven delgado con unos ojos que lo veían todo y no entendían nada. Así fue como conocí a Sándor, cuando yo iba a visitar a mi hijo y hacía cola con Mickey Elf. Pobre hombre, no tenía a nadie más que lo visitara, salvo él. Así que entablamos una relación y, al final, era a él a quien iba a ver, no a mi hijo, porque él no quería saber nada más de mí.

»Conseguir este trabajo en esta tienda tan agradable me costó muchos años trabajando detrás de un mostrador. Recuerdo que estaba cerrando, aquella noche, el día en que Sándor salió de la cárcel, y él me estaba esperando en la acera. Había estado sentado en el café al otro lado de la calle, sólo esperando. Entonces se acercó con un ramo de rosas y se inclinó. ¡Se inclinó delante de mí! ¡Tratar a alguien como yo igual que si fuera una reina, cuando me habían pegado y golpeado y mirado por la calle como si no fuera un ser humano! ¿Lo entiendes? Esto es dignidad, esto es respeto.

—Lo entiendo.

—¿De verdad? Contigo nunca se sabe.

—No soy enemiga tuya, Eunice. Sólo era una chica joven e inmadura que andaba perdida y sola y no encontraba su lugar en la vida.

—Pues a mí me parecía que sabías exactamente lo que querías, con todas tus maquinaciones.

Me levanté y cogí la bandeja con las tazas vacías.

—Te ayudaré —dije.

Asintió rápidamente. Detrás de la cortina había un cuarto pequeño con una tetera, un fregadero, facturas y listas de existencias. Encima de un tapete de encaje había un pequeño ramo de pensamientos de tallo corto, dentro de un pequeño jarrón.

—¿Qué es esto? —pregunté, cogiendo una foto enmarcada.

Ella pareció asustarse.

—No le digas a nadie que la tengo —dijo—. Podría ir a la cárcel.

—Está recortada de un libro, ¿verdad?

—Estaba en la biblioteca. Me llevé el libro a casa y vi esta foto. Cogí unas tijeras y pensé que nadie se daría cuenta, pero es un delito grave, ¿no?, mutilar un libro de la biblioteca.

Miré la foto. Mostraba una hilera de hombres, con sombreros, chaquetas cruzadas, pantalones con vueltas, cargados con maletas, valijas, maletines, carteras de cuero. Uno o dos llevaban gafas oscuras, bajo lo que debía de ser un fuerte sol, a juzgar por las sombras que se proyectaban en la calle. Mi tío se había acercado a la cámara y sonreía; aquel labio inferior era inconfundible, incluso en el rostro de un hombre joven. Reconocí lo que todos veían en él, el descarado atractivo sexual, los ojos con todo su humor y avaricia, aquella mirada de complicidad, aquel conocimiento íntimo del pequeño ser que hay en el interior, que pide a gritos vivir y que codicia el mundo entero.

Porque esa figura diminuta, con sus enormes anhelos, también grita en mi interior.

Nos estrechamos la mano por última vez. Me abrió la puerta y se quedó allí, viendo cómo me alejaba por la calle. Los letreros de los periódicos proclamaban la captura del supuesto terrorista. Yo iba pensando en las bombas del año pasado, justo cuando volví a Londres, en los trozos de tela desgarrados encima de los raíles.

Iba cruzando el parque, sosteniendo entre los dedos el asa de la bolsa que contenía un vestido nuevo. Hacía una hermosa tarde; los gansos alzaban el vuelo en el cálido aire por encima del lago. Se oyó el zumbido de una sierra al cortar una rama y el árbol se alzó como un hombre manco contra el horizonte nuboso. Un vestido nuevo. ¿Es esto lo único que se necesita para empezar una vez más, este trozo de tela teñida, con la forma del cuerpo de una mujer? La multitud pasaba apresuradamente, con la cara iluminada de ansiedad y excitación. De repente, nuestra vulnerabilidad me emocionó, toda nuestra debilidad, terrible y conmovedora, contenida dentro de una chaqueta, una falda, un par de zapatos.

Agradecimientos

Me he inspirado en un informe de la Labour Service Company 110/34, de Zoltan (Csima) Singer, en la compilación realizada por Randolph L. Berman, *The Wartime System of Labor Service in Hungary: Varieties of Experience*, Columbia University Press, Nueva York, 1995.

El personaje de Sándor Kovacs está inspirado en el de Peter Rachman, propietario de viviendas en Notting Hill, que nació en Lvov, Polonia, en 1919, sobrevivió a la guerra en un campamento de prisioneros en Siberia, vino a Gran Bretaña como refugiado en 1946 y murió en Londres en 1962. En el momento de su muerte, seguía tratando de encontrar a cualquier pariente vivo. Para la información sobre las viviendas de Londres en el periodo de la posguerra, he utilizado su biografía, *Rachman*, de Shirley Green y Michael Joseph (Londres, 1979).

Me gustaría expresar mi sincero reconocimiento a George Szirtes por su ayuda al describir la vida judía en Hungría y por la información de su familia sobre los horrores de las unidades de trabajadores esclavos. Soy la única responsable de cualquier error cometido.

Mi más cálido agradecimiento, también, a Antony Beevor y Artemis Cooper por brindarme su generosa hospitalidad mientras escribía este libro en su casa de Kent, donde, en el inverosímil escenario de una habitación con vistas al jardín, hicieron su primera aparición Ervin y Berta Kovacs. También quiero dar las gracias a Gillian Slovo y Andrea Levy por aceptar amablemente leer una primera versión, y por sus útiles comentarios.

Gracias, como siempre, a mi agente Derek Johns, que me ha sacado de muchos apuros, a Susan de Soissons y Elise Dillsworth, de Virago, y sobre todo a mi editora, Lennie Goodings, que nunca, jamás, se rinde.

Visite nuestra web en:

www.edicionesplata.com